おつとめ

〈仕事〉時代小説傑作選

永井紗耶子／桑原水菜／泉ゆたか
中島 要／梶よう子／宮部みゆき
細谷正充 編

PHP
文芸文庫

○本表紙デザイン＋ロゴ＝川上成夫

おつとめ〈仕事〉時代小説傑作選　目次

ひのえうまの女

永井紗耶子

私が大奥へ上がりましたのは、十六歳の時のことでございます。

家斉公の御世、文政十年。このとき大奥には、上様の御側室の数が二十人とも四十人とも言われ、御子の数も五十人にのぼるとか……それは華やかなものでございました。口さがない瓦版などでは、大奥が国の金子を湯水のごとく使っている……などと書かれていたようです。

元は御家人の娘であった私は、父の力添えにより旗本の養女として奥へ上がることになりました。大奥女中の条件は、旗本または御家人の娘であるとされています。とはいえ、御目見得以下の御家人の娘よりも、御目見得以上の旗本の娘である方が、出世の道が開けます。それ故に、より力のある旗本家に養女として入り、そこから大奥に入る者が多くございました。無論、そうした出自をものともせずに出世街道を突き進んでいく方もいらしたようですが、何せ、「大奥三千人」と言われるほど多くの女が仕えているとのこと。借りられる虎の威は借りておくに越したことはございません。

ただ、私が奥に入りましたところ、三千人というのは少々、大仰なようにも思われました。

「大奥三千人とはもののたとえです。真は千人に満たないのでは」

そう部屋方の姉女中に教えていただきました。

大奥に入りますと、その折には給与の目録と共に、大奥での名をいただくのが習わしで、どんな下級の女中でも本名は使いません。私も元の名を「結衣」と申しましたが、奥女中としては新たに「お利久」という名を頂戴しました。

そんな大奥での出世と申しますと、物を知らぬ私にとっては、上様の御目に留まり、御手付きになり、いずれは子を産んで側室となることと思っておりました。

しかし、大奥の内側に入ってみますと、その考えは何やら違っていたのではないかと思うようになりました。何せ、数百もいる女たちの中で、御側室はほんの一部。それ以外の女たちの方が多いのです。

私がお仕えしたのは、いわゆる上様の御手が付いた御側室ではなく、御年四十ほどの奥女中の要でいらした御年寄様。お仕えしてから半年ほどしたある日のこと、同じ部屋の女中たちと共に御年寄様を囲んでお話ししていた時、末席にいる私に目を止めて、御年寄様がお声を掛けて下さいました。

「お利久、そなたは御手付き中臈こそが出世の花道であると思っておったそうな」

「僭越ながら」

「それは今、どう思う」

私は首を傾げました。

「いえ。今は違うやもしれぬと……」

すると御年寄様は得心したように深く頷かれたのです。

「さもあろう。何も好んで汚れた方になることはない」

「汚れた方……でございますか」

「大奥の中では、御手付き中臈のことを、汚れた方とお呼びするのが習わし」

「何故、汚れた方とお呼びするのですか」

「大奥で、最もお力を持つのは何方と心得る」

「それは上様でございましょう」

「上様は、この日の本で最もお力のある方。されば、大奥の中では」

「今は……お美代の方様でございますか」

お美代の方とおっしゃるのは、当時、上様の御寵愛を一身に受けていた御側室で、上様の「一の人」と称されていた御方です。しかし、御年寄様は、私のその答えに渋い顔をしました。

「確かに、今はお美代の方様の権勢が強いが、それは異例のこと。そのお美代の方様とて、その御方には逆らえぬ」

「……ああ、御台様でございますね」

「さよう。その御台様にとってみれば、御手付き中臈などというのは、好ましいものであろうはずもあるまい。そも、楊貴妃は、玄宗皇帝を誑かし、国を亡ぼす傾城となったのです。かようなことにならぬよう、御手付き中臈たちは所詮、御台様よりも目下の者と、大奥の者は承知していなければならぬ」

　そして御年寄様は優しく微笑まれました。

「お清としてお仕えする道の方が良いこともあろう」

「お清」というのは、上様の御手の付いていない奥女中たちのことでございます。そして、大奥の中においては、お清の方が大多数を占めており、少数派である「汚れた方」たちは、上様の御寵愛の度合いや御子のあるなしなどによって、お立場が左右されます。

「一の人」と褒めそやされるお美代の方がいらっしゃるということは、無論、二の人、三の人がいるということ。四十の人もいるということです。市井では「オットセイ将軍」などという異名があるほどに好色でいらした上様は、飽きっぽいのもまた事実。そのため、一度御手付きになって御中臈になったものの、以後、一度も上様からのお呼びのかからない方々も、大勢いらっしゃいました。

　それでも御子を授かればお手柄と褒められもしますし、若君ならば御部屋様、姫君ならば御腹様として立場も大きく変わります。

　御子のない御手付き中臈様は、目上の方の部屋付という形は変わりません。それでも御寵愛を受けていれば心強くもありましょうが、お呼びもなく、さりとて御中臈ともなれば里下がりも容易ではないとなると、大奥での暮らしは窮屈なものになります。

御子がある方、上様から寵愛される方は、上様に口利きを願いたい藩の方々や商人たちから何くれとなく付け届けがあります。お美代の方様のお部屋などは、下々の女中に至るまで、絢爛豪華な着物姿で大奥を闊歩しておられたものです。聞くところによりますと、その付け届けは金子に換算してみると、多い部屋では千両にも上るとか。

しかし、御子のいない御中臈の暮らしは質素なものです。無論、御中臈にはお手当が出ますが、そのお手当の中で、自ら女中を雇い入れ、その給金も支払います。着物も七つ口にやってくる商人から自ら買うので、あまり贅沢をすることはできません。立ち回り上手な御手付き中臈は、上様の寵を争うことを早々に諦め、力ある側室の元へ日参し、そのおこぼれに与ることもあったようですが、なまじ女の矜持がある御中臈はたとえ質素に暮らそうとも、御家人の強かな妻のように、色目を抑えた着物で、自ら掃き掃除さえしそうな方もおられました。

それでは、あの華やかなことが何よりお好きな上様の足は遠のく一方なのですが、

「あてにならぬものに縋れば、むなしいだけ」

と、むしろ逞しくさえあります。そうした方々を間近に見ていると、

「大奥の出世街道は、上様に見初められ、御手付き中臈になること」

というのは、世俗の迷信とさえ思えるほどでございます。

一方、お清の立場は、己の手腕と運、そして人脈によって築き上げられていくのです。

御台様付きの上臈御年寄や、大奥取締の御年寄などの権勢は大奥ではお美代の方様も及びません。中には、御手付き中臈でありながら御年寄へ出世なさる凄腕の方もいらしたようですが、いずれにせよ、出世の頂においては、上様の御寵愛のあるなしは関わり有りません。

そして大奥取締となりますと、時には表の老中の人事にまで口出しをすることもあり、各藩、商人たちもこの御方たちへの付け届けを欠かしません。御側室たちよりも、こちらへの貢ぎ物が多いとも言われておりました。

もっとも、大奥は女だけの園でございます。それゆえに、上様の寵を競うこともなく、出世を競うこともせぬ者も大勢おります。

世俗では、女だけ……というと、何やら秘め事めいて聞こえるかもしれませんが、力仕事も水仕事も女の仕事でございますれば、裾を端折って太ももも露わに働く女の姿もございます。また仕事が終われば、しどけなく着物を着崩して、いただ

いたお菓子を食べながら、お茶を飲んで姦しくおしゃべりをするような場面が、そこかしこで見受けられます。それはそれは、殿方が見たら百年の恋も冷めるような有様です。しかしながら、

「気楽だから、ここから出られぬ」

と言って、許嫁との縁を切り、御目見得以下でありながら大奥で暮らすことを選ぶ奥女中もありました。

「それで、そなたはどうしたい？」

御年寄様は私に問いかけられました。

「どう……とおっしゃいますと」

「そなたはどうも、花嫁修業のために奥勤めしているようには見えぬ」

御目見得以下の部屋方女中は里下がりも容易なもの。それゆえ奥勤めをしてきたとなれば、箔がつき、よい縁談にも繋がるのです。しかし、私はそうではありませんでした。

「私は出世をしとうございます」

「ほう……そなた、兄弟は」

「妹が一人おります」

御年寄様は眉を寄せ、首を傾げられました。

「ならば、そなたが婿を取り、家督を継ぐのが常道ではあるが……」

私は唇を噛みしめ、俯きました。その様子を見た御年寄様は、静かに頷かれました。

「人にはそれぞれ事情があろう。私の部屋方にも、様々な者がある。里に帰らず、務めに励む覚悟があるのなら、それはそれで良い。何なりと力になろう」

御年寄様は笑って下さり、朋輩の方々からも笑みが零れて、和やかな時を過ごしました。末席の私のような部屋方の女中のことまで、心を配って下さる御年寄様の温かいお言葉を、心強く思ったものです。

御年寄様の仰せの通り、本来でしたら長女である私が婿を取り、家を継ぐのが常道です。しかし、私には里に帰れぬ事情がありました。

事情と言っても、ただただ私が愚かなだけではございますが、帰れぬことに変わりはございません。

私も御家人の娘でございますれば、母の姿を見て育ちました。御家人など、武家の中ではさほど位があるものでもなく、ともすれば、日本橋辺りの商人の家の方がよほど裕福に暮らしているくらい、質素なものでございます。されど、武士としての衿持はあります。それゆえに、母は父を立て、父に逆らうことなどまるでなく、楚々として静かに暮らしておりました。女中を雇うといっても、年末年始や、お客様がある時に時折、手伝ってくれる人を口入れ屋に頼むくらいで、水仕事も、台所仕事も、全て母と、私たち姉妹が手伝いながらやっておりました。

　母は、私と妹の二人の娘を持ちました。しかしながら、跡取りとなる男児を産むことができませんでした。それは天の配剤、仕方のないことなのでございますが、それを見ていた父の上役の方からのお世話で、父は一時、妾を囲っておりました。結局、妾にも子は産まれなかったので、数年で縁は切れたと聞いています。

　父が妾の元へ行くという日、母はいつもの出仕にでも送りだすかのように静かに見送っておりましたが、父の姿が見えなくなると、廊下に伏して泣いていたのを覚えております。

「女は損ですね」

　私が申しますと、母は、

「その通りです」

と答えたのをはっきりと記憶しております。父も母も体面を重んじる人だったので、あまり本音で話すことはありませんでした。そのため、その母の言葉がいたく響きました。それは母の数少ない本音だったからかもしれません。

　とはいえ、私も武家の娘としての自覚を否応なく植えつけられ、炊事、裁縫はもちろんのこと、琴、花、お茶、舞、謡に手習いと、一通りのことは学びました。おかげさまをもちまして、生来、こういったことが好きだったこともあり、褒められることも多く、少々、うぬぼれてもおりました。

「これならば、大奥でも十分に勤まりましょう」

琴の師匠にそう言われたのが、十二の頃。私が初めて「大奥」のことを聞いたのは、その時のことでございました。母は恐縮して首を横に振りました。

「いえいえ。この子は婿を取り、家を継いでもらいますので」

「あら、婿がねはありまして」

「はい。許嫁がございます」

寝耳に水とはこのことでした。

「許嫁がいるなどと、私は聞いたことがございません。どこのどなたなのでしょう」

私は母に食い下がりましたが、母は曖昧に笑うばかりで、ちゃんとした答えをくれません。

当時の私にとって、婿を取ること、家を継ぐことは既によく分かっていました。しかし、誰が婿になるのかは、多少なりとも少女らしい夢のようなものがあったのです。

「お姉様の許嫁はどんな御方かしら。團十郎のような男前かしら」

妹は、最近見たという役者絵に描かれた團十郎に夢中でしたので、そんなことを言っていました。とはいえ、私も同じように、どんな殿方が婿になるのかと、思いめぐらすのは楽しい日々でございました。

しかし、そんな夢見がちな日々は、十日も続きませんでした。

「そなたの許嫁は、坂本家の正二郎だ」

父に告げられたその名は、十分に知った人物でした。幼い頃から近くの役宅に住まっていた御家人の次男坊。手習いもほどほどの腕前で、剣術道場でも腕が立たない。見目も特徴がなく、大人しいだけが取り柄だと、近所で噂されていた二つ年上の少年でした。

落胆した……というのは言い過ぎかもしれませんが……落胆したのでございます。どれほど手習いを励んだところで、あの正二郎の嫁になるのかと思うと、筆を握る手も力が入りません。どれほど琴や舞を励んだとしても、見せる相手が正二郎かと思うと、おざなりになります。すっかりやる気をなくした私を見かねた琴の師匠は、

「一体、何があったのです」

と問われました。私は事情を話し、

「つくづく、女はつまらない」

と嘆きました。師匠はそれを黙って聞いていたのですが、やがてふと首を傾げてから、うん、と深く頷かれました。

「本当に、逃げたいと思ったら逃げ道はありますよ」

「まさか、出家をせよとおっしゃるのですか」

すると、師匠はにっこり笑います。

「私は武家の生まれですが、夫はおりません。こうして師匠として暮らしを立てています。それは、大奥づとめをして参ったからです。お上のために働いて来たことで、こうして師匠としての箔をつけることができました」

「大奥づとめ……でございますか」

「そうです。大奥に入り、芸事をさらに磨くもよし。立身出世を図るもよし。ただ……」

師匠はそこまで言って言葉を止めました。そして私をしみじみと見詰めて、深くため息をつきました。

「当たり前の生き方の方が、楽だということもあります。役宅に住まい、子を産み育て、夫に尽くすのは、誰とも争わず、平穏に生きる道だというのもまた、事実です」

そう言って師匠は優しく私の手を取りました。

「よく、お考えなさい。ただ、逃げるのならば、いつでも力になりましょう」

師匠は母よりも年かさではありますが、評判の美人でありました。

「あちらのご主人は、師匠の元に通っていた」

とか、

「師匠の家から、若い男が出てきた」

とか、色めいた噂がいつもふわふわと漂っていましたが、私が見る限りはいつも一人でしっかりと立っていました。大奥で御側室の女中をしていたということで、一通りの行儀作法を習いたいと役宅の娘たちがこぞって師匠の元を訪れるので、暮らしぶりはずっと良かったようです。私からすると、耐え忍び、質素に暮らす母よりも、師匠の暮らしの方がうらやましいとさえ思うこともありました。

ただ、その時はそれでも、普通に生きる方が幸せだという師匠の言葉の響きもまた、確かなものに聞こえていたので、奥勤めをしたいとは、母にも父にも妹にも言うことはありませんでした。

私が十六になると、十八になった正二郎は、当たり前のように家に出入りするようになりました。近所でも正二郎が私の許嫁であるということはすっかり知れ渡っており、私はそのことが恥ずかしくて仕方ありませんでした。

「大人しくて、優しい人だから」

と、母に説き伏せられていましたが、それは全く違っていました。

正二郎の兄、良太郎は、手習いもよくでき、剣の腕も立つと評判でした。その兄の前では縮こまって大人しくしていただけだったのでしょう。私を嫁にして一家の跡取りになるからと、まだ祝言を上げる前からひどく横柄になりました。家を訪れては、

「だからこの家の者はなっていない。変えていかねばならない」

と、父がいないときに限って、母や私、妹を相手にとうとうと説教をするのです。言っていることは中身がなく、繰り言のようなものでしかないのですが、その間、耐えなければならないのが辛くて仕方ありません。

母は何度も、

「申し訳ありません。至りませんで」

と、頭を下げます。妹は萎縮してしまって何も言いません。私は頭を下げるのも、言い訳をするのも違うと思い、知らぬ顔をしておりました。そのことに苛立っていたようですが、知ったことではありません。

しかし、私の心持などは捨て置かれ、春には祝言を上げることが決まってしまいました。祝言を翌月に控えたある日のこと、当家を訪れた正二郎は、父と酒を飲ん

で酔ってしまい、そのまま泊まることになりました。

その夜、私が部屋で寝ていると、何やら物音がします。怪訝に思った次の瞬間、何かがのし掛かるような重さを感じて目を開けると、私の体の上に正二郎が乗っておりました。暗がりで爛々と目を光らせている正二郎は、私が声を上げると思ったのか、手で私の口を塞いでいました。隣には妹が寝ています。

「どうせ嫁になるのだから、早まってもよいだろう」

そう言いながら、寝間着の中に手を忍ばせて来たのです。私はその途端、頭に血が上るのを覚えました。口を押える正二郎の手にかみつき、怯んだ隙に足で正二郎の鳩尾を蹴り上げました。正二郎は強か尻餅をついて、その騒ぎで妹が起きたのです。

「どうしたのです」

妹の声が聞こえましたが怒りに我を失っていました。私は傍らにある衣桁を引き倒し、衣桁の竿で正二郎を打ち付けました。

「やめろ」

叫ぶ正二郎を、それでも打つことをやめられず、気づくと部屋の縁から外へ、正二郎は転がり落ちておりました。私は寝間着も着崩れておりましたし、髪も散々な有様でしたが、衣桁の竿を握ったまま肩で息をして仁王立ちしていました。

騒ぎを聞いた両隣の家の人々が、庭を覗き込んだ時には、庭に転がる正二郎と、仁王立ちする私の姿を見ることになったのです。半泣きの正二郎と、怒気を放つ私を見れば、何があったのかは一目瞭然だったことでしょう。

「何事だ」

父が部屋に怒鳴りこんで来ましたが、その有様を見てしばらく呆気にとられていました。

「お前……どう……」

どうしたのかは聞くまでもないのでしょう。父は立ち尽くしたまま思案を巡らせているのが分かりました。私は咄嗟に手をついて、父に向かって頭を下げました。

「父上様、勝手をお許し下さいませ。私はかねてより、大奥にお勤めに上がりたいと思うておりました。しかし家を継ぐのがわが務めと、耐えておりましたものの、かように無体を強いられそうになり、心が決まりました」

突然の娘の告白に、父は石になったように固まっておりました。

「何をふざけたことを言っておる。貴様のような女に何ができる」

叫んだのは、庭で転がる正二郎でした。ただ幾許か、体面を重んじる父は、この事態を前にして何を思ったのか分かりません。ただ幾許か、娘を思いやる気持ちがあったのでしょう。正二郎に悪し様に罵られたのが我慢ならなかったのかもしれませんし、既に庭の垣の向こうに近所の人が物見に来ていることに気付いたのかもしれません。

「儂も、かねてからそなたの器量は惜しいと思っていた。上様にお仕えしたいというのなら、その望みを叶えよう」

父はそう言うと、ようやく庭で立ち上がった正二郎に向かって、深々と頭を下げた。

「正二郎殿、申し訳ござらん。此度の縁はなかったことにして下され」

こうして、縁談は破談となりました。

私は父に叱られることを覚悟しておりましたし、父に縁を切られることもあり得ると思っておりました。しかし父は、なけなしの金をはたいて旗本家への養子縁組の話をまとめ、私の奥入りを後押ししてくれました。

「お許しいただけるとは思いませんでした」

私が恐る恐るそう言うと、父は渋い顔をしました。

「無論、何もない時に奥入りをしたいと言われたら、そのような話は聞かなかったことにしただろう。しかし、あの有様を見て、あの場で言われたならば、受けざるを得ん」

父の言い分ももっともです。そして父は、ふっと苦笑を漏らしました。

「それと、あの正二郎という男が儂はどうにも好かなかった。儂の前では大人しくふるまいながら、そなたらの前では居丈高にしていたのを、儂が気づかないとでも思ったのだろう。それでもそなたが耐えてくれるならば、家の安泰のためにはこれで良いのだと自らに言い聞かせていたのだが……」

改めて私を見つめると、何かを思い出すように目を閉じました。

「そなたが生まれたのは、丙午の日だった。丙午の女は強すぎて縁遠くなる故、そなたの母に何故あと一日耐えられなかったのかと、無体を申したこともある。その時から、さだめは決まっていたのだろう」

そして私に、これまで見たことがない優しい笑顔を向けたのです。

「あの夜のそなたは、さながら武神の如くであった。あれが衣桁の竿ではなく、長刀であれば、巴御前と見紛うほど。そなたは、この家の誇りとなるよう、出世をせよ」

私はこうして送りだされて参りました。

かような次第で奥入りした私は、出世を望む一方で、御手付き中﨟になる自信がありませんでした。見初められる気もしませんでしたし、万一、見初められたとしても、また、あの正二郎の時のように上様の鳩尾を蹴り飛ばしてしまったら、今度は大奥の外へ逃げれば良いというわけにはいきません。恐らく……いえ、間違いなく御手打ちになることでしょう。さすがにそこまでの覚悟はありませんでした。

一度だけ、御年寄様のお許らいにより、上様のお姿を拝見したことがございます。お庭を歩いて来られた上様は、御年五十を越えておられ、ふくふくと太った白髪の御方でいらっしゃいました。お隣にいらしたお美代の方様は、白磁(はくじ)の肌とはこのことかと思うほどの美しさ。お二人がこちらへと歩いて来られた時、私は思わず御年寄様の陰に隠れてしまいました。そのため、上様は私の影すら見ることがないまま、通り過ぎてしまわれました。

御年寄様は、私のその態度をお叱りになるかと思ったのですが、

「嫌なら嫌と申せ」

と笑っておられました。嫌……というのも無礼千万(ぶれいせんばん)でございますが……致し方ない本音というものもございます。

ですから、御年寄様から、御手付きではなく、お清としての立身出世の道があると教えていただいたことで、私の心持は大分、軽くなりました。

「お利久は何か芸はできるのか」

出世の道の第一歩を「お清」でいくと決めた時、御年寄様はそう尋ねられました。

「芸でございますか」

「舞でもよい。謡、琴、何でも良い。何かできるか」

「一通り、習ってはおりますが」

正直、一通り習ってきた、という程度の話でしかありませんでした。何せ、道半ばで正二郎の嫁になることがわかり、その後の修練を怠っていたのもまた事実です。しかし、琴は手すさびに弾き続けておりました。書も好きで、それにつれて歌を詠むことも嗜んでおりました。

「お見せするほどのものでもございませんが」

「とりあえず一通り、見せてみよ」

やむなく御年寄様や部屋方のお局様らの前で歌を詠み、琴を弾き、舞を一指し舞ってみせました。しばらく黙ってから、御年寄様はうむ、と深く頷かれ、

「琴はいい」

とお褒めいただきました。

それにしても、何故に芸なのか。

「お清として出世するには、まず御台様のお気に召すことが大切になる。上様がおいでにならぬ間、御台様をお慰めするのが、お清の御中臈たちのお役目。御目見得以上の御次は、御台様の身の回りの世話から、御台様のお部屋を芸事などで盛り立てるのも務め。その御次になるために、まずは御三の間に入ってみるか」

そう言って、背を押していただきました。

御三の間は、元々、御台様の水回りなどをするのが仕事でございます。御台様が入浴をされる際には、湯と水を混ぜ合わせ、丁度良い湯加減にして運びます。寒い日には、火鉢の火を熾す。手すさびの煙草盆などの支度をするのも、私たち御三の間の務めでございます。

それ以外にも、御中臈、御年寄といった皆様の雑用を承ります。いわば奥女中としての出世の一歩目。そこから、御次や呉服の間、御祐筆といった御目見得以上の女中として、出世していくのです。

私は御年寄様からの助言に従い、御次を志すことにしておりました。御次は遊芸に優れていることが求められます。中には外から招いた御狂言師に直々に芸を習ったという芸達者たちまでいるということでした。そんな中で、私くらいの琴の腕前を持つ者は飽くほどにおります。また、必ずしもその腕前を披露する場があるわけではありません。

御台様の一日は昼四つに上様に朝のご挨拶をなさった後は、夕七つに夕餉を召しあがられるまでは、お好みの過ごし方をなさいます。その日、何をしてお暇を過ごされるかによって、呼ばれる女中は異なります。

「舞を見たい」

そう仰せになれば、舞の上手が呼ばれます。

「歌を詠む」

そう望まれれば、歌の詠める女中たちが呼ばれます。

「琴を聞きたい」

で、ようやっと私は出番を迎えます。

ある日のこと、

「そなた、参れ」

御次が私をお召しになり、伺ったのはお庭でございました。緋毛氈を敷かれたお庭では、ちょうど桃の花が盛りの頃でございます。美しい花が咲き乱れる中、御台様はじっと座っていらっしゃいました。遠目に拝見した御台様は、どこか他の御中﨟様方とは風情が異なります。

「御台様は代々、お公家から嫁いでいらっしゃいますからね。万事、京風なのですよ」

同じ御三の間にいた年の近いお豊代さんに教えていただきました。

当代の御台様は、薩摩島津様の御家に生まれた後、公家に養女に入られてから御輿入れされています。とはいえ、御台様にまつわるものは、代々受け継がれ、公家のしきたりが多くございます。

御台様の御前でいざ楽を奏でるとなると、緊張して手が震えてしまいます。それでも他の女中たちと共に琴を爪弾きますと、舞の上手な女中がそれに合わせて舞います。その様子はまさに天上の宴でございましたでしょうが、私にとっては冷や汗の滴る地獄のような時でございました。指は攣り、思うように音色が出せません。他の方のお邪魔になってはと、焦れば焦るほどに楽の音が遠ざかるような心地になります。

隣で爪弾くお豊代さんは、それは流れるような手つきで琴の音を響かせています。私は何度か息を整えて、ようやっと弾けるようになりましたが、己のことを「琴の上手」などと名乗り、御三の間に参ったことが恥ずかしくてたまらず、項垂れておりました。

「そこの者」

不意の声に顔を上げると、御台様の側付きの女中の方でした。私は慌ててそちらを向くと、その方が指しているのはお豊代さんでした。

「なかなか良い腕をしておる。励みなさい」

お豊代さんは、はい、と返事をなさり、深々と頭を下げられました。私はそのお豊代さんの姿を横目に見ながら、居たたまれない思いだけが溢れたのです。

「お豊代さんは本当にお上手なのですね」

私が申しますと、お豊代さんは静かに微笑まれました。

「私は、琴のみならず、笛も三味線も、楽という楽が好きなのです。されど、武家の娘であれば、芸人になることなど叶うはずもなく、せいぜい父とその客人に聞かせることしかできません。奥へ入れば存分に弾けると聞いて、奥入りを決めたのです」

お豊代さんは、心から嬉しそうでした。

その後もお豊代さんは、しばしば御台様からお声が掛かりました。一方、私はと言うと、何とか途中で指が攣るようなことはなくなりましたが、せいぜい皆様のご迷惑にならぬように静かに爪弾くことしかできません。これでは、御台様にお声を掛けていただくどころか、せめてお叱りを受けぬようにするのが精一杯です。

これではいけないということは分かっているのです。ただ、突破する道筋が分からぬ日々が続いておりました。

そうして奥に入りましてから、三年の月日が経とうとしておりました。三年奉公いたしますと、六日の里下がりが許されます。私としては、里に合わす顔もないというのが本音ではございますが、ある文が届いたのです。

「香奈が婿を取る」

素っ気ない父の文に記されていたのは、妹の婿取の話でした。私はそれが案じられてなりませんでした。

いつぞやの一件で、正二郎はあちこちに私の悪口を吹聴していたそうです。おかげで我が家は肩身の狭い思いもしたということを、奥に入ってから伝え聞き、申し訳ない思いでいました。

気が重くはありますが、ここで背を向けたのでは、いよいよ父母にも妹にも合わす顔がなくなります。

里下がりをすると申し上げますと、御年寄様は土産として、私に珍しい京の干菓子を下さいました。また、

「奥勤めをしているものが、みすぼらしい恰好をするものではない」

そうおっしゃって、お古の着物や簪を頂戴しました。日頃よりも華やかな装いで駕籠に揺られて帰ってみると、役宅の周りには近所の見覚えのある顔ぶれが、物見のように大勢おりました。私は会釈を一つして、懐かしい小さな役宅に入りました。

「おかえりなさいませ、お姉様」

別れた時には十三だった妹の香奈はすっかり大人になっており、私を笑顔で迎えてくれました。母もまた、私の好物だった大根の煮つけを作って待っていてくれました。父は、相変わらず気難しい顔をしておりましたが、それでも、

「達者そうで何より」

と言って、それなりに歓待してくれました。

母と共に台所におりましたら、母が妹の婿取について訥々と話してくれました。

「そなたのことがあって、父上も色々と思い悩まれたようです」

父は、私が家を出たことよりも正二郎のことに怒り、またそれを選んでしまった自分に対しても怒っていたということでした。

「人品も見極めず、条件で折り合ったのが悪かった。しかも、女子の悪口を吹聴するような武士の風上にもおけぬような輩であったということは、我が不覚。この際、身分は問うまい」

そうして自らあちこちに足を運んで婿がねを探したそうです。

「御徒士の家の三男坊でね。父上がお会いになりまして、人となりの優しい方と、一目で気に入って、話をまとめてきたそうです」

妹もその若者を気に入り、近く祝言を上げるということでした。

「そなたの里下がりに合わせたかったのですが、日柄やら何やらで手間取り、すみません」

母は恐縮してそう言いました。

「いいえ、いいんです。私が騒ぎを起こしたことで、香奈の縁談にまで災いが及びはしないかと、案じていたのですが……」

すると母は首を横に振り、私の手を取りました。

「そなたには申し訳ない。はじめからこうして婿を選んでいたなら、要らぬ苦労をすることもなかったでしょうに……」

私はうっかり涙が溢れそうになるのを堪えました。

「いいえ。これも縁というものでしょう。奥勤めも多くのことが学べて、なかなか楽しくさせていただいております」

「私には思いも及びませんが、そうであればよろしいのです」

母の言葉が身に沁みました。

その夜は、静かに家族で食事をしました。

深夜になっても寝付くことができず、私は縁に腰かけてぼんやりと月を眺めておりました。

「姉上」

声がして、縁の障子が開き、香奈が顔を覗かせました。

「香奈、眠れないのですか」

「ご一緒してもよろしいですか」

香奈はそう言って、私の隣に座りました。こんな風に隣に座るのは、いつ以来かと思い返しますと、幼い日に、共に縁側でままごとをして以来のようにも思われました。そんなことを申しますと、香奈は笑いました。
「姉上はいつも、お忙しかった」
そうであったかと記憶を手繰りました。すると香奈は続けます。
「姉上は、総領娘。この家を任せる娘であるからと、幼いころから父上も母上
も、私よりも格別な扱いをされておりました。一応、私も手習いなどいたしました
が、どこへ参りましても、お姉様の結衣様は、それはそれは素晴らしい腕前で……
と、言われ続けていたものです」
香奈はそう言って、遠くを見つめます。
「その姉上が、あの正二郎を婿に取ると知った時、私は悔しくもありました。姉上
は私の自慢でした。それなのに、あんなつまらぬ男を義兄と呼ぶのは耐えられな
い。だからあの日、お姉様が正二郎をこの庭先に転がした時、胸がすく思いがした
ものです」
庭に転がり落ちて腰を抜かしていた正二郎の姿を思い出し、いまさらながら可笑
しくなって、姉妹二人で顔を見合わせて笑いました。ひとしきり笑ってから、香奈
はふっと笑顔を納めました。
「その姉上が、家を捨てて大奥へ行くとおっしゃった時、私は正直、姉上をお恨み

申し上げました」

さもあろうと思いました。あれほどの大立ち回りを目の前で見せた挙句、私は全てを捨てて大奥へ逃げたのです。妹がその後、課せられる重荷を知りながら……。家から出る日には、香奈の顔を見ることができませんでした。

「婿を探すと父上が言いだした時には、父上のこともお恨み申し上げ、それに対して何も言ってくださらない母上のこともお恨み申し上げ、何やら世の中に見捨てられたような心地がしたものです」

そう話す香奈の顔は、どこまでも穏やかでした。私はその表情を見て、ほっと一息つきます。

「今は、どうなのです」

私が問うと、香奈は静かに微笑みました。

「今は、恨んでおりません」

「それは、婿殿が良い方だからですか」

「はい」

御徒士と御家人では、身分こそ違いますが、父や母、香奈にも心配りを忘れない、穏やかで賢い御仁なのだと香奈は嬉しそうでした。

「私も、香奈には申し訳ないことをしたと、ずっと気に病んでおりました。しかしそれも、もう案ずることはないのですね」

私が言うと、香奈は、はい、と頷きました。

私は、心の底からほっとした気持ちと同時に、何やら言い知れぬ寂しさも覚えました。この家と私をつないでいた絆(きずな)の糸が、どんどん細く、薄くなっていくような心もとなさです。私がいなくては立ちいかないはずだったこの家が、私がいなくても回っていくようになる。それは、大奥に入った時から決まっていたこととは申せ、苦い痛みを伴うことでもありました。

「姉上は、大奥でのお暮らしはいかがですか。それは華やかなものでございましょう」

妹に問われ、私は思わず胸を張り、

「もちろんです。天下の大奥でございますから」

と言ってから、わざと声を潜(ひそ)めてもったいぶって見せます。

「くれぐれも内密の話でございますよ。実は私は、上様にもお会いしたのです」

「まあ、上様はどのような御方なのですか」

「それはもう、天下人はかくあろうというご立派なご様子でいらっしゃいましてね。ご一緒されていたご愛妾(あいしょう)の方様は、天女のような美しさ。眼福(がんぷく)でございました」

「まあ……」

香奈が目を輝かせて楽しそうに聞いてくれるのが嬉しくて、上様が小太りの男だなどとは言いたくありませんでした。

「私は御台様の前で、幾度となく琴を弾いてお慰めしているのですが、私の他にも舞の上手な方がいらして、それこそ芝居小屋とは比べものにならぬ、それは優雅な宴です」

御三の間の末席で、出世の道が見えずに立ち止まっていることなど話したくはありません。せめても妹に見栄を張りたくて、殊更に美しい話ばかりを掻い摘んで聞かせました。

「姉上ならば、きっと大奥でもご出世なさるでしょう」

「ありがとう」

そう言いながら、ぎゅっと胸が締め付けられるのです。いつぞや、琴の師匠がおっしゃっていた言葉を思い出すのです。

「当たり前の生き方の方が、楽だということもあります」

妹を捨てて逃げ、傷つけてまで飛び込んだ大奥。戦いながらでも階段を上らなければ、捨てたものに見合うだけのものは手に入らない。

そう、強く思ったのです。

そこからは、何やら足掻いていたように思います。大奥の中で出世の道を邁進してこられた方々にお話を聞いたり、芸事に磨きをかけるために、こっそり琴の修練に励んだり、歌を詠んだり……。また御台様や御中﨟様方の雑用も、我先にとやっておりました。そうして立ち働くことで一歩でも前に出ようとしていたのです。

しかし、そんな必死の有様というのは、あまり傍目に美しいものではありません。

「ご無理をなさるものではありませんよ」

お豊代さんには優しく諭されました。既に大きく差がついている方に優しくされると、余計に焦りは増してしまいます。ほかの同じ年頃の御三の間の方々からは、時に冷ややかな態度をされることもありました。

「そうまでして出世なさらなくても良いのではありませんか」

露骨にそう言われたこともありました。

御三の間であっても、十分に禄をいただいており、日々の暮らしに事欠くこともなく、里に仕送りをすることもできますから、確かにここで満足しても良いのでしょう。私自身も、出世そのものをそれほど望んでいるわけではないのです。ただ、出世を望まなくなってしまったら、己が虚しくなってしまうような、そんな危うさを覚えておりました。

楽しくもない苦労というのは、如実に心身に堪えるものです。ある時、熱を出して倒れてしまい、御台様の宴の席に出ることも叶わず、長局の隅で寝ておりました。同じ部屋の奥女中たちが、何くれとなく世話を焼いてくれて、次第に熱も引いたのですが、心の空虚さは全く治る気配がありません。

夜半、部屋を出て、廊下で座り込んでぼんやりと月を眺めていると、向こうから深い藍色の打掛を纏った方が歩いてこられるのを見つけました。その華やかな装いに、片はずしに結われた髪を見て、御目見得以上の奥女中であるとお見受けして、その場で膝を揃えて頭を下げました。

「そなた、御三の間であったか」

その声に、

「はい。利久と申します」

と、答えて顔を上げると、それは御祐筆のお藤様でございました。御年寄様よりややお若いので、三十半ばといったところでしょうか。抑えた色目の打掛がよく似合う、凜とした御姿の方です。

そのお藤様は、私の目の前をすり抜け、同じく廊下の端から空を見上げます。

「良い月じゃ」

詠うように呟かれました。そして私の隣にしゃんと腰を下ろすと、懐紙を取り出して私に差し出しました。私はそれを受け取って初めて、自分が泣いているということに気づきました。

「忝(かたじけの)う存じます」

お礼を申し上げて、しばらく黙ってお藤様の隣に座っていました。お藤様はそんな私の様子を見て、そしてまた月を見上げました。

「何ぞ、悲しいことでもおありか」

「さほどなことはございません。ただ、何やら力が入らぬのです」

私は首を横に振り、己の拳(こぶし)を握って見せようとしましたが、力が抜けるばかり。するとお藤様が、ふふっと笑われました。

「里下がりでもして参ったか」

「何故(なにゆえ)、そのことを」

私が図星を指されて驚くと、お藤様はゆっくりと頷(うなず)かれました。

「奥の中では、奥の理(ことわり)がある。されど世俗には世俗の理がある。この奥に覚悟を決めて参ったつもりでも、里に帰ると否応なく、あったはずだったもう一つの道を見せつけられる。すると何やら物足りなさが胸をつき、そなたのように廊下の端で泣いている奥女中に、これまでも何人も会(お)うたわ」

私はあまりにも心当たりがありすぎて、己が滑稽(こっけい)に思えて顔が火照(ほて)るほどでした。

「お恥ずかしい限りです」

「御三の間で、御次に仕えておるのか」

「さようでございます」

「そなた、御次は性(しょう)に合(お)うていると思うか」

「と、おっしゃいますと」

「御次の面々は、それこそ芸達者で、そこから出世する者もある。しかし、出世を目論(もくろ)んでいると、気ばかり急(せ)いて苦しいやもしれぬ」

すでに御三の間から御次へ向かう道を定めたというのに、さらに困惑するようなことを言われ、眉を寄せました。

「出世をせねばならぬのです。そうせねば、置いてきた者たちに示しがつきません」

「置いてきた者たちのことなど、捨ておきなさい。あちらも我らを捨ておくのだから」

　確かにその通りではございますが、何やら虚しさが増すような言い分でございます。私が得心していないことを察したのか、お藤様は更に言葉を継ぎます。

「そなたはまず、己の性に合うことをすることが肝要ぞ」

「御次は、私に合いませなんだか」

「そなた、御台様の宴の席を楽しんでおるか」

　私は絶句しました。

　御台様は、大奥の頂点においでの方。上様の御留守の折に、お慰めするのが奥女中の務めであることは重々承知しています。されど、琴を弾いては噂話に興じる、あの宴の席を楽しいと思ったことは、ついぞございませんでした。

「御次で出世している者たちは、あの宴の席が大好きなのじゃ。明るい顔で舞を舞い、歌を詠み、楽を奏でる。御台様に心から尽くしていることは、御台様にも分かる故、取り立てられていく。しかし、己の出世のために少々腕の立つ楽を奏でるだけでは、心に届くはずもない。下々の芸人たちとて知っていることを、奥女中として修練を積んでいるそなたが分からぬはずもあるまい」

　一言も返せませんでした。そしてお藤様はふと思いついたようにおっしゃいました。

「そなた、私のところへ参らぬか」

「祐筆衆に……でございますか」

「さよう」

「私が、祐筆……」

「その方が向いているのではないかと」

「何故ですか」

「いつぞや御年寄様から私へ賜った菓子を、そなたが届けてくれたことがあったであろう。その折、菓子の謂われを書いた文が丁寧で手蹟も美しかったので、心に残っておった」

目下の私のことを、すぐに「御三の間」だと言い当てられたのは、それ故であったかと、私は改めてお藤様のお顔を見上げました。

「気が向いたなら参られよ」

それだけをおっしゃると、打掛を翻して、そのまま廊下を後にされました。

確かに、御三の間からは御次になる者もありますが、御祐筆、呉服の間へと進む者もあります。祐筆という務めに思い至ることがこれまでなかったのですが、或いは今とは違う道もあるのやもしれぬと、初めて考えたのです。

ただ、私がお見受けする限り、生半可な覚悟で頼ったとて、お藤様は許しては下さらぬように思われました。

それからは、改めて御三の間でのお役に向き合いました。御台様のお世話はもちろん、宴の席でも、己の出世のことは忘れ、その宴をいかに楽しい時にするかを意識するようになりました。すると、朋輩からは、

「良うなりましたね」

と言われました。無論、御次への道は遠いのですが、それでも務めに励むということの意味が少しずつ分かって来たように思われました。

同時に、お藤様のお言葉に甘えて、祐筆のお務めも拝見しました。

祐筆のお務めは、文を認め(したた)、記録を作り、それらを整理すること。御台様をはじめ、大奥で生まれた上様の御子たちの日々の記録。さらに、皆様から各藩、諸侯への文を認めるのも祐筆の役目です。御祐筆衆は、御祐筆頭を含め十人余り。更にそれぞれの御付女中があります。

「祐筆は、奥で起こる全て(すべ)を記録し、後の世の大奥に伝えることがお務めなのです」

　お藤様のお話をうかがって、私は胸の躍る思いがいたしました。幼い頃から書は好きでしたし、本を読むことも大好きでした。しかし、女子が読むものではないと禁じられており、せいぜい文を書くことくらいしかできなかったのです。しかしここでは公然と、女たちがお上の書物を認めている。文机(ふづくえ)に向かう女たちの横顔を見て、私は強い憧れ(あこが)を覚えました。

「ここは女だけの大奥ですから、男のするお役目も、女がするのは当然のことです」

お藤様のお言葉に、大奥に来たことの面白みを初めて痛感したのでございます。

そのことを、御年寄様に申し上げますと、御年寄様はお藤様のことをお話し下さいました。

「あの者は、怖いものがない」

お藤様は祐筆になる以前、上様の御目に留まったことがあったそうです。お藤様は御台様付きのお清の女中でしたから、たとえ上様といえども、御台様のお許しなくお召しになることはできません。とはいえ、大抵の場合は上様が仰せになれば、御台様はお認めになり、上様付きの御中臈になるのが通例でした。

「しかしお藤は、上様の御申出をお断りしたのじゃ」

御年寄様は面白そうにおっしゃいます。

「私は一生涯、御台様にお仕えする覚悟で、奥に入りました。その誓いを覆すくらいならば、ここで御手打ちになっても構いません」

はっきりと言い放ち、周囲が慌てたそうですが、上様はそれを面白がり、

「忠義者よ」

と、お褒めになられたそうです。

私なぞからすると、背筋が寒くなるような恐ろしいことに思われますが、お藤様のお近くにお仕えしてみると、なるほど確かに、そうしたことをおっしゃっても不

思議はない人となり。同じ御祐筆に対しても遠慮はせず、目上の御中﨟様や御年寄様が相手でも、物おじすることなく意見をされます。しかし遺恨を残すことなく、爽快ですらありました。

私はというと、そんなお藤様の元、書の心得はあったものの、祐筆の御付女中としての仕事は、並々ならぬ修練を要しました。

「御中﨟様からの御礼の御文につきましては、この手蹟で。そして、こちらの御文は、この手蹟で。この文言をお使い下さい。以前の御文はこのようにいたしました」

筆跡の癖をなくし、その御方になりきって書くことも祐筆の仕事のうちでございます。また、藩や商人からの願い事などについては、一切の確約をしてはならないことなど、細かいしきたりが多くありました。

そして、文の最後には決まって「めでたくかしく」と記します。これは宮中の女房奉書にならったものだそうです。

「この、めでたくかしくは、相手の御方を称え、畏れる。文の結語ではあるが、同時にこの大奥の女の在り方にも似ている。己の道を貫くならば、尚のこと他を認め、畏れ敬うことが肝要と、私は思う」

お藤様は美しい筆跡で記しながら、そう呟くような声でおっしゃいました。それを聞いてからというもの、私は文の最後にこの言葉を認める度に、身が引き締まると共に、誇らしくも思うようになりました。

さらに大奥の中を見て回り、御側室の元で生まれた御子様方のご様子や、上様の御言葉などを聞いて回ることも祐筆付きの女中としての務めでしたので、部屋方の女中や、御次の周囲にいるよりも、より一層、大奥のことについて様々なことを知りました。

そんなある日のこと、お藤様と共に、ある御腹様の姫君がお風邪を召されたと聞き、お見舞いに訪れました。

「姫様の御具合が早う良うなられますように」

お藤様は丁寧にご挨拶をなさいます。御腹様は、とても大人し気な御方で、一人の姫を大切に慈しんで育てていらっしゃるご様子でした。そして横になられた姫の頭を静かに撫でながら、苦い笑いを浮かべられます。

「上様は、姫の名などお忘れですよ」

それは淡々とした口調ではありましたが、重苦しい響きを含んでいました。戸惑う私を他所に、お藤様はゆっくり首を横に振ります。

「私が、姫様のことをきちんと日記に書いております。それは上様の御目にも届きます故、上様は姫様の好物が何かもご存知ですよ」

お藤様の言葉に、御腹様が緊張を解して笑顔を見せて下さいました。そのお顔を見て、お藤様が己のお役目に自信と誇りを持っておいでなのだと感じました。お見舞いの帰り、大奥の長い廊下を私はお藤様に従って歩いておりました。するとお藤様がふと足を止めて空を見上げられました。

「寒いと思いましたら、雪ですね」

曇天から白い雪がちらりほらりと舞い降ります。私はその空を見上げてから、雪を見るお藤様の白い横顔を拝見しました。その時、御年寄様からうかがったあの噂について、聞いてみたいと思ったのです。

「お藤様は、かつて、上様の御申出をお断りになられたとか」

すると、お藤様は驚いたように目を見開いてから、ほほほ、と声を立てて笑われ、

「まあ懐かしい。さようなこともございましたね」

さらりとおっしゃいます。

「何故、お断りになられたのですか」

「無論、私も上様をお慕い申し上げていれば、御台様を裏切る心も乗り越えましょう。上様は上様として敬いこそすれ、殿方としては好みませんでしたので」

私は絶句しました。

「いかがしました」

「いえあの……たとえそうであったとしても、命を懸けてまで断ることはありますまい」

「好まぬ男と添いたくないのは、当たり前のこと。それは市井（しせい）も大奥も同じでしょう」

　おっしゃる通りでございます。そう言われると、正二郎の鳩尾（みぞおち）を蹴（け）り飛ばして大奥に逃げてきた私も、何も申せません。

「私は悔いていませんよ」

　お藤様ははっきりとそうおっしゃると、再び私に背を向けて廊下を歩いて行かれます。その凛とした背を見ながら、ふと、私の心にも過（よぎ）る思いがありました。

「されどお藤様。女として恋さえできぬ人生を、虚しくは思いませんか」

流石（さすが）にこれは無礼であったかと、私は思わず口を噤（つぐ）みます。するとお藤様はゆっくりと私を振り返られました。

「ここにいては恋ができぬなどと、誰が決めました」

　その時、私の中に、黒い疑念が渦を巻きました。私が奥入りする前、代参していた奥女中たちが、寺の僧侶（そうりょ）を相手に不埒（ふらち）な真似（まね）をしていたという噂があったからです。ある奥女中などは僧侶の子を孕（はら）み、奥を去ったという話も実（まこと）しやかに聞こえておりました。

「もしやその……例の代参のようなことを、お藤様もなさるのですか」

するとお藤様は、今度は高らかに笑われました。

「さような下卑た真似をするのは、心根の貧しい証ですよ」

そして、ふと庭に目をやりました。庭には、今を盛りの椿の花々が鮮やかに美しく咲いております。白い雪がその上に降り、一幅の絵のように美しい景色でございました。しばらくそれをじっと見ていたお藤様は、一本の椿の方に向かって嫣然と微笑まれました。

「触れずともできる恋もある。胸の内深く抱いていれば、それは己の宝になろう」

そして再びお藤様は歩き始めました。

私はその後を歩きながらふと、先ほどお藤様が見ておられた椿を見ます。すると、赤い椿を挟んだ向こうの廊下に、一人の殿方が静かにたたずんでいるのが見えました。

それは、小納戸役の奥之番の方でした。私は名も存じ上げませんが、以前に上様の御側近くにいらしたのをお見掛けしたことがございます。奥に入ることができる数少ない殿方の御役です。とはいえ無論、こうして廊下の向こうとこちらは、近いようで遠く隔てられております。

その方はただ、お藤様と静かに視線を交わしておられました。やがて、お藤様は何も言わずに会釈をして廊下を渡られます。その方は、去りゆくお藤様の横顔を黙って見つめてから会釈を返し、ゆっくりと廊下の向こう、中奥へと渡って行かれました。

そこには何の言葉もございませんし、ましてや触れることもございません。お二人に何があったかということは、私は知る由もないのですが、その密やかな視線の交わりに、何やら胸が高鳴ったのを覚えております。

こうして今は、ようやっと大奥の中で己の務めを見つけ、祐筆というお役目に精進しております。その日々の中では、大奥におります様々な女の生き様を目にすることがございます。それについて、私がお藤様にお話し申し上げるのが日課になっておりました。

「さほどに関心があるのなら、そなたなりに皆に聞き書きしてみれば良いではないか」

お藤様の仰せに従い、お役目の合間に大奥のあちらこちらで話を聞いて回っております。

「ひのえうま」のさだめとやらを恨んだこともございます。されど今はそれもまた楽しいと感じつつ、私なりに上様にお仕え申し上げている次第です。

道中記詐欺（どうちゅうきさぎ）にご用心

桑原水菜

一

コンビを組んで四年目になるゼンワビであるが……。

実は漸吉、相棒の生い立ちを知らない。

侘助の生国はどこなのか。

言葉使いからすると、東国の出だというのは察せるのだが、いざ訊ねても、いつもなんとなくうやむやにされてしまって、いまだにどこだと、はっきりした言葉は聞けていない。

漸吉が侘助と初めて会ったのは、十四歳の頃だった。

丑松親方が連れてきた。その頃、漸吉は駕籠かき修業を始めたばかりだった。いきなり「組め」と言われ、仕方なく、片棒を担ぎ始めたのがきっかけだ。

侘助の素姓は、寅組の誰もよく知らない。なんでも侘助のほうから親方に「駕籠かきをやらせてくれ」と頼み込んだらしいが、どんな経緯でそうなったかは、定かでない。

まあ、べつに。

相棒がどこの誰でも、漸吉は気にはならないが。

ならないのだけど。

「なんだよ」

茶碗を手にした侘助が、気味が悪そうに言った。

「なに人の顔じろじろ見てんだよ。ゼン」

「あ、いや。相変わらず、なまっちろい顔してやがんなあ、と思って」

「余計なお世話だ。大涌谷の黒玉子みたいな顔しやがって」

「誰が黒玉子だ」

朝飯時は、今日もこんなふうにやかましい。やれ漬け物が足りないの、やれ干物が小さいの、と黙って喰っている例しがなかった。

寅組の控所に隣接する平旅籠・寅屋は丑松親方のお内儀・お秋が営む。駕籠かきの食事処でもあるので、朝が一番賑やかだ。

駕籠かきは皆、朝をしっかり食べる。昼は大体、握り飯や茶屋の餅で済ませるから、ここでちゃんと食べておくことが、一日の仕事の要なのだ。

「ふう、喰った。ごっそさん。お妙さん」

「あいよ。気を付けていきなよ」

「おう」

飯炊きのお妙に拳で応え、ゼンワビは出陣だ。

秋は、旅に出るには絶好の季節だ。

東海道も人出が多い。

庶民の旅が増える季節でもある。稲の収穫を終えた農民が、富士講・伊勢講の詣客となって、どっと押し寄せる。

駕籠かきにとっても、かきいれ時だった。明るくなる前からどこも宿場は大賑わいだ。明け六（午前六時頃）を報せる鐘と共に、宿場の大木戸が開かれると、旅人は一斉に出立していく。問屋場は次から次へと舞い込む人馬の手配に、大わらわだ。

その横で、ゼンワビは体を伸ばして、準備体操中だ。

「さあて、今日も宿場はお客だらけだ。何往復できるかね」

「おっしゃ。稼ぐぜ。ワビ」

張り切っている二人のもとに、丑松親方がやってきた。

「ゼンワビ。今日は一日、おまえさんたちは貸し切りだ」

「はい？」

「いま貸し切りって言いましたか」

客が多い繁忙期は、どんどんお客を運んで稼ぎをあげるのが鉄則だ。なのに、この忙しいのに貸し切りとはどういうことだ。

「頼む相手を間違えちゃいませんか。物見遊山の箱根めぐりなら大摩利の兄貴にでもさせてくださいよ」

速さが売りのゼンワビは、とにかく数をこなすのが日々の目標なのだ。上り最速を目指すためにも小田箱を往復して鍛えたいのに。

「大摩利は一日中、指名でいっぱいなんだ。たまには名所案内もやってみろ。おおい、お客さん、こちらです」

ゼンワビは渋々だ。現れたのは、少々小太り気味の中年男だった。湯本に行く途中にある「板橋のお地蔵さん」にそっくりだとゼンワビは思った。出で立ちからすると、武士ではない。

「忠兵衛と言います。江戸で、安永堂という、道中案内記などの版元をしてます」

「版元？　道中記の？」

はい、と忠兵衛は丸い顔でにこやかに笑い、懐から、一冊の案内書を出した。

「これが今月出たばかりの新刊です」

ゼンワビは興味深げに中を覗き込んだ。

道中記というのは、この時代のいわばガイドブックだ。旅人必携の案内書である。東海道を始めとする街道を、宿場から宿場までの距離や問屋場の場所を記すだけでなく、名所や名物まで事細かに記してあるので、これさえあれば、初めての旅でもまごつくことはなかった。頼もしい旅の友は、薄くて小さいので携帯でき、旅人に重宝がられている。

その版元をしているという。

「いやあ。江戸じゃ小さな版元です」

お抱えの戯作者のような類もまだいないので、自分で記事を書いている。今日はつまり、取材でやってきたというわけだ。

「うちの道中記は、私が見つけたお薦めの店を載せるのが、特色でして。前回出した『東海道道中記』が好評でしたので、今回は『箱根名所記』と題して、取り上げる場所を箱根にしぼりこみ、より深く厳選して、名所や名物を、番付風に紹介したいのです。隠れた名物や名店などは、地元の駕籠かきの皆さんに聞くのが一番です。穴場などがございましたら、是非案内してもらえますか」

「穴場……ですかい」

ゼンワビは顔を見合わせた。

早駆けは得意だから、急ぎ客には重宝がられているが、いざ観光案内となると、頭を悩ませてしまう二人だ。しかも、穴場を、と請われると「穴場なんてあったか」となんとも頼りない。

「役に立つかどうか分かりやせんが、とりあえず、出発しましょうか」

＊

「ほう」

「はあん」

「ほう」

「はあん」

先を急ぐ旅ではないので、ゼンワビの歩調も今日は緩い。駕籠に乗る忠兵衛は、身を乗り出し、あれは何だこれは何だ、と質問に忙しい。

しかも挿し絵の絵師も兼ねているので、ちょっと眺めのいいところにさしかかると、駕籠を止めて写生を始める。のんびりしたものだ。

道端で待つゼンワビは、いつもならば時間勝負で必死なだけに、どうも調子が狂ってしまう。

「こう進みがとろいと、こっちまで気分がだれてくるな」

「ま、たまにゃいいんじゃないか。こういうのも」

「あらためて見ると、けっこういい眺めなのな」

「普段は、ろくに景色なんか見ねえしな」

山の上にあがってくるにつれ、紅葉も美しくなる。折り重なる稜線がまるで錦絵のようだ。

十二単を思わせる山の襟の合わせ目から、小田原の海が望める。鳥の声が谷間に響き、ひんやりとした風が梢を揺らし、黄金色の葉がさわさわと歌っている。

いつもなら脇目も振らず、一瞬で通り越してしまうところだ。茶屋でもない道の脇に駕籠を止めて、のんびり眺めに見入るなんて滅多にないので、初めは苛々していたゼンワビも、だんだん和んできてしまった。

「お待たせしました。さあ、行きましょうか」

再び出発だ。

とりあえず東海道沿いに箱根宿まで行く。駕籠に乗っている間も、忠兵衛は筆を握ってネタの書き留めに余念がない。

「お二人は、地元の出ですか」

「へい。あっしは箱根宿の生まれでさ。芦ノ湖の水を産湯につかったくらいで、生まれも育ちも箱根です」

「後棒の侘助さんもですか？」

すると、侘助が一瞬、黙った。漸吉も思わず肩越しに振り返ってしまった。

「俺は、よその出です」

「小田原ですか」

「いえ。よその出です」

どこだとは頑（かたく）なに言わない。

漸吉は内心「もっと突っ込んでくれ」と願ったが、忠兵衛はそこに興味はなかったようだ。代わりに、

「では駕籠かきになった理由は」

それだ、と漸吉、心の中で拳を固めた。佗助が親方を頼った経緯を聞き出したい漸吉は、先に口を開き、

「えー……、俺はですねえ、育ての親が駕籠かきの親方だったんで成り行きで」

「なら漸吉さんは寅組の親方の」

「はい。なんで気が付いたら、この通り。おい佗助、おまえは？」

と軽く振り、心中では神妙に答えを待った。佗助はやはり暫時（ざんじ）黙って、ふと、

「箱根の上りの駕籠かきは、稼ぎがいいって聞くんで」

そうじゃねーだろ、と漸吉、腹の中で突っ込みを入れた。

「稼ぎたくて駕籠かきになったんですか」

「まあ、そんなとこでさ」

いやいや、ちがうだろ、と漸吉は内心訴えた。こないだだって言ってたじゃねー

か。

——箱根にいなきゃならない理由がござんしてね。

って。

そこを知りたいわけだ。漸吉は。

「まあ、確かに小田原—箱根の間の駕籠代は東海道一、高いですからねえ」

「でしょ。儲かるんですよ。きついけど」

小田原—箱根間の駕籠賃は、大磯—小田原間のざっと三倍だ。

寅組に所属するゼンワビは、親方から給金を貰う身なので、出来高がそのまま即稼ぎになるわけではないが、それだって新米にしては結構な額を貰えている。

「手っ取り早く儲けるには、駕籠かきが一番なんでさ」

「嘘つけ」

とついに漸吉が口を挟んだ。

「稼ぐのが目的なら、なんでお志乃さんの誘いを断ったんだよ。年俸なんか高松屋のほうがずっと高いぞ」

「江戸は物価が高えじゃねえか」

「稼ぐだけなら他にも商売はいっぱいあるだろ。なんで駕籠かきなんか」

「おめーの知ったことかよ。ゼン」—

「いや私も気になります。なぜ駕籠かきをしようと？」

　意外にも食らいついていく。いいぞ、と漸吉は心中、応援した。が、敵も然る者。侘助は、しれっと、

「駕籠かきなら、すぐに稼げるでしょ。他の職人だとそうはいかねえ。一人前になるのに何年もかかる。駕籠なら担ぐだけでいいから」

「なにい。駕籠かき、なめんな」

「だってそうだろうがよ」

　なかなか核心に辿り着けない。

「そもそも銭なんか貯めてどうすんだよ」

「贅沢するに決まってんだろ」

「贅沢のために駕籠かきやってんのかよ。見損なったぞ、ワビてめえ」

「おめーだって似たようなもんだろうが」

　だんだん収拾がつかなくなってきた。

　相変わらず、はぐらかす。

　単刀直入に訊きたいのは山々だが、この調子であまりしつこく訊きすぎると、最後には黙り込んでしまう。

　そして、いやに切なそうな顔をみせるもんだから、漸吉も何だか良心が疼いて、

それ以上訊けなくなってしまう。理由や生い立ちには触れて欲しくない、というのがどことなく伝わるから、無理に聞き出すのも躊躇われる。

で、すぐにまた「なんで俺がこんなに気ぃ遣わなきゃなんねえんだ」と腹を立てる。

とはいえ、相棒である自分くらいには打ち明けてもバチは当たらないだろうに。

二人で箱根を二千回ぐらいは往復したというのに、いまだ胸襟を開こうとしない侘助が、時々、もどかしくて、むかつく。

沈黙を察して、忠兵衛は他の話題を振ってきた。

「お二人が思う『箱根のいいところ』っていうのは、どのへんですか」

「いいところ、ですかい。うーん。温泉が多い、とか」

「駕籠かきにとっちゃ、いいところより、きついとこばっかりですがね」

「夏は涼しいけど虫が多いし、雨が降ると、畑宿の先なんか道が川でさ。今は石畳を敷いて水ハケいいように溝入れてやすが、昔は泥で膝まで浸かるひでえ道だったって」

「へえ」

「もともと箱根越えの道は、こんな谷間道じゃなくて尾根道だったんでさ。なんでか知らねえが、江戸に将軍様が住まうようになってから、この道を通るってことに」

「ふむふむ」

「暑いからですかね。まあ、尾根道のほうが高さはあるが、こっちも笈平から先は、要害山をギュッとあがりますからね」

「きついんだよな、あそこ。尾根道みたいにゆるゆるあがりゃ楽なのに」

「下りだとスッ転びやすいしな。日陰だから、ちょっと端の石は苔生えたりするし」

だんだん、ただの駕籠かきの愚痴になってきた。これでは観光記事にならない。

だが忠兵衛は楽しそうに聞いている。

「ちなみに箱根で一番きつい坂はどれですか」

「一番きつい？　やっぱ樫木坂から猿滑坂かな。あそこは崖だよ。平らなとこが一瞬もなくて、あがりながら曲がったりするし」

「そうか？　俺はお玉坂から白水坂だな。上り続きで腿があがらなくなる頃に、とどめみたいな胸突八丁がありやがる」

「勾配は猿滑坂だろ」

「いや。白水坂にもやべえ上りがあるじゃねえか」

「猿滑だ」

「白水だ」

「なにをう」

「まあまあ」

止めに入られる始末だ。

そうこうするうちに、畑宿の集落が見えてきた。小田原―箱根間では一番大きな「間の村」だ。四十軒ほどが道の左右に軒を連ね、大きな名物茶屋などもあり、一息つきたい旅人でわいわい賑わっている。

茶屋ではみやげものも置いていて、箱根名物の木工品なども手に入った。

「畑宿といえば茗荷屋が有名だけど、他の茶屋も結構うまいもんありますぜ。あっちは蕨餅、こっちはあんころ餅」

「茗荷屋にばかり目が行ってしまいますが、他にもいろいろあるんですね」

「ええ。茗荷屋はいつも混んでるんで、急ぎのお客さんや前にも来たお客さんには他を薦めてるんです。旦那は、畑宿に来たのは」

「二度目です」

東海道と中山道は一通り歩いたという。前回はご多分に漏れず、茗荷屋を取材したのだとか。

「今回は他の茶屋をと思っていたところです。おすすめはありますか」

「奈良屋なんかどうでしょ。近頃、押し寿司なんかも始めたんです。ちょっと寄ってみますか」

いいですね、と忠兵衛は喜んでついてきた。

奈良屋は、建て構えこそ、こぢんまりしているが、こぎれいな茶屋だ。女性好みの小物なども置いてあり、甘味も充実している。

「うまい」

始めたばかりの押し寿司に、忠兵衛は舌鼓を打った。

「この鯖はどこで」

「はい。小田原で獲れた鯖です。特製の酢醤油でしめてます」

「これはいい。名物になりますよ」

と忠兵衛はまた矢立を取りだし書き留めている。よいネタを提供できて、ゼンワビも気分がよかった。

「奈良屋の旦那、よかったですね。実はこの人、江戸で道中記出してるそうですよ」

「道中記」

「あっ、それを言っちゃ……」

「ええ。安永堂さんって版元なんでさ」

安永堂？　と主人が突然、顔色を変えた。ゼンワビがきょとんとしていると、主人は血相を変えてまくしたててきた。

「もしや、俺らから金を騙(だま)しとった、あの安永堂かい」

ゼンワビは目を剝(む)いた。

そして、同時に忠兵衛を見た。

「だました……って」

「この野郎。よくもヌケヌケと顔を出しやがったもんだな。また金を騙しとろうったって、そうはいかねえぞ」

「ちょちょちょ、奈良屋の旦那どういうことです。このひとに金騙しとられたってな」

奈良屋の主人は赤ら顔をますます赤くして、興奮が止まらない。

「こいつはな、半年くらい前、うちに来て、金を出せば、道中記でうちの茶屋を薦めてやるって銀六十匁(もんめ)も取っていきやがったんだ。なのに新しい道中記にゃどこにも載ってないじゃないか。詐欺(さぎ)だ。道中記詐欺だ」

ゼンワビは忠兵衛を見た。

忠兵衛はぶるぶると激しく手と首を横に振った。

「詐欺なんてしていません。お人違いをされてませんか」

「いいや、間違いじゃない。こいつを置いてったんだ」

と差し出したのは、安永堂が出版した道中記だった。さっきゼンワビが見せてもらったのと同じ題名の刷り物だ。

「この本の新しいやつに載せるって言ったんだ。とぼける気か、ふてえやつめ。金返しやがれ」

　殴(なぐ)りかかろうとする。

　悲鳴をあげて忠兵衛は「知りません、知りません。私じゃありません」とゼンワビの後ろに隠れた。

「まま、ちょっと待っとくれよ、奈良屋の旦那。忠兵衛さんはこちらを訪れたのは今日が初めてだって言ってたぜ」

「そんなわけあるか。すっとぼけたって駄目(だめ)だ。うちの他にも騙された茶屋があるんだ」

「でも私は本当に知らないんです」

「とぼけるな。ばれないとでも思ったのか。田舎(いなか)もんだと思ってなめやがって」

「本当に茗荷屋以外を訪れたのはこれが初めてなんです。信じてください」

　泣きついてくる。

　ゼンワビも、どちらの言い分が本当なのか、判断がつきかねた。

「こりゃ一体どうなってるんだ」

二

奈良屋の主人の言うとおり、道中記詐欺にあった店は、畑宿だけでも五軒あった。いずれもその男は安永堂を名乗り、安永堂が刷った道中記を持ってやってきたという。

そして、銀六十匁――といえば、およそ一両（いまの金額で五～六万円ほどだろうか）、出せば、今度出す増補改訂版に掲載すると約束して、それぞれの店から金をせしめていったという。だが、その後は何の報せもなく、連絡は途絶えたままだ。

数日前、旅人から、安永堂版の新しい道中記をたまたま見せてもらい、掲載されていないことに気づいたのだという。

憤慨していたところに、当の本人がやってきた。

だが忠兵衛には身に覚えがない。

「こりゃあ、名を騙られましたね」

漸吉が言った。忠兵衛は一旦、湯本の湯宿に投宿し、対策を練っているところだ。

「誰かが安永堂を名乗って、道中記詐欺を働いたってことですか」

「なるほど。道中記に載りゃ、いい宣伝になるしな」

昨今は庶民の旅が大流行りで、いまや道中記は様々な版元から出版されている。観光ガイドブックと一緒で、道中記に載れば、旅人たちはこぞって店に来てくれる。客は、道中記に載った店に集中するので、掲載を望む茶屋の主人たちは、騙りを信じ込み、金を払ってしまったのだ。

庶民の旅も充実してきている。せっかく旅に出るのだから、どうせなら、うまいもんが食べたい。旅人は耳寄り情報に飢えている。

道中記も、ただの案内書では横並びになってしまうので、売り上げ向上のために、うまい店紹介を盛り込むようになってきた。挙げ句、名物・名所をおすすめ順に並べた「番付道中記」などの代物まで出る始末だ。ただの案内書に飽きた客は、おすすめ情報入りを率先して買うので、版元も、いかにうまい店を発掘できるかに苦心する。

実際うまければ道中記の評判もあがる。

すると、旅人はますます道中記をあてにして、掲載された店に足を運ぶようになる。

掲載された店はますます儲かる。

他の店は客を取られたくないので、是が非でも掲載して貰いたくなる。

そんな弱みをまんまと突かれたわけだ。

「しかし、そもそも安永堂の道中記で取り上げる店には、私が道中記を書いていることは決して明かしません。私はおのが舌で確かめて、まことにうまいと思うた店でなければ載せません。自ら名乗るなど、そもそも、ありえませんし、まして袖の下を受け取って載せるなんて」

取材は必ず覆面で。

それが安永堂の信念なのだ。

金をもらって「おすすめ」なんて、もってのほかだ。

「でも噂じゃ結構あるみたいですよ。近頃」

と土壁にもたれた侘助が、腕組みをしながら言った。

「道中記に載せて欲しいばっかりに、わざわざ版元に赴いて、袖の下渡して載せてもらうって」

「邪道です。そんなのは」

「客寄せのために自分らで道中記を出す旅籠組合なんかもあるっていうしな」

つけこまれ易い状況ではあったのだ。

だったら、堂々と広告として出せばいいのだが、この場合「おすすめ」というお題目が重要なのだから、話は厄介だ。

「でも私はやってません。本当にやってないんです」

「わかったわかった。でも奈良屋の主人が被害にあったのは本当だし」

潔白を証明しないことには、安永堂の信用もがた落ちだ。

「くそう。捕まえてとっちめてやる」

「まあまあ。とにかく犯人の手がかりを集めてみねえことにゃどうにも」

「お願いします。ゼンワビさん。力になってもらえませんか」

客の頼みとあっては、無下にはできない。ゼンワビは道中記詐欺の犯人捜しに力を貸すことになってしまった。

＊

偽「安永堂」を名乗る男に騙された茶屋は、思いの外、多かった。隣同士で被害にあって、お互いに知らなかったところもある（道中記に載って、隣を出し抜こうとする腹だったのだろう）。

中には掲載されたものと思いこんでいて、被害に気づかぬものまでいた。

「人相ですか。しかし半年も前のことですからねえ……」

「なんでもいいんですよ。思い出してもらえませんかね」

と訊ねると、茶屋の主人は、じーっと忠兵衛の顔を見て、

「似てるというなら、あんたに似てたよ。小太りで、こう、板橋のお地蔵さんに似てた」

ゼンワビと同じことを言っている。

二人はまた忠兵衛を見つめてしまった。

「本当にあんたじゃないんでしょうね」

「ちがいますちがいます。私は本当に知りません」

数軒訪ねたが、答えはほぼ同じ。

小太りで「板橋のお地蔵さん」に似ている——だ。

三人はその「お地蔵さん」が祀られている宗福院の板橋地蔵尊へとやってきた。

小田原と湯本の間にある街道沿いの大きな寺で、本尊の地蔵菩薩像は身の丈八尺の巨大なお地蔵様である。

一月と八月、年二回の大祭には、地元だけでなく、各地から信仰篤い善男善女が詣で、大変な賑わいになる。

「なるほど。言われてみれば、私と似てるな」

本堂にでんと座った巨大なお地蔵さんを見上げて、忠兵衛は感心していた。

「これが弘法大師の彫った仏様ですか」

「いえ。ご本尊の延命子育地蔵尊は、この大きなお地蔵さんの胎の中にいるんでさ。そいつが弘法大師の彫ったっていう仏さんで『胎籠もりのお地蔵さん』なんて呼ばれてます。元々は湯本の古いお堂にあったんですが、二百年ほど前に、香林寺の文察って和尚さんがここに移してきたんでさ」

問われれば、案内がすらすらと出てくるあたりは、さすが侘助だ。

「このへんじゃ、新仏が出た時に三年お詣りするとそっくりな人に会えるって話です」

「死んだ人に会えるんですか……？」

「いや、本人かどうかは分かりません。あくまで、そっくりさん、てとこがミソで」

忠兵衛が手を合わせて拝み始めた。

いやに真剣に拝んでいる。

ゼンワビもつられて合掌した。

「ずいぶん熱心でしたね。どなたか亡くなった方でも？」

忠兵衛ははにかんだ。

「いや。商売繁盛(しょうばいはんじょう)の願掛(がんか)けです」

「いやいや、その前に犯人みつかりますように、じゃないんですかい」

「はっ。そうですね」

「そうだ。人相書きを作って、茶屋に配るってのはどうです」

思いついたのは漸吉だった。侘助が、

「誰が書くんだよ」

「そりゃ忠兵衛の旦那だよ」

「私がですか」

「勿論(もちろん)。こないだも、いいカンジに写生してたじゃないですか。犯人に似てるっていうこの地蔵さんを描けば、人相書きになるでしょう」

「なるほど」

忠兵衛はおもむろに矢立と画帖(がちょう)を取りだし、目の前にある地蔵菩薩を描き始めた。

しかし、何枚描いても似ても似つかない。

「……旦那。こう言っちゃなんだけど」

「ははは。実は昔から絵心が、これっぽっちも」

絵師を雇う金もなく、これぞ、という絵師も見つからないので、自分で描こうと独学していたが、そんなに甘いものではない。

人物画ともなると、からきしだ。

「似てないどころか」

「これじゃ他の人を釣っちまいそうだな」

似顔絵としては使えそうにない。

「まだ俺が描いたほうがマシだぜ」

「やめとけ。ゼン。紙の無駄だ」

「やってみなきゃわかんねえ」

忠兵衛から筆と画帖を奪って、描いてみた。が、出来上がった絵は、お地蔵さんというよりも、下膨れのおたふくだ。

「ああ、もう。貸せ」

と今度は侘助が挑戦してみた。すると、どうだ。うまいとは言わないが、なかなかに特徴を捉えた出来になったではないか。

「おめーのそういうとこがいけすかない」

「才能だ。妬くな」

「はあ。でも私にそっくりですね」

忠兵衛が溜息をついた。

「これを貼り出されてしまっては、私が箱根で犯人扱いされてしまいます」

「それもそうだな」

せっかく作った人相書きだが、忠兵衛とそっくりで紛らわしい。それに犯人が現れたのは半年も前の話だ。今はとうに他の土地へオサラバしているだろう。

「箱根でこれだけ被害が出てるんだ。東海道中でやらかしてるかもしれませんぜ」

「ああ。どうしよう。安永堂の信用が……」

忠兵衛は頭を抱えてしまう。

ゼンワビも困った様子で腕組みした。

「とりあえず、明日関所に行って、横目付の大道寺の旦那に相談してみましょう。関所に置いてもらえりゃ、とっつかまえてもらえるかもしれねえ」

「私が関所を通れなくなります」

「そこは、まあ、なんとかする」

今はこれ以上被害が出ないよう、神仏に拝むしかない。

忠兵衛とゼンワビは、もう一度、お地蔵様に手を合わせた。

*

「しかし、あの旦那の言ってることは、本当なのかね」

小田原の長屋に戻った侘助は、小難しい顔で似顔絵を睨（にら）みながら、そう言った。

玄関先にいた漸吉は、七輪でさんまを焼きながら、振り返った。

「おまえはまた疑ってんのか。忠兵衛の旦那を」

「詐欺がバレたんで、別の犯人を仕立てようとしてんのかもしれねえ」

「俺たちを騙してるっていうのか。馬鹿言うない」

「だが、誰に訊いても、一番似てるのは忠兵衛本人だって言ってるじゃねえか」

「あの旦那は潔白だ。人の好さが衣着て歩いてるような御仁（ごじん）じゃねえか。大体、犯人が人相書き作りまで手伝うかよ」

「貼るの嫌がってたじゃねえか。それに、わざと下手（へた）に描いたのかもしれねえ」

「ちがう。ありゃ天然でへたくそだ」

「おめえはすぐそうやって人を信じる。ちったあ疑え。ゼン」

「おめえこそ、すぐ人を悪く見る癖はどうにかなんねえのか。ワビ。なんだって、そう人を疑る」

「騙されねえためだ」

「そんなに今まで騙されてきたのかよ」

「人間用心深く生きねえと、いとも簡単に足元掬（すく）われる。一度掬われたら二度と立ちあがれねえことだってあるんだ。そんなんで負け犬になるのだけは、俺はごめんだ」

「身に覚えでもあるような言い方だな」

佗助は黙った。

漸吉は思わず、焼いていたさんまを放り出して、立ち上がった。

「何か痛い目にでもあったのかよ。おめ、一体、生国で何があった」

「別に何も」

「故郷(くに)にいられなくなるようなわけでもあったのか。人でも殺してきたのかよ。どういうわけで箱根に来たんだよ。箱根にいなきゃならねえわけってな、何なんだ」

「おめえの知ったこっちゃねえよ」

「佗助」

珍しく真顔で問いつめたが、佗助は目線を合わせようともせず、七輪を指さした。

「さんま、焦(こ)げてる」

「うお」

慌てて、ひっくり返しに戻った。

そんな漸吉の背中に、佗助が呟(つぶや)いた。

「……今度の件だって、茶屋の連中が不用心すぎたせいで起きたことだろ。甘い話は、疑ってかかるもんだ。騙されたほうが悪い」

「なに言ってんだ。ワビ。騙すほうが悪いに決まってんだろ」

「おまえみてえな人間が騙されんだよ。……煙臭くなった。体拭いてくらあ」

と侘助は手拭いを持って、外に出ていってしまった。

どうも、こう、相棒の人生観が分からない。斜に構えているかと思えば、ひょんなところでムキになってみたり。

疑り深い性格には、生い立ちが関わっているのだけは間違いないのだが……。

焦げた魚に溜息をつきながら、漸吉は向かいの長屋の屋根を見上げた。

月が浮かんでいる。

今でこそ口のへらない侘助だが、出会った頃は極端に無口だった。滅多に笑いもせず、陰気な奴だった。あまりに絡みづらくて困ったもんだ。あんなに喋るようになったのは、思えば、いつからだろう。

その侘助には時々考え事をしている時がある。漸吉が夜中、ふと目が覚めて、隣の布団を見ると、侘助がまんじりともせずに、いやに冷たい目をして天井を睨んでいたりする。

一人になると、時折そんな目をしている（別にいつも観察しているわけではないが、日中も誰より長い時間一緒にいるのだから、嫌でもわかる）。

あの目をしている時の侘助は、一体、何を考えているのだろう。

でも、なんとなくだが、それを知った時には侘助がいなくなってしまいそうで、訊けない。

いや、あんないけすかない奴、いなくなったところで全然痛くも痒（かゆ）くもないが、今のところ漸吉の相棒は他にいないのだから、いてくれなきゃ困る。仕事にならない。それだけだ。

と自分に言い訳をして、焼けた魚を皿に置いた。

「ったく。変な野郎だぜ」

皿に並べた二匹のさんまは、仲良く腹が焦げている。

三

それから三日後、同じ駕籠かき仲間から驚くべき報せが飛び込んできた。

「安永堂の道中記をネタに金とろうとしてる奴がいるだと……？　そりゃ本当か」

教えてくれたのは、温泉のある七湯（しちとう）道から戻ってきた、イスタスこと伊助（いすけ）・田介（たすけ）組（痩せと太っちょの凸凹コンビである）だった。

つい昨日のことだった。版元を名乗る男が金と引き替えの掲載を持ちかけてきた。怪しい、と思った主人が断ったので、事なきを得たが。

「犯人が箱根に来てる」

やっぱり、と侘助が声をあげた。

「見ろ、ゼン。やっぱりあの親父だったじゃねえか」

「でも忠兵衛さんは俺たちとずっと一緒にいたぞ」

「俺らが小田原に戻ってる間に、詐欺してまわってたに違いねえ。見ろ。あいつは本当は安永堂でも何でもなかったんだ。くそ。俺たちまで騙しやがって」

「ちょっと待った。そいつは安永堂を名乗って金取ろうとしたのか」

イスタスはうなずいた。漸吉は異を唱え、

「おかしいじゃねえか。忠兵衛さんが犯人だったら、この期に及んでわざわざ安永堂を名乗ったりするか。安永堂騙りする奴がいるって、もうバレてんだから、俺だったら別の版元を名乗るぜ」

これには侘助も言い返せない。

漸吉はイスタスを振り返り、

「その詐欺師はどこに来た」

「塔ノ沢だ」

昨日が塔ノ沢ということは――。

「次は、堂ヶ島・宮ノ下・底倉あたりに現れるに違いねえ。行くぜ、ワビ。今度こそ真犯人とっつかまえて、忠兵衛さんの潔白を証明してやらあ」

＊

秋は行楽の季節とあって、箱根の七湯道は東海道以上に大賑わいだ。紅葉狩りを兼ねて、各地から客がやってくる。

いつもは静かな山間の温泉郷も、今日は湯治客とそれを目当ての行商人でいっぱいだ。谷間からは湯気があがり、湯上がりの女客がしゃなりしゃなりと歩いていて、桜色の肌がなんとも艶っぽい。

「こんだけ人がいると、見つけるのも一苦労だぞ。ゼン」

「なあに。人が多けりゃ見た奴も多いってこった」

ゼンワビは忠兵衛を駕籠に乗せて、宮ノ下にやってきた。当の忠兵衛は「安永堂の偽者が来ている」と聞いて、心穏やかではないのか、朝から不安そうな顔をしている。

「漸吉さん、侘助さん。本当にこのあたりに犯人がいるんでしょうか」

「ああ。見つけてとっつかまえて、騙した金とりかえしやしょうぜ。……どうなさいやした」

忠兵衛の様子がどうもおかしい。

妙に暗い顔で、黙り込んでいるのだ。

侘助が見てとって、意地悪く、

「なんです。それとも犯人が見つかっちゃ困るような理由でも？」

「おめ、まだ疑ってんのか。ワビ」

「念には念をってね」

さっそく聞き込み開始だ。

宮ノ下の湯宿には、まだ詐欺男は現れていなかった。それらしき男が投宿（とうしゅく）したとの話も、今のところ、ない。

聞き込みの手を湯治客にも広げてみた。が、地元ではない客に「板橋のお地蔵さん」と言っても通じないのでは、と指摘した侘助に、

「なに。簡単さ。……あ、もしもし。そこのおねえさん方、この界隈（かいわい）でこの旦那に似た男を見かけませんでしたか」

と忠兵衛の顔を指す。なにせ一番似ているというのだから、手っ取り早い。

しかし、湯治客はいっぱいいるものの、なかなか目撃した者が出てこない。

「っかしいな。宮ノ下じゃないのか」

「他人の顔なんか、よっぽどのことがない限り、見かけても覚えちゃいないもんだ」

それでもしつこく聞いて回っていたら、

「ああ、この人に似た御仁(ごじん)なら見たよ」

ついに目撃者が現れた。湯治客の若い男だった。今朝(けさ)、ここから少し奥にある底倉の湯にいたという。

「風呂の端に腰掛けて画帖みたいなもんを開いて絵を描いてたよ。湯に浸かるおなごを描いてたみたいだなあ」

この時代は混浴だから、まあ、覗きとはちがう。浮世絵はブロマイドみたいなものだから、モデルにされたおなごは有頂天だったらしい。

「なんだそりゃ。絵を描いてた?」

ゼンワビ思わず忠兵衛を見た。そういえば、忠兵衛も風景を写生していた。すると、忠兵衛の顔色が変わっている。

「絵、ですか」

「なかなか巧(うま)かったが、変な絵だったねえ。鏡をなぞったみたいに本物そっくりで、ちょっと気持ち悪かったな。描かれたおなごが『私はこんなではない』と怒ってたくらいだからね。まあ、傍(はた)から見りゃ、そのまんまなんだけどね。どこその絵師みたいだったが、湯気で紙がふやけるっつって、油紙で手許(てもと)を覆ってたけど。というか、あれ、あんたじゃないの？」

忠兵衛の顔が強(こわ)ばっている。ゼンワビはいぶかしげに覗き込み、

「なんか、思い当たることでも？」

「ゼンワビさん、底倉ってどこです」

「ああ、この先ですけど」

「急ぎましょう」

と慌てて駕籠に乗り込んだ。

顔が青くなった忠兵衛を乗せて、急(せ)かされるままに、箱根七湯のひとつ・底倉へと駆けつけた。話にあった湯を訪ねたが、すでに件(くだん)の人物はいなかった。

底倉から道はふたつに分かれる。仙石原(せんごくはら)に抜ける木賀(きが)のほうか、芦ノ湖に抜ける葦(あし)ノ湯(ゆ)のほうか。

「まだ近くにいるはずだ。二手に分かれて探そう。ワビ。おまえは木賀に行け。俺は葦ノ湯に行く」

「合点だ。って、ひとりで迷わずに行けるのか」

「うっ」

漸吉は大変な方向音痴(おんち)だった。

「な、なんとかならあな」

「ならねえから言ってんだろ」

「馬鹿にすんない。箱根は庭だ」

「私はどうすれば」

「あんたは、俺と葦ノ湯だ。駕籠はないから歩いてきてくんな。ついでに道案内もな」

だめだ、こりゃ。と侘助は顔を押さえた。

幸い道中記の地図がある。空駕籠は担ぎ棒にひっかけて侘助が担ぎ、ゼンワビは二手に分かれた。

葦ノ湯は、思った通り、人だらけだ。湯宿に聞いて回ったが、この混雑では、いたとしても見つけられるか。

そこへ。

「よう、漸吉じゃねえか。こんなとこで何してる。侘助はどうした」

向こうからやってきたのは、大摩利(オオマリ)の駕籠だった。武家のおなごを乗せる上物の駕籠を担いで、相変わらず品のいい摩利吉(まりきち)が、手を振ってきた。

「いいとこに来なすった、大摩利の兄貴。人を捜してるんでさ。この先で、こちらな」

「そうですかい。じゃ、やっぱり木賀のほうかな。まずいな。仙石原に抜けたか
「俺たちは関所から来たけど、覚えはないなあ」

大丸と摩利吉は、揃って忠兵衛を見た。

にいる旦那と似てる男を見かけませんでしたかい」

するとと、大摩利が担ぐ駕籠から、おなごの客が「あの」と細い声をかけてきた。

「そちらの御仁に似ている方と仰しゃいましたか」

「へえ。何か見覚えでも」

「さきほど箱根神社にお詣りしたとき、石段の下で絵を描かれておられる方が」

絵？　と漸吉、身を乗り出した。

「絵を描いてたんですかい。その御仁」

「ええ。画帖のようなものを開いて、鳥居から、湖と富士のお山を描いておられる
ようでした。それが、大変お上手だったので」

間違いない、と叫んだのは、忠兵衛だった。

漸吉の肩を摑んで、ぐらぐらと揺さぶり、

「その男です。富士を描いていた、その男です」

「な、なんです。いきなり。あんた、知ってるんですかい」

急かされるまま、芦ノ湖に向かった。

勢い余りすぎた忠兵衛は、途中でへたばってしまったが、漸吉がおぶって、ようやく芦ノ湖に着いた。

もう日は傾き、箱根神社のあたりも詣客が去り、閑散としている。

「いませんね」

「くそ。もしかして、もう関所を越えたのか」

あたりを見回していた漸吉が「あ」と湖岸のほうを指さした。

「あれじゃないですかい」

湖岸の岩に座り込んで、項垂れている男がいる。

いや、何か作業をしている。

二人は石段を駆け下りて湖岸へと走った。芦ノ湖にはひんやりした風が吹いている。空は茜色に染まり、芦ノ湖の向こうに見える富士もほんのり紅色に染まっていた。その富士を描いているのだと分かった。

漸吉と忠兵衛は、そっと背後に忍び寄った。

「ちょっと、そこの旦那」

声をかけると、写生をしていた男の肩が、どき、と撥ね、振り返った。

そして、こちらを見ると、「わ」と驚き、尻餅をついてしまったのだ。

漸吉も驚いた。その男、忠兵衛とそっくりなのだ。

「やっぱりおまえだったのか。伝七郎（でんしちろう）」

と忠兵衛が言った。

は？　と漸吉は口を開け、二人を交互に見た。

よく似ているどころか、瓜二つだ。

漸吉は目をぱちくりさせて、

「でん……しち……ろう……って？」

「私の双子（ふたご）の弟です」

忠兵衛が苦々しく答えた。

「二十年前に家を飛び出して、行方（ゆくえ）知れずだった……」

漸吉はポカンとして「双子？」と叫んだ。

「伝七郎。おまえが安永堂を騙って、茶屋や湯宿から金を騙しとっていたことは分かっているのだ。さあ。皆に詫（わ）びて、金を返せ」

「……」

すると、「伝七郎」と呼ばれた忠兵衛そっくりな男は、観念したのか、億劫（おっくう）そうに立ち上がり、忠兵衛のほうに近づいてきた。

と、次の瞬間――。

「うお」

いきなり懐から刃物を抜いたかと思うと、忠兵衛に切り付けてきたのだ。あやうく忠兵衛がかわすと、伝七郎は漸吉の背後にまわりこみ、あっというまに漸吉を羽交い締めにしてしまったではないか。

「うわわ。なにすんでい」

「死にたくなかったら、おとなしくしろい」

伝七郎が漸吉の喉に刃物を突き付けてきた。漸吉は「ひっ」と叫んで固まってしまう。

「金だ。こいつを死なせたくなかったら、あり金をそっくり置いて、ここから去れ」

「馬鹿な真似はやめろ。伝七郎」

「これが目に入らねえのか」

とますます刃物を近づける。そこへ、

「漸吉」

と叫んで石段のほうから若い人足が駆け下りてきた。侘助だ。木賀が空振りだったので引き返し、大摩利と鉢合わせして漸吉たちが箱根神社に向かったと知り、すっ飛ぶように駆け続け、ついいましがた追いついたところだ。

その目に飛び込んできたのは、刃物男に羽交い締めされた相棒の姿だ。

「てめえ、漸吉になにしやがる」

「ちょちょちょ、来んな来んな。刺される刺される」

非常事態だ。漸吉を人質にとられては、侘助、手も足も出ない。焦って忠兵衛に、

「こりゃ、どういうことなんです。説明してくださいよ。旦那」

忠兵衛は怒りと苛立ちで、地蔵どころか仁王のような顔になっている。

「この者は私の双子の弟・伝七郎です。二十年前、親の反対を押し切って浮世絵師になるのだと家を飛び出したきり、行方知れずでした」

「行方知れずの双子だとう」

侘助も思わず忠兵衛と伝七郎を交互に見てしまった。なるほど、顔つきも体つきも、そっくりだ。

「風の便りで重い病にかかった、と聞いていたので、もうとうに死んだものと」

「死んでなんかいねえ」

伝七郎は、漸吉を抱える腕を緩めずに言い返した。

「誰がくたばるもんか。ちいと疱瘡にかかっただけだ。勝手に殺すない」

「聞いたぞ、伝七郎。弟子入り先の師匠から勘当されたそうだな。浮世絵師になって名を挙げるという夢はどうした。投げ出したのか」

絵師、と聞いて、漸吉も「そうか」と納得した。忠兵衛がさっき「犯人らしき男が絵を描いていた」と聞いて顔色を変えたのは、このせいだったのだ。

すると、伝七郎が笑い出した。

「絵師なんて、とうにやってねえや。思えばくだらねえ仕事だったぜ。版元に擦り寄って気に入られた奴にしか仕事なんかまわってきやしねえ。版元は版元で、てめえの都合に合う奴しか使わねえ。腕のいい悪いは二の次だ。所詮、小狡く立ち回った奴だけが儲けてるのよ。買う奴ぁ買う奴で、絵の出来なんかより、えげつないネタで話のタネになりゃなんでもいいのよ。そんな連中の顔色窺いなんか、やってられっか」

「それで道中記詐欺を始めたのか」

「俺はな、兄貴の出す番付道中記みてえな、上から物を見てる連中が大嫌えなんだ。てめえが世の中の真ん中みたいな顔で知ったかぶって、うまいのうまくないの。そんな戯言はなあ、全然当てにならねえってことを世の中に教えてやるのよ」

「伝七郎。おまえ」

「ははは。売る奴も買う奴も、ざまあみろってんだ」

「……んじゃ、絵師やめたのに、なんで絵を描いてたんですかい」

腕の中から問いかけられて、伝七郎の高笑いが止まった。

羽交い締めされた漸吉が、睨みつけている。

「人から金を騙し取って、てめえは悠々、絵描き旅なんて、ずいぶん悠長じゃねえか」

「なんだとう」

「人のせいにばかりしやがって。どうせあれだろ。周りはどんどん売れてくのに、置いてきぼり喰って、肩身が狭いのに耐えきれず、恰好悪いからやめちまったってえクチだ。違うか」

図星だったのか、伝七郎は詰まった。

「売れねえからって、いじけてよ。売れてる兄貴にやっかんで、腹いせに道中記詐欺かよ。こんなド田舎で絵師ぶって、ちやほやされてイイ気分かよ。誰にもケチつけられねえとこでしか描けねえ奴が、絵でおまんまなんか喰えるわけがねえ」

「なにい」

挑発するような物言いに、慌てたのは侘助だ。

「おいよせ、漸吉」

「あんたみたいな『素人にしちゃ巧い』程度の絵描きなんか、世の中にゃ、ごまんといるんだ。そいつでおまんま喰うんなら、貶されようが無視されようが、土俵際で死ぬまで相撲とり続ける覚悟ってやつがいるんだよ」

「ふざけるな。ガキのくせに何が分かる」

「そのくれえガキでも分かるさ。ひと騙して金とるような人間は、辛抱するより逃げるのが楽だと思ってんだろうさ」

「おい、漸吉」

「だって、むかついたんだよう」

漸吉は堪えがきかなくなったように怒鳴った。

「こいつ、まるきり昔の俺で、みっともねえんだもん」

は？　と侘助がぽかんとした。

伝七郎も「え？」となった。

漸吉は顔を赤くして、

「ガキの頃の俺も、口ばっか達者で年中言い訳ばっかでよ。ちょっと辛くなると逃げ出して、小田箱どころか、駕籠に人乗せて一丁も進めなかった。辛くなると駕籠捨てて逃げるから、親方には見放されかけるしよう、でも逃げるの癖になっちまってるしよう。惨めでたまらなかったけど、どうにもできなかった」

「漸吉……」

「いいか、おっさん。駕籠かきはなあ、どんなに客が重かろうが坂がきつかろうが、駕籠を放り出すことなんかできねえんだ。客が言った行き先に辿り着くまでは、担ぎ続けるんだ。あんたは客の重さのせいにして、坂のきつさのせいにして、駕籠を投げ出したんだろう。てめえの根性なしを棚にあげて、みっともねえって言ってんだよ」

「なんだと」

「だったら、上から物見てる連中を、てめえの絵でねじ伏せてやろうとは思わねえのかい。このトンチキが」

「うるせえ、ガキ」

逆上した伝七郎が、刃物を振り上げた。動いたのは佗助だ。肩に背負っていた担ぎ棒から空駕籠をふり落とすと、槍投げの要領で、担ぎ棒を伝七郎めがけて投げたのである。

命中は、しなかった。

が、驚いた伝七郎がさっと怯んだので、隙ができた。腕が緩んだ瞬間を、漸吉は見逃さない。咄嗟に擦り抜け、勢いよく体当たりをかましたのだ。

伝七郎は吹っ飛ばされて、倒れた。

「押さえ込め。佗助」

漸吉が叫んだ時には、もう至近距離に佗助が飛び込んでいる。伝七郎から刃物を取り上げ、俯せにして、馬乗りになった。

「さあ、観念しろい」

後ろ手に、腕をひねりあげられて、伝七郎は身動きもままならなくなった。

「くそう。くそう。くそう」

悔しがる伝七郎のもとに、歩み寄ったのは忠兵衛だ。

厳しい顔をしている。

そばにしゃがみこんで、伝七郎の腰に下げていた画帖を手に取った。そして、中を見た。

そこには、箱根の道々で描いたと思われる写生画が、幾葉にも亘っている。忠兵衛はひとつひとつ、鑑定でもするように、見た。

自分の絵を見る兄の反応を、伝七郎は神妙に窺っている。

忠兵衛は画帖を閉じて、溜息をついた。

「一緒に来い。伝七郎」

「なに」

「騙しとった店に金を返そう。私も一緒に頭を下げるから」

「一緒にだと。恩着せがましいこと言うな。俺はあんたを利用したんだぞ」

「これも私の不徳の致すところだ。上から物を見ていると、おまえに思われたなら、そういうところもあったのだろう。そうさせた私が悪い」

「ふざけるな。兄貴ぶって」

「一緒に土下座して謝ろう。そして私のもとに来い」

なに、と伝七郎は息を詰めた。

ゼンワビも「は？」と素っ頓狂な声を出した。

忠兵衛は厳しい「版元」の目になっている。

「おまえの絵を見て分かった。おまえは浮世絵師としては三流だ。画に色も匂いもない。こんなもの、浮世絵を欲しがる奴は誰も求めちゃいない。誰が銭出して買うもんか」

伝七郎は屈辱とばかりに顔を背けた。

「おまえは目の前にあるものを、ただ、あるままに写しているだけだ」

「ああそうだよ。そんなこた分かってんだ」

「だから、私のもとに来いというんだ」

「同情かい。くだらねえ」

「そうではない。これこそ私が求めていた画風だからだ」

これには伝七郎、驚いた。意味が分からなかった。

忠兵衛は冷静に目利きして、

「おまえの画は絵心には乏しいが、誇張や媚がない。目の前のものを正確に捉え、その姿を読み手に正確に伝えることができる。それは誰にでもできる芸当ではない」

伝七郎には思ってもみない指摘だった。見なさい、と忠兵衛は画帖を開いた。草花や家並みの写生は、実に精密だった。茅葺きの茅一本一本、奥行きや軒の長さ、花弁の色合い。ゼンワビの目にも、そこにあるものがそっくり写し取られたようだと感じられた。

「おまえは誰よりも観察眼があるが、絵心がないから、浮世絵の画風には向かぬ。物を見たようにしか描けぬから、情緒も何もない。が、それが旅の案内図にはもってこいなのだ。そこにあるものを、読む者に正しく伝える。私が求めていたのはそういう絵師だ。私の道中記で絵を描け。伝七郎」

「……兄さん……」

すると、忠兵衛がやっと表情を和らげた。そして伝七郎の右手をそっと握った。

「私には、この手が必要だよ」

その一言で、長年の溜飲が下がったのだろう。

と共に、胸に抱え込んでいたものが一気に堰を切ったのか、伝七郎はたまらず涙を落とし、ついに声をあげて泣き出したではないか。

ゼンワビは呆気にとられている。

忠兵衛は、おんおんと泣く伝七郎の背中を、いたわるように何度も叩いた。

まるで転んだ弟に手を差し伸べているようだと、ゼンワビは思った。

風に吹かれて開いた画帖には、富士の峰が描かれている。

それはまるで、鏡に写したように本物そっくりな、湖水に映る逆富士だった。

四

その後、忠兵衛は言葉通り、伝七郎と共に被害を受けた茶屋を一軒一軒回って、騙しとった金をそっくり返した。

伝七郎がすでに使い込んだ分は、忠兵衛が肩代わりした。

おかげで、この間の出版であげた利益は、ぱあになってしまったという。

できた兄貴だ、とゼンワビも感心半分、呆れ半分だ。

「いろいろお世話になりました」

江戸に帰る日、忠兵衛が挨拶にやってきた。

「ご迷惑をおかけした茶屋の皆様には、どうにかお許しをいただけました」

騙された店のほうも、まあ、偽の評価で道中記に載ろうとしたわけで、後ろ暗いから、強くは出られない。騙されたほうにも、いい薬にはなったようだ。

「お詫び方々、道中記の終わりに、お店の宣伝を載せさせてもらうことになりました。もちろんお金は取らず」

「へえ。そりゃいい考えだ」

それは「おすすめ」ではなく、れっきとした「広告」にあたるので、違反ではない。慰謝料代わりだ。

ま、裏を返せば「下心のあった茶屋」一覧になるわけだが、そこはゼンワビ、黙っておく。

「おかげさまで伝七郎も心を入れ替えて、仕事をしております。こんなふうに」

と広げた画帖には、宿場の風景や料理の絵がいくつも描かれている。おお、とゼンワビも感嘆の溜息だ。なるほど、実に写実的な画風なので、写真もないこの時代、ガイドにはもってこいだ。

「漸吉さんの言葉には、ずしり、と来たそうです。お二人によろしくとのことでした」

「ふふん。ま、わかってくれりゃいいんだよ。わかってくれりゃ」

エラソーに、と侘助が漸吉をこづいた。

「でも本当によかったんですかい。旦那。信用落とされかけたのに、弟が騙し取った金の肩代わりまでして」

　まあ、それは……、と忠兵衛は苦笑いした。

「うちも小さな版元ですので痛いは痛いが、有望な絵師への手付け金、とでも思うことにします。それに……実は伝七郎に再会した時、私、板橋のお地蔵さんが願いを叶（かな）えてくれたと思ったんです」

　忠兵衛兄弟にそっくりな、あの地蔵尊だ。

　願をかければ、死んだ人にそっくりな者に会わせてくれるという。

　忠兵衛は再会するまで、伝七郎は死んだものと思いこんでいた。

「死んだ弟に会えたばかりか、生きていたなんて。これもお地蔵様の思（おぼ）し召しでしょう。功徳（くどく）を積んだと思えば、痛いものでもありません」

「なるほど。太っ腹だ」

　とゼンワビは感心した。

　なら、と漸吉が揉み手（もで）をして、

「太っ腹ついでに、箱根のおすすめ駕籠かきっつーことで、是非（ぜひ）このゼンワビを道中記に」

　侘助が漸吉の脳天に拳骨（げんこつ）を落とした。

「いってえ。なにしやがる」

「懲りねえ奴だな。下心丸出しじゃねえか」

「背に腹はかえられねえってやつだろ」

忠兵衛は大きく笑って、小田原を後にしていった。見送ったゼンワビは、それでもちょっと心配だ。

「伝七郎っつったか。あの根性なしのおっさんが、続くもんかね」

「ま、人間天職が見つかれば、そう簡単には折れねえとは思うがね」

「そんなもんかね」

小田原の宿場は、そろそろ旅人が到着しはじめる時刻だ。各々、みな、手には道中記を持って、おすすめ旅籠を探して右往左往だ。自然と宿屋の女中の呼び込み声も大きくなるというものだ。

それを眺めて侘助が言った。

「まあ、いい悪いを捏造して、一時愉快な思いしたところで、人の口はしたたかだしな。いずれ化けの皮は剝がれるもんさ。親方も言ってたじゃねえか。一回一回の仕事が何よりの宣伝なんだって。いい仕事をしてりゃ、自然と客も集まるもんだ」

「へえ。おまえにしちゃ珍しく、お人好しなこと言うじゃねえか」

「そう信じなきゃやってられねえってことよ。ま、おめえも寅組の評判を落とさねえよう、客へのクチの利き方にゃ気をつけろよ。ゼン」

「口のへらねえ奴だな。おめえこそ、客疑りすぎて、無礼討ちされねえよう、せいぜい慎めよ。ワビ」

なんだかんだとまたお互いをけなしあう。

とは言うものの。

漸吉が、伝七郎に切った啖呵。

どんなに客が重かろうが、坂がきつかろうが、駕籠は放り出さない、という。

そうできたのは、やはり相棒がいてくれるからで。

後ろから侘助が押してくれるおかげで、重い客にもきつい坂にも、耐えられる。

ひとりじゃないから、最後まで担ぎきることができるのだ。

実を言うと、漸吉が初めて小田箱を担ぎ切ったのは、相棒が侘助になってからだった。それまで、どんな相手と組んでも、必ず途中で投げ出しては逃げ出した。

まだ幼くてひ弱だったせいもある。

が、仲間から「根性なし」とさんざん馬鹿にされてきた漸吉が、侘助と組んだ時、生まれて初めて、ひとつの駕籠を途絶えることなく、最後まで担ぎ切れたのだ。芦ノ湖まで。

あの日のことを、漸吉は忘れない。

体中がぎしぎし悲鳴をあげていたけれど、見慣れた芦ノ湖の風景が、一斉に新しい色へと塗り変わるのを感じた。

侘助の背中がそこにあった。

今も担ぎ切れるのは、たぶん、侘助が片棒を担いでいるおかげだ。

相棒の正体が、何であっても、それだけは変わらない。

伝七郎にとっての相棒が忠兵衛さんなら、案外心配はいらないだろう、と漸吉は思った。

その二月後。

安永堂から新しい道中記がゼンワビのもとに送られてきた。

そこには「箱根のおすすめ駕籠かき」として「寅組の漸侘」の名が載っている。

〝すこぶる親身にて、情厚し。

駕籠は快適にて、道中愉快このうえなし〟

そう、道中記には記されている。

婿(むこ)さま猫

泉ゆたか

一

「……死んでいるぞ」

凌雲は腕を前で組んだ。

「えっ？」

若い夫婦が顔を見合わせた。

気の強そうな艶っぽい女と、日に焼けて逞しい身体をした男の夫婦だ。頬っぺたをくっ付け合わせるようにして、一緒に一匹の黒犬を抱いている。

黒犬の毛並みは滑らかで、鼻先がまだ濡れている。しかし、がくりと頭を落とした姿からは、既に生気は感じられなかった。

「凌雲先生、何をおっしゃいます！　クロベエが死んだですって？　ご冗談を！　ねえ、あんた？」

女が乾いた笑い声を上げた。

「お、おうよ。先生、クロベエは、ほんのついさっきまで、庭を走り回っていたんだぜ？　それが、ちょっと転んで石に頭をぶつけたくらいで……」

男のほうも大口を開けて笑いかけた。

「もう死んでいる。息も脈もない。瞳も開いたままだ」

凌雲は黒犬の瞼をちょいと捲った。そっと撫でるように閉じる。

場がしんと静まり返った。

「……凌雲先生、クロベエは、よほど打ち所が悪かったのでしょうか？」

美津は冷え切った雰囲気に耐えられなくなって、口を開いた。

「運悪く脳天の骨を割ってしまったか……。ひょっとすると心ノ臓が急に止まる病で、頭を石に打ち付ける前にもう死んでいたのかもしれない。だが今となっては何もわからない。ゆっくり眠らせてやれ」

凌雲は口元を一文字に結んだ。

「クロベエ、嘘だろう！　嘘だよねえ？」

女がわっと泣き崩れた。

「凌雲先生、医者だったら何か薬があるはずだろう？　何とかならねえのかよ！」

男のほうも、顔を真っ赤にして眉を下げた。

「命は一度きりだ。死んでしまったものは、私にはどうにもできない」

凌雲はゆっくり瞬きをしてから、黙って部屋の奥へ消えた。

「凌雲先生……」

美津が声を掛けても振り返らない。

「クロベエ、あんた、ほんとうにあの世に逝っちまったのかい？」

女の悲痛な泣き声が響き渡った。慌てて美津は駆け寄った。

「悲しいことですが、凌雲先生がああ言ったらもう手の施しようはありません。ここでクロベエを清めてきれいにしてやって、心が落ち着くまでゆっくり休んでください。今、あったかいお湯をお持ちしますからね」

美津は出せる限りの暖かい声で慰めた。

クロベエの亡骸を間に、お互いひしと抱き合う夫婦を部屋に上げた。障子を閉じ切って、すぐに井戸へと向かった。

この家に嫁いでから、動物の死に接する場面は数え切れないほどあった。

怪我をして身体から血がたくさん出てしまえば、それを元に戻すことはできない。

いくら手で触ってはっきりとわかる腫物が腹にあっても、腹を切り開いて取り除いてやることもできない。理屈ではできる。だが、臓物まで達する深い傷口が膿むのを、抑える方法がないのだ。

人の医者でも動物の医者でも、煎じた薬を出したり、傷口を綺麗にして膿を出してやる程度の手技を使うことしかできない。

美津は手早くたすき掛けをして、袖をまとめた。

動物を可愛がってきた飼い主は、その死にかなり取り乱すのが常だ。老若男女問わず、子供のようにおいおい声を上げて泣き崩れる。あまりに悲しげな光景に、初めの頃はもらい泣きをしていた。だが次第に、それでは心がどっと疲れるようになってしまった。

こんなときは、釣られてしんみりする間もないほど駆けずり回るのが一番だ。

大きな桶を手に井戸へ駆け出そうとしたところで、「うわっ」と低い声を聞いた。饅頭が山盛りになった籠を手にした仙だ。美津とごちんと額をぶつけるすんでのところで、飛び退いた。

「あら、お仙ちゃん。うちに遊びに来てくれたの？　もしそうだとしたら、今は、ちょっと都合が悪いのよ」

美津は声を潜めて目配せをした。

「あ……、お取込み中ってことだね」

仙は察しの良い顔で頷いた。

「じゃあ、井戸端語りとさせておくれよ。お美津ちゃんの仕事は、私が手伝ってあげるさ」

と、美津の握った桶に手を伸ばした。

「いえいえ、平気よ。井戸水を汲むのくらい楽にできるわ」

と答えながら、今日の仙は何か頼みごとを持って来たのだと勘付いた。

「お仙ちゃん、今日はどうしたの？」

美津が顔を覗き込むと、途端に仙は眉を八の字に下げた。

「お美津ちゃんに、お願いがあって来たんだよ」

仙はまず先に、美津の胸元にずっしりと重い饅頭の山を押し付けた。

「あ、ありがとう。美味しそうなお饅頭ねえ」

美津は思わず頬を緩めた。

「お美津ちゃん、私が前に鈴木春信って絵師の話をしたの、覚えているかい？」

「ああ、お仙ちゃんに惚れこんだ絵師さんね。お仙ちゃんの絵を描きたがって、毎日のように《鍵屋》の店先に頼みに来るって……。その人がどうかしたの？」

仙が周囲を見回して声を潜めた。

「あの男に、ちょいと吹き込んで欲しいことがあるんだよ」

切迫した顔だ。

「私が……なの？」

美津は少々半身を引きながら訊いた。

「そうだよ。お美津ちゃんしか頼める人がいないのさ。あの男、相も変わらず毎日のように《鍵屋》にやって来ては、『あんたの絵を描かせてくれ』って頭を下げ続けるんだよ」

「最初に春信さんの名を聞いてから、もう数月になるわね。まだ、お仙ちゃんに付きまとっているの？　そりゃ、気味が悪いわねえ。そろそろ、ちゃんと追っ払おうって算段ね」

「いや、逆なのさ」

仙は気まずそうな顔で否定した。

「逆って……、お仙ちゃんは春信さんに己の絵を描かせてやるってこと？」

「描いてもらわなきゃ困るんだよ」

仙は眼を逸らす。

「どういう移り気かしら？　あんなに嫌がっていたのに……」

「政さんが、そうしろって言うのさ」

〝政さん〟とは、仙の恋人の倉地政之助のことだ。

仙は口元を拗ねたように尖らせた。いつもの威勢の良さが嘘のようにもじもじしている。

「また政さんなの！　もう、お仙ちゃんは、政さんにだけは嫌われたくないってのね」

美津はため息をついた。

確かに仙は、類まれなる美貌を備えている。だが水茶屋の娘と《鍵屋》のある笠森稲荷一帯の地主である旗本倉地家とは、身分違いの恋であることに変わりはない。嫁に行くには、さまざまな困難があるに違いない。

現に大のお喋り好きの仙が、軽々しく恋衣を口に出さない。〃政さん〃というときは、いつも心変わりに怯えるような顔をする。

おそらく傍から案じるよりも、もっと心が乱れる話ばかりなのだろう。

しかしそうは言っても、最近の政之助の傍若無人ぶりには腹が立つ。強引に善次を押し付けてきたかと思ったら、今度は怪しい絵師に、己の恋人の絵を描かせようだなんて。

政之助本人にはもちろんのことだが、振り回されている仙のほうにも「もっとしっかりしてよ」とむかっ腹が立つのだ。

美津は、仙の情が深くさっぱりした心根が大好きだ。それが政之助の話となると、途端に危なっかしく、己を忘れてしまう姿がもどかしい。

「政さんが、お仙ちゃんの絵を春信さんに描いてもらえ、って言ったの？　どうしてまた……」

「知らないよ」

仙は、ぷいと顔を背けた。仙の口元が下がっている。おそらくこの話については政之助とさんざん喧嘩をしたに違いない。

仙が横目で美津をちらりと窺った。ばっちり目が合って、慌てておどおどと眼を逸らす。

「それで、私は何をしたらいいの？」

美津は少し優しい声で訊いた。

「春信に、私のところに土産物を持ってくるように助言してやっておくれ。すごく上等で気の張った土産物がいいね。たとえば鯛の尾頭付きみたいなね。もちろん、私がそう言ってたってのは内緒だよ」

仙は人差し指を唇に当てた。

「ああ、なるほど。お仙ちゃんが春信さんの申し出を受ける、きっかけが欲しいってことね？」

「そうさ。これまでずっと無下に断ってきたのに、急にこっちが擦り寄ったら相手に足元を見られるだろう？　おまけにあいつは絵描きだよ。あいつの胸の内では、私はずっと天女さまみたいな気高い女でいなけりゃ、絵の出来映えに差し障るんだよ」

仙は己の言葉に己で頷いた。

「お美津ちゃん、頼まれてくれるね？　この絵が出来上がって、お江戸の皆が私の

〝清らかな美しさ〟に改めて感じ入れば、きっと嫁入りもうまく行くに違いないのさ。お美津ちゃんは惚れ合った人と夫婦になった、この上なく幸せな娘さ。かわいそうな私のためなら、そのくらいやってくれるよね？」

仙は鬼気迫る口調で、ずいっと美津のほうへ進み出た。

「……う、うん。わかった。何とか話してみるわ」

美津は不承不承、頷いた。

「きゃあ、お美津ちゃんありがとうね！　持つべきものは、幸せな人妻の友達だね！」

仙は一気に高い声に変わって、美津に抱き付いた。

二

陽が落ち始めると、急にぐっと冷え込む。

まだ日の入りまで少しあるはずなのに、北向きの台所は夜のように真っ暗だ。

足袋を二枚重ねても爪先が氷のように冷える。分厚い綿入れを羽織っても指先がかじかむ。

美津は火搔き棒で、土間に置いた火鉢の灰をかき混ぜた。

灰の中に目を凝(こ)らす。

しばらくそうやってから、あれっと首を傾(かし)げる。いくら探しても、大事にとっておいたはずの種火(たねび)が見当たらない。

もしやと思って火鉢(ひばち)の灰に掌(てのひら)近付けてみた。冷たく静まっている。奥底の火の温もりは少しも感じられない。

まったく私は何をしているんだ、と頭を抱えた。

きっと昨夜、長火鉢に炭を移したときだ。

ぼんやりと手を動かしていたせいで、種火となる炭の欠片(かけら)を残しておくのを忘れてしまったのだ。

「あーあ。また最初から火を起こさなくちゃ」

美津はうんざりした心持ちで大きく息を吐いた。

なぜか火起こしだけはうまくできない。どれほど試してみても、炭に火が移るときはまるっきりの偶然だ。コツなんてさっぱりわからない。

掃除、洗濯、料理、縫物。すべての家事に張り切って勤(いそ)しむはずの美津でも、火起こしだけは冬の初めに凌雲に頼んでいた。

火打石に火打鉄(がね)、附木(つけぎ)に火口(ほくち)の入った火口箱を手に、勝手口から外へ出た。

背を丸めてしゃがみ込む。右手にごつごつした小さな岩のような火打石。左手に刀の穂先のような火打鉄をしっかり握り締めて、かつん、と鳴らす。

火花がいくつも飛び散るが、火口には移らない。

よしっ、と力を籠めて、両手に握ったものを打ち鳴らす。が、何度やっても、鮮やかな火花が現れてはすぐに掻き消えてしまう。

「もう、また駄目。嫌になっちゃう」

己の不器用さに苛立って、手を止めた。

ふと、心の中を過るものがある。

火打石も火打鉄も、ぽいっと放り捨てたい気分になる。

〝お絹〟という名が浮かんだ。

竹馬の老婆の言葉を聞いた日から、その名をひと時も忘れたことはなかった。

小石川の患者たちに「お絹ちゃん」と親し気に呼ばれて、可愛がられていた娘。おそらく医者に従いて患者の面倒を看る、助手の娘だろう。

凌雲と絹は、添い遂げるに違いないと思われていた。きっと二人は、年寄りが目を細めて喜ぶような、仲睦まじい姿を見せていたに違いない。

その絹が、今は足袋問屋の大店《山吹屋》の若内儀であるという。

美津はふうっと大きなため息をついて、額に掌を当てた。

きっと〝お絹〟は金持ちの若旦那に見初められて、《山吹屋》へ嫁ぐことになったのだ。恋人に振られて傷心となった凌雲は、絹との思い出の詰まった小石川を去った――。

そう考えれば納得がいく。小石川を辞めたばかりの頃の、凌雲の暗い瞳の理由だ。

「ならば、それでよかったわ。おかげで、私はずっと想っていた人と夫婦になれたんですもの」

美津は下唇を噛んだ。目頭に涙が滲む。鼻先が、つんと痛い。

なんだか何もかもが馬鹿らしく、己がちっぽけに思える。

火打石と火打鉄を地べたに放り出し、顔を歪めて大きく息を吸った。

ふと、どこか細い啜り泣きの声が聞こえた気がした。

美津は驚いて顔を上げた。

押し殺すような子供の泣き声。善次の声だ。

「善次？」

飛び上がって、首をあちこちに巡らせた。

庭へ回り込む。クチナシの生垣の向こうで、人影が揺れた。

「どちら様ですか？」と声を上げようとしたところで、善次の姿を見つけた。クチナシの葉に顔を埋めるようにして肩を落としている。

先ほどの人影は見間違いだっただろうか、と首を傾げた。

とにかく目の前の善次に駆け寄る。

「善次、どうしたの？」

美津が声を掛けると、善次の背がびくりと震えた。美津に背を向けたまま、慌てた様子で手の甲で涙を拭き洟を啜る。

「なんでもありません！」

まるで怒っているような気張った声だ。

美津は眉を下げて微笑んだ。

「そう？　ならいいのよ。こちらを向いてごらんなさい」

涙だらけで真っ赤な顔をした善次が、強張った表情で振り返った。

泣いているところを見つかって、決まりが悪いのだろう。美津を睨み付けるような鋭い目をしている。

今ここで泣いている理由を問い詰めたら、この子はいなくなってしまうかもしれない。美津はふとそう思った。

美津は善次を手招きした。

「今ね、勝手口で火を起こしていたのよ。私ったら、うっかりしていて種火を切らしちゃって」

悪戯っぽく笑って声を潜める。

「えっ？」

善次がしゃくりあげながら、美津の顔を窺った。

「でもね、どうしてもうまくできないの。かちん、って火花を点けるところまではできるんだけれど、火口に移すってなると何度やっても駄目。手伝ってくれるかしら？」

美津はにっこり笑った。善次の涙については触れなかった。

「……おいらが、火に触ってもいいんですか？」

善次の目に力が宿った。

火打石に火打鉄、どちらもいたずらで使って火事の元になっては大変だ。善次のように小さい子供は、ちょっと触るだけでこっぴどく叱られる。

自ずと火起こしは子供たちの憧れだ。冬の初めに凌雲が庭先で火を起こした時、善次も真剣に手順に見入っていた。

「やります！　お手伝いします！」

善次は満面の笑みで頷いた。

「そうでなくっちゃ。頼りにしているわよ」

美津は小さく拳を握った。

善次の奴頭をそっと撫でる。はっとするような熱さが伝わった。きっと身体にたくさん力を込めて泣いていたのだろう。

「ねえ、善次」

「何ですか、お美津さん？」

善次がからっと明るい顔をして振り返った。

美津はほんの一呼吸の間だけ言葉を探した。

「……今日は、お菓子があるのよ。お仙ちゃんにもらった、甘い甘いお饅頭。後でみんなで食べましょうね」

「やった！」

善次が小さな両手をぱちんと叩いた。

三

「今日のクロベエのご夫婦は、お気の毒でしたね。あんなに悲しそうにしている姿を見ると、胸が痛みました」

善次が厠に向かう足音を聞きながら、美津は少し声を落として囁いた。

夕飯が終わって、ほっと一息くつろぐ時だ。長火鉢の熱が、部屋中にじんわりと広がる。

「亭主のほうは、最後はさっぱりした顔をして女房の身体を支えていた。夫婦のどちらかがしっかりしていれば、乗り越えられないことはない」

凌雲は仙からもらった饅頭を口に放り込んだ。ろくに嚙まずに蛇のように丸呑みする。

凌雲の膝の上でマネキが「にゃあ」と鳴いた。牙を剝く蛇のように物騒な顔で、大あくびをする。

美津の心の目に、泣き腫らして憔悴しきった妻を抱きかかえるようにして去る男の姿が浮かんだ。

現れた当初は、愛犬の死がまるっきり納得できずに頼りない気配を漂わせていた二人だった。だが長い間涙を流すうちに、いつしかお互い手を取り合って悲しみに向かい出す姿は、心に迫るものがあった。

「ねえ、凌雲さん、私たちは夫婦ですよね？」

口に出してしまってから、急に恥ずかしくなった。凌雲の横顔にひしと向けていた眼を、素早く逸らした。

眼の端で、凌雲が湯吞みを握った手を止めたのがわかった。

「どうした、お美津。何を当たり前のことを言っている」

凌雲が脇に置いていた書物に手を伸ばした。

胸の奥がちくりと痛んだ。

凌雲に訊きたいこと、話して欲しいことはたくさんあった。

だが訊いてどうする、とも思った。この世には知らなくてもいいことがたくさんある。

「そういえば、善次のことですが。今日、クチナシの生垣のところで泣きべそをかいていたんです」

さりげなく話を逸らした。

書物を開きかけていた凌雲の手が止まった。

「ふだんは子供らしく元気に振る舞っていますが、きっと、私たちには言えないことを抱えているに違いありません。このままで良いのでしょうか」

凌雲は書物を閉じて元の場所に置いた。しばらく目を虚空(こくう)に向ける。

「一度、お仙ときちんと話さなくてはいけないな」

凌雲は頷いた。

己のことではない話をしたら、急に調子が戻ってきたような気がした。美津はほっと息をついた。

「私は、政之助さんから直接話を聞きたいくらいです」

美津は肩を竦めた。

「政之助さんは、お仙ちゃんに無茶ばっかり言うんですもの。ほんとうにお仙ちゃんと夫婦になる気があるなら、もっと大事にしてあげたっていいのに……」

「お美津、人の恋衣だ。放っておけ」

凌雲が苦笑いを浮かべた。

「すみません」

美津ははっと口元を押さえた。

その時、縁側廊下を勢い良く走る足音が聞こえてきた。

厠から戻ってきた善次だ。あんなに急いで。ひとりで暗い縁側廊下を歩くのが怖いに違いない。

「お美津さん、凌雲先生、ただいま戻りました！　あ、凌雲先生は、饅頭を喰っていらっしゃるのですね……」

息を切らせた善次が、凌雲の手元を熱い眼で見つめた。

「善次の分も、もちろん取ってあるわよ。慌てないでこっちにいらっしゃい」

美津が手招きをすると、善次が「はいっ！」と朗らかな声を上げた。

四

「もしもし、毛玉堂とはこちらかな？」

美津が庭の薬草の手入れをしていると、生垣の向こうから男の声が聞こえた。

「はいはい、今日はどうされましたか？」

ほっ被りを取って、生垣の隙間から外を覗き込んだ。

身なりの良い中年の男が、厳重に蓋をした一抱えほどの竹籠を胸の前で掲げている。

男の背後には二人の女の姿があった。

一人は歯痛でも堪えているかのように苦し気な顔をした、たおやかな若い娘だ。どっしりした風格のある父親と似ているところはあまりないが、鼻の形だけは生き写しだ。

もう一人の女の風体に、美津は息を吞んだ。

女の顔は隙間なく晒布でぐるぐる巻かれて、辛うじて両目と口元がどこにあるかわかるくらいだ。

落ち着いた柄の着物に白髪交じりの生え際からすると、この男の妻だろう。

「ど、どうぞ、玄関先から庭へお回りください」

鋏や熊手を片付けて、部屋に駆け戻る。台所で手早く身支度を整えた。

「凌雲さん、患者さんですよ」

声を掛けながら息を整える。晒布で巻かれた女の姿に、胸が縮こまっていた。

「どうした？」

庭先で凌雲の声が聞こえた。美津は凌雲の横に駆け寄った。

「私は、日本橋で船宿を営んでおります、《沢屋》宗兵衛と申します。今日は、凌雲先生に我が家のトラジを診ていただきたいのです」

宗兵衛は商売人らしく良く通る声で、背筋を伸ばした。

後ろで晒布だらけの妻と、眉間に皺を寄せた娘が深々と頭を下げた。

「トラジとは何だ？」

凌雲は宗兵衛の手から竹籠を受け取った。

「猫でございます。今年六つになるたいそう大きな牡猫で、娘のお琴に溺愛されて、甘やかされて育った我儘者であります」

「お美津、網を出してくれ」

美津は竹籠に魚獲り用の目の細かい網を掛けた。

毛玉堂まで連れてこられた猫を診るときは、こうして網を掛けておくと決まっていた。猫は入れ物の蓋を開けたその時に、飛び出して逃げ去ろうとする場合が多い。しかし網が身体全体に掛かっていると、観念して大人しくなる。

「そのトラジがどうしたのか？」

「はい、トラジは、この一月ほど、いきなり私の妻を襲うようになったのです。夜になると何の理由もなく急に妻に襲い掛かり、傷だらけにしてしまうのです」

宗兵衛が背後の妻を手で示した。

晒布だらけの姿で、妻は申し訳なさそうにぺこりと頭を下げた。

「その顔は、トラジがやったのか？」

凌雲は宗兵衛の妻をじっと見つめた。

「はい。顔だけではなく、手も足も……」

宗兵衛の妻が、口元をもごもご言わせながら袖を捲った。

「これは、ひどいですね……」

美津は声を上げた。

宗兵衛の妻の両手には、小刀で切ったような真っ赤な一本傷がいくつもできている。傷口は腫れあがって真っ赤になっていた。

トラジが鋭い爪を出して、引っ掻いたに違いない。

「トラジを見せてくれ」

凌雲は竹籠の蓋を開けた。

中で身を縮めて丸まっていたのは、橙色に近い茶色の縞、名前のとおり虎柄の猫だ。

急に蓋が開いて驚いたのだろう。トラジは身体を捩って低い姿勢を取った。力の漲った両耳は下がって、瞳は見開かれている。背の毛は逆立ち、鼻先を歪めて蛇のような形相で牙を剝き出しにしている。

凌雲が網越しに竹籠の中に手を突っ込んだ。

と、トラジは「ぎゃあ」と悲鳴を上げて、竹籠ごと一尺ほど飛び上がった。

「ひどく怯えているな」

凌雲はトラジの隙をついて、毛並みを流れるように撫でた。

トラジが「ぎゃっ」と、先ほどとは違った高い鋭い声で鳴いた。

「宗兵衛、トラジはどうして怪我をしている？　首元の皮が切れているぞ？」

凌雲が眉を顰めた。

「それは私がやりました。いくら叱り飛ばしても妻を襲うのを止めないので、竹箒で叩いてお仕置きをしてやりました」

宗兵衛は、仕方がなかったんだ、と言うように口元を引き締めた。

背後で項垂れていた娘の肩が、細かく震えた。

凌雲の眉間に深い皺が寄った。口元が強くへの字に結ばれる。

「動物は、叩いて罰を与えても、何もわからない」

凌雲は竹籠の蓋をぱたんと閉じた。

「己が何をしたから怒られているのかなんて、そんな物事の流れをちゃんと理解できる頭があるのは、人だけだ。賢いはずの人間さまだって、いくら叱られても同じことを繰り返す奴がごまんといるだろう? 己が苛立ったときだけ、動物の脳味噌を買いかぶるなんて、人の勝手だ」

凌雲は憮然とした顔で、宗兵衛に向き合った。

「やっぱり、おっとさん、トラジを殴っちゃいけないんだよ。トラジ、ごめんよ、かわいそうなことをしたね……」

娘が涙交じりのか細い声を上げた。全身がわなわなと震えている。

「お琴、お前は黙っていなさい。元はと言えば、お前がトラジを甘やかしすぎるからこいつが図に乗ったんだ」

宗兵衛は気まずい心持ちを押し隠すように、琴を叱り飛ばした。

「凌雲先生、トラジはお琴の恋人気分で、己がこの家で一番偉いと思っているんですよ。ひょっとしたら、猫のくせに《沢屋》の跡取り婿さまくらいの心持ちでいるのかもしれません。だから気に喰わないことがあると、ろくでなしの亭主が女房を張り倒すみたいに、一番小柄で身体の弱い私の妻に襲い掛かるんです」

宗兵衛は憤慨(ふんがい)した口調で言い放った。

「こんな乱暴者、とっとと山に捨てて来いと幾度も命じました。でもお琴が、もしそんなことをしたら、私もトラジと一緒に山に行って、この家には二度と戻って来ないなんて脅(おど)すもんだから……」

宗兵衛はちらりと琴の顔色を窺った。琴はこれまで、両親から真綿(まわた)に包まれるように大事に可愛がられてきたのだろう。

「でもこのままじゃ、私は生きた心地がしませんよ。何の理由もなく急にトラジが襲ってくるんですから」

晒布の奥で、宗兵衛の妻が呟(つぶや)いた。

「そうだな。一刻も早く、どうにかしなくては」

凌雲は両目を閉じて「うむ」と頷いた。

五

日本橋川に面した岸辺、特に日本橋と江戸橋(えどばし)の間の北岸は、江戸中の魚が一点に集まる魚河岸(うおがし)となっている。

昔から船着き場や荷揚げ場となっていた一帯なので、古びた蔵が立ち並ぶ。南岸の少し入ったところには〝活鯛屋敷〟と呼ばれる、大生簀を備えた公儀御用の魚台所があった。

呉服橋を渡って、香の匂いのする街並みを通り過ぎた。左手に日本橋川が見えてきた頃から、潮の匂いが濃く漂ってきた。

《沢屋》は、そんな日本橋魚河岸で、釣り船や屋形船を貸し出すことを生業にした船宿だ。

同じ通りに立ち並ぶ船宿の中でも、ひときわ立派な店構えだ。表通りの掃除も行き届いて、商売は上り調子と想像できる。

「さあさあ、皆さま。狭苦しいところですが、どうぞお上がりなさってくださいな」

美津と凌雲、それに善次を伴って、宗兵衛の妻に屋敷の中に通された。言葉とは逆に、家の中は広々として豪奢な造りだ。

「わあ、見事なお屋敷ですね。これほど広いと、端っこから端っこまで大声で呼んでも、声が聞こえないくらいですね」

美津があんぐりと口を開けて見回すと、宗兵衛の妻は嬉しそうに目を細めた。

「あんたがトラジに襲われるところへ、案内してくれ」

凌雲は鋭い目つきで、屋敷中に眼を配った。

「はい、こちらです。夜に、私が縫物をしたり草双紙を読んだりして過ごすために作った、中庭が見える部屋です」

通されたのは、丹念に手入れした庭を望む、二十畳ほどの広い部屋だ。

「お内儀さんがくつろぐためだけに、こんなすてきな部屋があるなんて、なんて羨ましい……」

美津は慌てて口を結んだ。

「ここで休んでいると、トラジは何の前触れもなく一目散に廊下を駆けてきて、私に襲い掛かるんです。身を守る隙もありません」

宗兵衛の妻は怯えた声で、廊下を指さした。

「襖は常に開け放っているのか？」

凌雲が訊いた。

「ええ。そう広い家ではございませんが、襖を閉め切ってしまうと、主人に呼ばれてもまったく気付きませんので……」

「トラジが来るのは毎日、決まった刻限ではないのだな？」

「はい。夕飯の片付けが終わってすぐのこともあれば、そろそろ寝床に入ろうとしているときも。何事もなく穏やかに終わる日も、頻繁にあります。いつトラジが襲ってくるかは、まったく見当が付かないのです」
「トラジは今、どこにいる？　医者に連れ出されて臍を曲げて、家出をしていない
といいが……」
「おそらくお琴の部屋におります。トラジはお琴が心底、大事に育てているので、
生まれたときから外に出してはいないのです。庭で用を足すときも、お琴が首に紐
を括って逃げないようにして連れ出してやります。お琴とトラジはいつも一緒にい
るのです」
「お琴の部屋はどこだ？」
「この廊下の奥です」
宗兵衛の妻に先導されて、琴の部屋に向かった。
「お琴、凌雲先生がいらしたよ。トラジをお見せしなさい」
宗兵衛の妻が声を掛けた。
しばらくの間が空いてから、青白い顔をした琴が内側から襖を開けた。
「おっかさん、凌雲先生には私がお話しするよ。おっかさんは、あっちに行ってて
おくれ」
力ない声だが強情に言い張る。
「そうかい？　あんたがそう言うんじゃあ、仕方ないねえ。凌雲先生、よろしくお

頼み申しますよ」

　宗兵衛の妻は困った顔をしながらも、琴の言うとおりにその場を去った。

「トラジはどこだ？」

　凌雲に訊かれて、琴は慎重な手つきで部屋の襖を広めに開けた。

　微かにふんわりと甘い匂いが漂った。

　若い娘の部屋らしく、壁には役者絵が貼られて、鏡の前には化粧の道具がある。屏風には艶やかな色の着物が掛けられて、裏通りからの光を採る障子には、可愛らしい鳥や兎の影絵を彩った紙が貼られていた。

「トラジは行李の裏側に引っ込んでおります。この子は図体だけは大きいのに臆病者なので、客人が来るといつもこうです」

　琴は情の籠った声で言った。

「トラジを見せてくれ。善次、お前もこっちへ来い」

　凌雲と善次は、行李の裏側を覗き込んだ。

　美津のところからでは、トラジの様子は見えない。だが、「ううう」という不穏な唸り声が聞こえてくる。

「善次、トラジを描いてくれ」

「はいっ！」

善次は素早く懐から絵の道具を取り出すと、さらさらと絵筆を走らせた。

「こんなときにトラジの似顔絵など描いて、凌雲先生はどうなさるおつもりでしょうか……」

琴は怪訝(けげん)そうな顔をして、美津に小声で訊いた。

「凌雲先生にお任せすれば、大丈夫ですよ」

言い切っておきながら、美津も琴と顔を並べて凌雲と善次の背を覗く。

琴が不安げに美津の横顔を窺っていると気付き、慌てて笑顔を浮かべた。

「そういえばこのお屋敷は、とても静かで風流ですね。日本橋の魚河岸にあるのを忘れてしまいそうです。魚河岸って、もっと騒々しい場所のように思っていました」

美津は琴の気を解(ほぐ)そうと、世間話を始めた。

「静かなのは、日の上がる頃にはもう魚河岸が終わっているからです。魚河岸の開く明け方は、漁師やら棒手振(ぼてふ)りの魚売りやらが行き交って、騒々しいものですよ。私は生まれたときからここに住んでいるので、慣れっこでぐっすり眠っていますが」

琴は光の透けた障子に眼を向けた。

「なるほど。トラジも明け方の騒々しさには、慣れきっているのでしょうか？」

ひょっとすると、この屋敷の立地がトラジに何かを及ぼしているのではないか、と思い、美津は訊いた。

「はい。トラジも仔猫のときからずっと、この家で暮らしています。この六年の間、毎日同じように過ごしていて、つい最近まで、母を襲ったことなど一度もありませんでした」

「そうですか……」

琴の眉根（まゆね）に深い皺が刻まれた。唇を、白くなるほど強く噛み締めている。

「できたっ！」

善次が筆を置いて、明るい声を上げた。

「よし、よくやった。このあたりの線など、見事に写し取っているな」

凌雲が絵の中のトラジの耳を指先で撫でて、振り返った。

「お美津、今夜はこの屋敷でトラジの様子を見守ろう。一旦、家に戻るぞ」

善次が、てきぱきと絵の道具を片付け始めた。

「凌雲先生、どうぞよろしくお頼み申します」

琴は苦し気な声で、深々と頭を下げた。

六

「善次、これまでに描いたマネキの絵を、ぜんぶそっくり持ってこい」

「はいっ！　ただいま！」

凌雲と善次が何やらばたばたしているのを背に、美津は泊まりの支度を始めた。

美津と凌雲は、一晩くらいは一睡もしなくてもどうってことはない。

だが、善次はさすがに、大人に付き合わせて夜通し起こしておくわけにはいかない。夜はちゃんと眠れるように、寝間着や夜具をきちんと用意してやらなくては。

それにここのところ夜はめっきり冷え込むので、凌雲や美津の分も暖かい綿入れが要るかもしれない。

つらつら考えながら手を動かしていると、庭の砂利道を急ぎ足で駆けてくる音が聞こえた。

「お美津ちゃん！　今すぐ、今すぐに来ておくれっ！」

息を切らせた仙が、鋭い声で言った。

「あ、お仙さん……」

「やあ、善次。今日もお利口だねっ！」

仙は男のようにちゃっと素早く手を振った。直後に美津に噛り付いてきた。

「お仙ちゃん、ちょっと待ってね。もうすぐ支度が終わるから……」

「今すぐじゃなきゃいけないんだよ！　今まさに、そこの通りを歩いているんだよっ！」

仙は生垣の向こうを指さした。

「歩いているって、誰が？」

「春信だよ！　女同士の約束を忘れちまったかい？」

仙に言われて、美津ははっと我に返った。

「ごめんね。早く何とかしなきゃと思っていたんだけれど、《沢屋》さんが来たから、すっかり……」

「いいから、いいから。今こそ、その時さ」

美津は仙に引きずられるようにして、縁側から庭へ下りた。

「お美津ちゃん、くれぐれも頼んだよっ！」

両手を合わせて見送られて、美津はいつの間にか表通りに駆け出していた。

通りの先に、ひとりの男の後ろ姿がある。

他に人の気配はないので、あれが絵師の鈴木春信だろう。

春信は通り沿いに植わった草木に、いちいち立ち止まる。葉を指先で抓み木の幹に顔を近付けて、長い間しげしげと眺めている。

足取りは軽い。歩く速さは急に止まったり早足になったり、まちまちだ。子供のように心の赴(おもむ)くまま、街をふらついている様子だ。

「もしもし、ちょっと、よろしいですか？」

美津が声を掛けると、春信は素早く振り返った。

「おう？　何だい？　何か迷惑を掛けたかい？」

春信は居心の悪そうな顔をした。

痩せた身体にぎょろりと丸い目。気の弱そうな顔つきなのに、姿勢はぐぐっと前のめりだ。

「鈴木春信さんですね？　なんでも、絵師をやっていなさる……」

「そうだよ。俺が絵師だって、どうして知っているんだ？」

絵師といわれて、春信の表情がぱっと華やいだ。

「そりゃ、お江戸ですごい噂になっていますもの」

仙と美津の間だけではほんとうだ。美津はどうにかごまかした。

「本当かい？　そんなこと、ちっとも知らねえぞ」

春信は嬉しそうにはにかんで、頭を掻いた。

「それで、俺に何の用だい？」

「春信さん、《鍵屋》のお仙、って女を知っていますか？」

美津はぎこつない口調で言った。

「お江戸で《鍵屋》お仙を知らねえって男なんか、いるのかい？」

春信の目に、ちらっと警戒が宿った。毎日のようにお仙を追っかけ回していることを、咎められると思っているのかもしれない。

「そうですか！　それならば、話が早いです。私は、春信さんに《鍵屋》お仙の絵を、どうしても描いていただきたいんですよ。春信さんの筆でお仙を描いたら、きっとお江戸中の評判になるに違いありませんよ」

春信の絵など一度も見たことがない。綻びが出たらどうしようと、脇の下に汗が落ちる。

「おっ、そうかい？　あんた、なかなかわかっているな。あんたも絵をやるのかい？」

春信は急に美津に親し気な眼を向けた。

「絵は、私じゃなくて、うちの子が好きなもので……。いや、それはいいとして、ぜひお仙を描いてください。必ず描いたほうがいいです」

美津は慌てて取り繕った。

「いやあ、でもなあ。そんなに簡単には行かねえぜ。描かせてくださいって頼んで、はい、わかりましたよ、ってわけにはなあ」

春信は顎を撫でた。

「やはり難しいのでしょうか？」

美津は小首を傾げてみせた。

「実を言うと、俺もあんたと同じようなことを考えていたのさ。もっとずっと前からな。だがうまく行かねえ。これまでに何度断られたかって……」

美津は両掌をぽんと鳴らした。

「そうだ！　お土産を持っていかれたらいいですよ。お仙ちゃ……お仙は、お土産さえもらったら、喜んで描かせてくれるかもしれませんよ」

口に出してから、少々、仙が吝嗇女のように聞こえてしまったと気付いた。まずい、と思ったが、春信は閃いた顔で身を乗り出した。

「土産物か！　そりゃあ、気付かなかったぞ！　俺は素人の女とはろくに縁がねえからなあ」

春信は己の頰をぴしゃりと叩く。

「でも、何を持って行きゃいいんだろうな？　あんた俺に進言してくれよ」

「お仙の絵を描かせてくれ、って頼むのですよね？　幾日も長い間付き合ってもらって、相手の負担も大きい話です。ここはうんと格式ばったもの……。例えば鯛の尾頭付きみたいな、上等なものをお土産に持っていくのがいいでしょうね」

仙から言われたことをどうにか伝え終えて、ほっと息を吐いた。

「そうか。なるほどな。相手は、草花や猫や兎と違って生身の若え女だ。他に行きたいところもいっぱいあるってのを、俺の絵に付き合ってもらわなくちゃいけねえんだからな」

春信は空を眺めて、大きく幾度も頷いた。

七

宗兵衛の妻の部屋は、真冬の夜なのに暖かい。大きな火鉢が、三つも置かれているからだ。加えて分厚い上等な綿入れのおかげで、熱気に頬が熱くなるほどだ。

借り物の着物を羽織った美津は、押入れに眼を遣った。凌雲と善次、それに宗兵衛の妻が、押入れの中で美津をじっと見守っている。

宗兵衛の妻の着物を着て宗兵衛の妻の部屋にいれば、トラジはきっと美津を女主人と間違えるに違いない。

美津は廊下に背を向けて、行燈の灯で草双紙をぱらぱらと捲った。

いつトラジが襲ってくるか、はたまた今夜は何事もなく終わるのか。心ノ臓の動悸がずっと速いままで、目で追う文字もちっとも頭に入ってこない。

「お美津さん、もうずいぶん遅い。私たちは寝床で休む刻になります。今日はトラジの奴も大人しくしているようだ」

夜も更けた頃、宗兵衛がひょいと部屋を覗き込んだ。

凌雲がいつもと変わらず過ごすようにと再三にわたって念を押したので、古い浴衣の寝間着姿だ。

「まあ、そうですか。わかりました。では凌雲さん、今日はおいとましましょう」

美津はほっとした心持ちで、押入れに向かって声を掛けた。

やれやれと息を吐いたその刹那、廊下の奥からどどっと足音が響いた。

「トラジ！　お待ちっ！」

琴のつんざくような悲鳴が聞こえた。

「来たぞっ！　奴だっ！」

叫んだかと思うと、宗兵衛は一目散に、廊下を琴の部屋とは逆に向かって逃げ去った。

「ちょ、ちょっと……」

宗兵衛が少しは助けてくれるかとばかり思っていた美津は、慌てて立ち上がった。

万が一トラジに喰い付かれたときに、と凌雲に教えられたように、足元の冷水を入れた湯呑みに手を伸ばす。

直後、「ぎゃああ」という獣の唸り声が響き渡った。

振り返ると、トラジが毛を逆立てて耳を折り、牙を剝き出しにして襲い掛かってきた。

トラジは美津が湯呑みを手に取る間もなく、綿入れの腕に喰い付いた。

綿入れの布地が、びりっと切り裂かれる音がする。

「きゃあ！　凌雲さん、助けて！」

「トラジ！　やめろ！」

押入れの襖が勢い良く開いて、凌雲が飛び出してきた。

手には大きな紙を幾重にも折り畳んだ束が握られている。凌雲が紙の束を畳に叩きつけると、ばしっ、と、とんでもなく大きな音が鳴り響いた。

「トラジ！　トラジや！　凌雲先生、どうかトラジを叩くのはお止め下さい！」

琴が泣き喚きながら、部屋に飛び込んできた。

トラジが部屋を飛び出して行ったのを、慌てて追いかけてきた様子だ。

「私は決して動物を叩いたりなぞしない。トラジの気を逸らすために、大きな音を出す必要があっただけだ。トラジを見ろ」

凌雲は仏頂面で、トラジを指さした。

つい先ほどまで獣の形相で猛り狂っていたトラジは、急に肝を潰した様子で、尾を垂らして右往左往している。

琴の姿を認めたトラジは、素早く琴の背後へ駆け抜けた。

「トラジ……。ごめん、ごめんよう」

琴は両手で顔を覆って、むせび泣く。

「これから先に、万が一にも同じようなことが起きたら、トラジを殴るのではなく、このように、他に大きな音を立てて気を逸らしてやれ。動物は不穏な音が聞こえたら、咄嗟にその場を避けようとする。己の行いを悔悟して行動を改める、なんてことは、まったく別の話でな」

凌雲は宗兵衛の妻に向かって説いた。

「はい、凌雲先生。あれだけ頭に血が上ったトラジが、紙の束を叩く音を聞いただけで我に返るなんて、信じられません。もっと早くに知っていれば……」

宗兵衛の妻は、己の手足の傷に眼を落とした。

「だが、二度と同じことを起こしてはいけない。みんな、外に出てみよう」

凌雲は振り返ると、

「善次はこのまま寝かせておいてやってくれ」

と、押入れの奥で眠りこける善次に、優しい目を向けた。

八

《沢屋》の店先は、昼間に来たときと同じく、塵一つなく綺麗に掃き清められていた。

　時刻は丑の時。まだ真夜中の真っ暗闇だ。

　表通りの先まで目を凝らすが、人の気配はどこにもない。

「この刻には、このあたりは誰も通りませんよ。魚河岸が始まるまでに、まだしばらくあります」

　宗兵衛の妻が、凌雲に声を掛けた。

　凌雲は「うむ」と唸って、地べたに眼を凝らす。

「足跡一つないな。竹箒の跡までくっきり残っている」

「《沢屋》では、常に、清くすっきりした店構えを心掛けております。手前の店の前だけではなくこの通り一帯ご近所さんに、さすが日本橋といえば《沢屋》だ、と言っていただけるように、小僧たちに丹念に掃き掃除をさせております」

　宗兵衛の妻は胸を張った。

「ひとたび魚河岸が始まれば、この表通りは漁師や魚屋、雑魚を買い求める町の人たちで大騒ぎです。表通りを日々このように綺麗に保つのは、並大抵のことではありません」

いつの間にか戻ってきた宗兵衛が、誇らしげに講釈した。

「なんだか、足跡を付けてしまうのがもったいないくらいですね」

美津は感心して呟いた。

綺麗好きを自負している美津の目から見ても、《沢屋》の掃除の質は素晴らしい。

荒くれ者の多い漁師でも、これほどこざっぱりした道では、酔っ払って引っ繰り返ったり、そこいらにぽいとゴミを放り捨てたりは、しづらいに違いない。

《沢屋》の日々の努力のおかげで、魚河岸一帯の治安が保たれていると言えるほどだ。

「屋敷を一周してみよう」

凌雲は提灯を掲げて、隣の店との間の細い裏通りへ向かった。

「誰だっ！」

直後に低い声を上げる。

「うわっ！　あんたこそ誰だよっ⁉」

返した声には、聞き覚えがあった。

「春信さん！」

美津は、凌雲と春信の間に飛び込んだ。

煙のたなびく煙管を手にした春信が、地べたに尻餅をついて腰を抜かしていた。

「凌雲さん、こちらは絵師の春信さんですよ。ほら、お仙ちゃんの絵を描くって話の……」

耳打ちをすると、凌雲は「ああ、お前が春信か」と息を吐いた。

「こんなところで何をしている？《沢屋》に何の用だ？」

「《沢屋》って何だい？　あ？　ああ、このでっかいお屋敷は《沢屋》っていうんだな。そりゃ、知らなかったよ」

春信は尻についた泥を、ぱんぱんと叩いた。

「何をしているって、ほんの一服していただけさ。俺は、魚河岸が開いたら誰よりも早く真っ先に飛び込んで、〝鯛の尾頭付き〟を買ってこなくちゃいけねえんだ。顔見知りの木戸番に銭を握らせて、暗いうちに木戸を開けて貰ったんだよ」

「お仙ちゃんへのお土産物ですよ」

美津はこっそり凌雲に説明した。

「お前は、夜通し、魚河岸が開くのを待っているつもりで来たのか？」

凌雲が春信に問い掛けた。

「そうだよ。今日じゅうに、必ず手に入れなくちゃいけねえんだ。お江戸でいちばん上等な〝鯛の尾頭付き〟を手に入れられるかどうかに、俺の絵師としての先行きが懸かってるんだ」

春信はまっすぐな目をして主張した。

「春信さん、事情はわかりました。でも、どうしてこんな細い裏通りにいたんですか？」

美津は訊いた。

「どうして……って、一服していたって言っただろう？　木戸を通るときに、火を貰ってきたんだよ」

春信は気まずい顔をして煙管を示した。

「煙草なんて、どこでも喫えるでしょう？　表通りになら、腰掛けてくつろげるような石や木陰もありますし……」

美津は表通りを振り返った。

「俺は絵描きだよ。美しいもの、美しい光景が三度の飯より好きな男さ。美しいものを作ろうとしている奴の心意気を、踏み躙るなんてこたぁしたくねえ」

春信は口を尖らせた。

「こんなにきれいに掃き清めている通りに、煙草の喫いさしをばら撒いたりなんてしたら、どうにも気分が悪ぃや」

春信は顎をしゃくって、表通りを示した。

「手前どもとしては、何やら嬉しい話ですな。掃除に励む甲斐があります」

宗兵衛が頬を綻ばせて、妻と顔を見合わせた。

「でも、どうして、ここならば煙草を喫ってもいいと思ったんですか？　たしかに、人目には、つきませんが……」

美津は足元に眼を落した。

春信の立っていたあたりには、煙草の喫いさしの灰や焼け残った煙草の葉が、たくさん散らばっている。とてもじゃないが〝美しい光景〟とはいいがたい。

「いや、待ってくれ。ここを汚したのは俺……だけじゃねえ。元からここは、こうなっていたんだ。煙草を喫う場所を探していて、ひょいと裏通りを覗き込んだら、ここに喫いさしがたくさん捨ててあるのが目に入ったんだよ」

「元から汚れた場所なら、気兼ねなく汚すことができる、ってことだな。ろくでもない浅はかな考えだが、絵描きに人徳を求めても無駄だな」

凌雲の言葉に、春信はへへっと笑って頭を掻いた。

「じゃあ、この喫いさしは誰が……」

美津が首を捻ると、宗兵衛が「……おいっ」と妻の脇を突いた。

「宗兵衛さん、何か思い当たることはありますか？」

美津が訊いたその刹那、どさっと音がして琴が地面に倒れ込んだ。

「お琴！　大丈夫かい？」

宗兵衛の妻が琴を抱き止めた。幾度も琴の顔を覗き込む。

琴はわなわなと震えている。紙のように白い顔だ。

「凌雲先生、お話があります」

琴は声を振り絞った。両目から涙が溢れ出す。

「おっとさん、おっかさん、どうかあっちに行っていておくれ」

琴は苦し気な声で囁いた。

九

美津に背負われて部屋に戻ってきた琴は、その場でへたり込んだ。

眠りこけたままの善次を琴の掻巻で寝かせてやってから、美津と凌雲は琴に向き合った。

「凌雲先生、トラジが母を襲ったのは、私のせいでございます。私がトラジを焚きつけたのです」

琴はがっくりと項垂れた。

「どういう意味ですか？　お琴さんがトラジに、お母さまを襲え、と命じたのですか？」

倒れた琴を憂慮して、幾度も顔を覗き込んでいた宗兵衛の妻の姿が、美津の胸に蘇(よみがえ)った。

目の前で身を縮めている可愛らしい娘が、そんな恐ろしいことを企(たくら)んでいたなんて、想像できない。

「はっきりと、襲え、とは言っていません。ですが、私はトラジに言ったのです。『おっかさんなんて、大嫌い！』ってね。トラジはその言葉を聞いてから、母を襲うようになったのです」

琴は下唇を嚙みしめた。

「育ててもらった恩を忘れて、親を大嫌いと言うなんて、穏やかではないな。年頃の娘がそれほど母親といがみ合うということは、男の話だな？」

凌雲が琴に鋭い眼を向けた。

「……はい。私には惚れ合った恋人がいたのです。魚河岸に出入りしていた棒手振りの見習い、新助(しんすけ)って男です」

「棒手振りの魚売りに、見習いなんてあるんですか？　なんだか妙な……」

美津が不安な眼を向けると、琴は顔を伏せた。

「綺麗な顔立ちなのに右目のところに傷があって、どこか傾(かぶ)いていて……。それが妙な色気がありました。向こうが私に一目惚れをしたっていって、お互い熱心に文を送り合うようになったんです。でもそれを母に見つかってしまい……」

「どこの馬の骨ともわからない男だろう？　まずは頭を冷やせと叱り飛ばす親御さんの心根は、至極まっとうだ」

凌雲は唇を結んだ。

「それで私は、トラジに『おっかさんなんて、大嫌い！』って言ったんです。でも新助は、母に付き合いを禁じられてからも、人目を忍んで裏通りへやって来るようになりました」

琴は障子に眼を向けた。

「親に反対されて、逆にのぼせ上ったんだな。夜中にこっそり逢引きをしていたわけか」

「新助は夜更けになると、障子の向こうの裏通りにやって来ました。そしてその場に立ち止まって煙草を喫うんです。合図(あいず)の音なぞを立てて誰かに聞かれては困る、と言っていました。部屋に煙の匂いが漂ったら、私はそこの障子から外に飛び出します」

琴は跳ね起きて、手早く身支度をする真似をしてみせた。

「裏通りに残っていたあの煙草の喫いさしは、お琴さんの恋人の新助のものだったんですね」

美津は凌雲の横顔を見上げた。

「ですが浮かれていられたのは、最初だけでした。新助と語り合って戻ってくると、トラジが猛り狂い母が傷だらけになっていたのです。大騒ぎのお陰で、私が部屋にいないことには誰も気付いていませんでした」

「トラジがひどく暴れたおかげで、ご両親とも、お琴さんの居場所を気にする余裕などなかったのですね？」

琴は気まずそうに頷いた。

「はい。その時、私はわかったんです。トラジが私の逢引きを助けるために、わざと母を襲っているって……」

「お父さまがトラジを竹箒で殴っているのを見て、心が痛んだでしょう？」

美津の言葉に、琴は顔を歪めた。

「はい。トラジが私の恋路を想ういじらしい心に胸が潰れるようでした。そのうち、このままではトラジは山に捨てられてしまうと聞いて、ようやく悪い夢から醒めた心地がしたのです」

「新助って男は、ろくでもない奴だったのだな？」

「はい。凌雲先生の言うとおりでございます」

　琴は凌雲を見据えた。

「新助の煙草入れには、猪の根付がありました。わざわざ猪なんて、格別格好良くも可愛らしくもない姿を象った根付を持つのは、己の干支が亥である者だけです」

　琴は頭を抱えた。

「新助は出会ったその日に、己の齢を二十三と話していました。ならば干支は猪ではなく虎。亥ではなく丙寅のはずです。トラジの寅を、私が間違えるはずがありません。勇気を出して問い詰めたら、新助はしどろもどろになって逃げ出して、それきり二度と姿を見せなくなりました」

　琴は心底情けない、というようにかぶりを振った。

「それはどのくらい前の話ですか？」

　美津は訊いた。

「新助と親密だったのは、ほんの半月ほどです。あの男と縁を切ってから、もう一月が経っています。でもトラジは今でも、偶然、煙草を喫う人が裏通りを通り掛かると、私は部屋にちゃんといるのに……」

「お母さまを襲うんですね」

「はい。いくら新助とは別れたよ、と言っても、トラジはもう、私の言葉を聞き入れてくれないのです」

「新助は、もうどこにもいなくなったのに……」

美津は呟いた。

「きっと、私が『おっかさんなんて、大嫌い！』なんて罰当たりなことを言ったから、トラジに人の言葉を聞き入れることができない呪いが掛かってしまったんです」

琴はむせび泣いた。

「動物は、人の言葉なんてわからない。ぜんぶ人の思い込みだ」

これまで黙って聞いていた凌雲が、ふと口を開いた。

琴は泣き声をぴたりと止めて、怪訝な表情で顔を上げた。

「だが、トラジが暴れる理由は見当がついたぞ。トラジを穏やかな猫に戻す方法もな」

「えっ！　ほんとうですか？」

琴が縋(すが)るような目を向けた。

「お美津、善次の懐からマネキの絵を出してくれ。そうっと、起こさないようにな」

「はいっ。善次、ちょっとごめんね。起きちゃだめよ……」

美津は、寝入ったままの善次の懐をひっそりと探り、筒に丸めた数枚の紙を取り出した。

結んでいた紐を解くと、キジトラ猫のマネキの横顔を描いた絵が数枚と、一番下にトラジの虎柄の横顔が現れた。

「まあ、たいそううまく描けておりますわ。トラジの鼻にぽつんと三角形の斑があるところまで、ずいぶん、ちゃんと……」

琴が頬を緩めた。

「見るのはそこではないぞ」

凌雲が、畳の上に絵を並べた。

「このトラジは、見知らぬ客人である私たちの来訪に気付いて、行李の裏に隠れていたときの姿だ。お美津、トラジの身体はどう見える?」

凌雲は美津に眼を向けた。

「……そうですね。耳が落ちて、背中の毛が逆立っています。鼻先に皺が寄って牙を剝き出しにしています。さっき私に襲い掛かったときも、これと同じような顔をしていました」

美津は幾度も絵を見直しながら言った。

「そうです。これは、トラジが母を襲うときの姿です」

琴が暗い声で賛同した。

「なら、ここにあるマネキの絵の中で、どの姿が最も近い？」

凌雲が、数枚のマネキの絵をぐるりと指さした。

よくよく見ると、マネキの絵は少しずつ様子が違う。凌雲と善次がマネキを追いかけ回して絵を描いていたときには、まったく気付かなかった。

「これです。耳を伏せて毛を逆立てて。トラジの絵と同じ様子です」

美津はマネキの絵の一枚を選んで、手に取った。

「その絵の右下には、何て書いてある？」

「えっと、《庭に飛んで来た大きな鴉（からす）が、マネキが咥（くわ）えていた鼠を横取りしたところ》と」

美津は米粒のように小さい凌雲の字に、眼を凝らした。

「そうだ。この絵のマネキは、己よりも強いものに獲物を横取りされて、怯えていたんだ」

凌雲は満足げに頷いた。

「トラジも同じですね。見知らぬ客人に怯えて、お琴さんのお母さまにも……。あれ？　どうしてトラジが、生まれたときから同じ家に住むお母さまに、怯えることがあるでしょう？　それもわざわざ己のほうから廊下を走って、お母さまの部屋に飛び込んで行ったくせに……」

美津は首を傾げた。

「それが、この異変の面白いところだ」

凌雲は背筋をしゃんと伸ばした。

「お琴、《沢屋》の皆は、トラジがお内儀さんを攻撃していると話していた。先ほどのお前も、己の言葉がトラジを駆り立てたと。トラジは獲物でも狙うように、お内儀さんを襲ったとな」

「はい。皆、そう思っています」

「それが間違っていたんだ。猫が獲物を襲うときは、ほんとうならこんな姿をしているはずだ」

凌雲は、マネキの絵の中から一枚を選び出して示した。

右下には《木の幹に止まった蝉を狙うマネキ》と書いてある。

身を低くしたマネキが、首を前に突き出すようにして前を凝視している。耳はぴんと立って口はしっかり閉じられ、尾の位置は低い。毛の流れは、水の中のカワウソのように身体にぴったり沿っている。

「先ほどのトラジの姿とは、どこもかしこも正反対ですね……」

美津は呟いた。

「そうだ。獲物を襲うとき、猫は己の身体をできる限り小さく見せて、獲物に勘付かれないように息を殺して気配を消す。逆に恐怖を感じたときは、毛を逆立て大口を開け、威嚇の悲鳴を上げることで己を実際よりも大きく強く見せて、何とかしてその場から無事に逃げおおせようとしているんだ」

「じゃあ、お琴さんのお母さまを襲ったときのトラジは、恐怖を感じていたんですね？」

「そうだ。恐怖で我を失って、廊下を一目散に走って逃げてきたところだ」

美津の言葉に、凌雲は大きく頷いた。

「でも、トラジはどうして怖い思いを？　私はトラジを傷つけるなんて真似は、決していたしません」

琴が眉根に深い皺を寄せた。

「煙草の匂いと同時に、あんたが新助に会いにすっ飛んで行ったからだよ」

「私が？　そんな、私はトラジを怯えさせるつもりなんて……」

琴がおろおろと眼を巡らせた。

「トラジは夕飯の後に、あんたと一緒に部屋でのんびりくつろいでいた。この六年間ずっと。いつもだったら、この後はぐっすり寝るだけだ。そんなときに、あんたが煙草の匂いと同時に、びくっと跳ね起きて、大慌てで身支度を整え出す。さらにトラジのことなんて目もくれずに、勢い良く外に飛び出していく」

「私の逢引きの所為ですか……」

琴は息を呑んだ。

直後に「ああ」と呟いて凌雲から眼を逸らす。新助と逢引きをするために、余程ばたばたと大騒ぎで支度をした心当たりがあるのだろう。

「トラジは、客人が来たくらいで怯えて行李の裏に逃げ込むような臆病者だ。あんたの異変は、身が細るような恐怖だったに違いない。あんたが新助と別れたかどうかなんて、トラジに伝える術はないさ。煙草の匂いを嗅げば、いつだって思い出す。トラジはあんたが跳ね起きる前に、一刻も早くその場から逃げようとしたんだ」

「それでトラジは、怖い異変が起きたお琴さんの部屋から逃げ出そうとして、廊下へ飛び出したんですね？」

「そうだ。泡を喰って廊下を駆け回っている途中で、最初に顔を合わせるのは襖を開け放った部屋のお内儀さんだ。そこで混乱したトラジは、思わずお内儀さんに襲い掛かったんだ」

「そんなことってあるんですか？　だって、お琴さんのお母さまは、何も悪くないのに……」

「人間さまも酔っ払いの喧嘩で頭に血が上って、仲裁してくれた何も悪くない奴をぼかすか殴ってしまった、という話を聞いたことがあるだろう？　驚いて心が乱れたときに、全く関係ない別のものを攻撃するのは、猫にはよくある話だ」

「そうだったんですね。やっぱり私のせいで、トラジが……」

　琴が両手を胸の前で握りしめた。

　ふと、背後で「にゃあ」というか細い鳴き声が聞こえた。

　美津が振り返ると、行李の後ろからトラジが顔の半分だけを覗かせていた。我を失って恐慌しているわけではないが、凌雲と美津に警戒した目を向けて微動だにしない。

　琴はそんなトラジを長い間、じっと見つめていた。

「凌雲先生。トラジを元の穏やかな猫にするには、どうすれば良いでしょう？　先ほど先生は、その方法をご存知とおっしゃっていましたね」

琴は力の籠った眼で凌雲を見上げた。

「そうだな。トラジを二度と怯えさせないためには、あんたの部屋は裏通りに面したここじゃいけない。いくら裏通りの喫いさしを綺麗に片付けても、いつまたどこかで通りすがりの誰かが煙草を喫うかもわからないからな。道行く人の煙草の煙が入って来ない部屋、できればお内儀さんが使っている、庭に面した部屋と替えるべきだ。もちろん、この屋敷の中では誰も煙草を喫ってはいけないぞ」

「それだけでいいんですか？　トラジに、煙草の煙はもう怖くないものだ、と教えてやる必要はないんでしょうか？」

琴が怪訝そうな顔をした。

「怖いものを減らして賢くしてやって、いつかは《沢屋》の跡取り婿さまに仕立てあげようとでもいうのか？　猫に道理を教え込むことなど、必要ない」

凌雲が琴の言葉を切り捨てた。

「トラジは獣のくせに、あんたの勝手でここにいるんだ。ここにいてくれてるんだ。トラジに余計な負担を掛けようなんて考えずに、少しでも楽しく穏やかに暮らせるように、あんたが心を配ってやってはどうだ？」

琴は、はっとした顔をした。

トラジが行李の後ろで「にゃあ」と細い声で鳴く。

「……わかりました。トラジが二度と怖い思いをしないために、決して煙草の煙が入らない部屋で寝かせてやります」

琴は思慮深げな顔で頷くと、まっすぐに前を見据えた。

十一

桜の花弁のような色をした鯛の活(い)け造りを前に、善次が「うわあ」と喜びの声を上げた。

「今日の昼飯はずいぶん贅沢(ぜいたく)だな。お仙からの福渡しは、相変わらず浮世離れしている」

いつもは昼飯の献立などまったく気にしない凌雲も、さすがに口元が綻んでいる。

「いえいえ、お気になさらずね。これはぜんぶお美津ちゃんのお陰なんですから。善次、あんたもたくさん食べて、早くおっきくなるんだよ」

仙が己の頬に掌を当てて、上機嫌にほほほ、と微笑んだ。

「お仙ちゃんが、無事に春信さんに絵を描いてもらえることになって、心底安心したわ」

美津はほっと息を吐いた。

「ほんとうにありがとうね。恩に着るよ。お礼にいいことを教えてあげる。《沢屋》の娘のお琴が、次の春に、親の決めた家に嫁入りすることが決まったらしいよ」

「あら、それは良かった。お琴さんはどこにお嫁入りするの？」

美津は凌雲と顔を見合わせた。

「霊岸島（れいがんじま）にある乾物屋の《海彦屋（うみひこや）》って大店だよ。あそこの跡取り息子は奥手で太っちょだけれど、真面目で穏やかな男らしいよ。それに、無上の猫好きのくせに、飼い猫が死んだばっかりで気落ちしていたんだってさ。お琴は己の飼い猫のトラジを連れて、嫁に行くって話さ」

「猫好きの真面目な人なら、きっとお琴さんにお似合いですね」

美津が声を掛けると、凌雲は口元を僅（わず）かに上げた。

「こんにちは。凌雲先生、いらっしゃいますか？」

男女二人の重なった声に振り返ると、庭先で、見覚えのある若い夫婦がこちらを窺っていた。

「あっ、クロベエの……」

美津が言ったその時、女が「きゃっ」と声を上げた。

女の胸元で、真っ黒な仔犬が跳ね上がった。

「こら、クロベエ。お前のことじゃないよ。今言ったのは、先代の偉大なクロベエ兄さんのことさ」

女は優しく仔犬の頭を撫でた。

「新しい犬を飼うことにされたんですね？」

美津は庭に下りて、夫婦に駆け寄った。

「あれから俺も女房もクロベエが死んだってのが辛すぎて、毎晩、顔を突き合わせては泣いてばっかりだったんだよ。それがついこの前、近所の家で白犬が黒犬を産んだって聞いてね。こりゃもしかして、ご縁が来たってことなんじゃねえかって……」

「私は嫌だって言ったんですよ。クロベエを失ったときのような悲しい思いは、もう金輪際、御免だってね。もう一生、犬は飼いたくない、って言い張ったんです」

仔犬が女の頬をぺろりと舐めた。

「だから、俺は言ってやったんだよ。じゃあお前は、俺がいつかは死ぬから、って夫婦の縁を切って別れたほうが幸せか？　ってね」

男は得意げに胸を張った。

「動物だって人だって、どうせみんな死ぬんだろう？　だったら、今この時を少しでも楽しく笑っていられるほうがいいに決まってらあ。死ぬのを怖がってたら、何もできやしねえ。お内儀さんもそう思うだろう？」

男は力強い声で言って、女の腕の中の仔犬の頭を乱暴に撫でた。

「この人が言うのを聞いていたら、なんだかそれもそうだな、って納得しちまってね。気が付いたらこの子とべったりですよ」

女は仔犬の毛並みに顔を埋めた。

「今日はクロベエの顔見せがてらのご挨拶に、と思いましてね」

夫婦ははにかんで顔を見合わせた。

「用はそれだけか？　なら、私はこれから昼飯だ。先代クロベエの湿っぽい思い出話が始まる前に、とっとと帰ってくれ」

凌雲はぶっきらぼうに言って、卓袱台の上に眼を向けた。

「その節は、ご心配をおかけいたしました。先代クロベエのために存分泣かせていただいて、私たち夫婦は救われた気がいたしました」

女が丁寧に頭を下げた。

「あ、お二人とも。そこまでお見送りしましょう」

美津は夫婦と一緒に、玄関先まで回り込んだ。

「じゃあ、きっとまたいつか世話になるよ。もっともっと、ずうっと先がいいけれどな」

男がクロベエに優しい目を向けた。

「それと凌雲先生に謝っておいてくれ。この間は無茶を言って困らせて悪かったなって。命は一度きり……本当にその通りだよ。今、同じ時を生きている縁を、精一杯大事に生きて行くさ」

男が若妻の肩を引き寄せた。クロベエが夫婦の顔を交互に舐める。

「お絹さんと凌雲先生も、末永くお幸せになさってね」

女が男の胸元に顔を寄せた。

「えっ」

美津の心ノ臓がどんっと音を立てた。

「……あ、あの。私の名前は美津です。〝お絹さん〟ではありません」

「へっ？」

女が素っ頓狂（すっとんきょう）な声を上げた。夫婦が引き攣（つ）った顔を見合わせた。

「嘘だろう？　小石川の凌雲先生っていったら、助手のお絹が、お内儀さんになったんだとばかり……」

「おいっ、馬鹿。やめろ」

男がしっと口を鳴らして、首を横に振った。

クロベエが男の珍しい仕草にはしゃいだ様子で、尾を振り回して「きゃん」と鳴いた。

「……もう、間違えられたのはこれで二度目ですよ。〝お絹さん〟ってのは、どれほどの別嬪さんなんでしょうね？」

美津は、クロベエの鼻先をちょいと押した。

顔も心も強張りきっての、意を決しての冗談だ。とてもじゃないけれど、夫婦の顔を見てこんなことは言えない。

夫婦は笑わない。居心悪そうな顔で一言二言、耳打ちをし合った。

「お美津さん済まねえ。こいつが悪いさ。この話は忘れてくんな、ってわけにゃいかねえよな？」

男が肩を竦めた。

「もちろんですわ。ちゃんと教えてくださらないと。このまま帰すわけにはいきませんよ」

美津は強引に笑った。指先をクロベエが軽く齧った。

男が、女の脇腹をくいっと肘で押した。

「……お絹ってのは、小石川で凌雲先生の助手をしていた娘のことなんですよ。働き者で気が優しくて、凌雲先生に一途な想いを寄せていたってね。おまけに男連中に小石川小町（こまち）なんて呼ばれるくらい、きれいな顔をしているって評判でね。お絹の恋衣の行方を、年寄りたちがこぞって話の種にして面白がっていたんです。私のおっかさんも、そんな無遠慮な噂好きのひとりでしてねえ」

　女が言いにくそうな顔をした。

「そ、そうでしたか。これですっきりしましたわ」

　言葉の強さに眩暈（めまい）を感じながら、美津はどうにかこうにか答えた。

　仙の顔がちらりと胸を過る。狆（ちん）を抱いて《鍵屋》へやってきた絹を、仙は「大して別嬪でもないくせに」ととぼけていた。

　しかし考えてみれば、己の美しさに絶大な自負を持っている仙のことだ。他人の美醜にわざわざ嫌味を言うことからして、いつもとはすっかり調子が違った。

「でもそんなの、暇な年寄りが作ったでたらめですよ！」

　女が力強く続けた。

「凌雲先生はお絹のことなんて、はなから相手にしちゃいませんよ。ただの妹分としか思っちゃいなかったに違いありません。ねっ、あんた。そうだよね？」

「おうっ！　そうだそうだ！　男はどれほどの別嬪に想われたって、心底惚れ込んだ女としか夫婦にゃならねえさ！」

男が付け元気の明るい声で言い切った。

美津は大きく息を吸い込んだ。

その時、庭のあたりでわっと笑い声が聞こえた。

「凌雲先生、それはおいらの分です！　お仙さんがおいらのために、わざわざ身に脂（あぶら）が乗ったところを取り分けてくれたものです！」

「知らん。お前がぼけっとしているのが悪いんだ」

「あらあら凌雲先生、大人げない真似は止めて下さいな……って。お美津ちゃんだったらこう言うに違いないよ。どうだい？　善次、似ていたかい？」

乾いた冬の空に、犬たちの吠え声と皆の笑い声が重なった。

色男（いろおとこ）

中島要

一

世にある限り、等しく金の苦労はついて回る。

いや、富裕なる人は別だと言うかもしれないが、さにあらず。数多の奉公人を使う主人はいつも油断なく目を光らせ、更なる金儲けに苦心する。公儀を恐れる大名諸侯は言うに及ばず、ご老中田沼意次様ですら、打ち続く飢饉と諸式高騰に頭を悩ませているくらいだ。

まして売られた女郎の身では、寝ても覚めても金、金、金。

吉原では金の多寡で男の値打ちが決まるから、多少見栄えが悪くても山吹色の後光がさせば、天下の二枚目さながらだ。もっとも女の本音としては、さりとて小判と寝るわけでなし、「人三化七」の相手はつらい。

とはいえ、金払いがよくて様子がいい──なんて、なかなか世間にいるものじゃない。が、まったくないでもないわけで、田丸屋清右衛門はそういう稀な存在だった。

日本橋通二丁目で醤油問屋を営むこの男は、扱う品をいち早く下りものから銚子産に切り替え、今では豪商のひとりに数えられている。あいにくちょいと背が低いが、目元の涼しげな色白の優男で、年だって働き盛りの四十前だ。しかも一年前、江戸町一丁目和泉屋抱えの花魁三橋が別の客に落籍されてから、決まった馴染みを作らなかった。

そんな男から声がかかれば、女郎の心は浮き立つもの。江戸町二丁目の惣籬、菱田屋でお職を張る朝霧とて例外ではなかった。

（とにかく今夜が肝心ざんす。ここでしくじったら上客を逃すだけじゃおざんせん。朝霧はやはり三橋に及ばぬと吉原雀が騒ぎ立てんしょう）

初会に続いての登楼を「裏を返す」といい、三度目の登楼で「馴染み」と呼ばれる仲になる。そうなれば吉原中が二人を公認したようなもので、客もすぐには見限れない。引手茶屋への花魁道中、いつにも増して贅を凝らした身ごしらえの朝霧はしっかり前方を見据えて外八文字を踏んでいた。

大きく結い上げた横兵庫の髪に、値の張る鼈甲の櫛が二枚と簪が十二本。黒の打掛の背には七色の鳳凰が大きく羽ばたき、亀甲柄の金糸の前帯はきらきらと光り輝いている。暮れ六ツ（午後六時）前の夕暮れ時、気合の入った眼つきで仲之町を練り歩く姿はまるで絵のように美しかった。

そんな艶姿に見入っている男たちは、よもや眼前の弁天様が俗な計算を巡らせているなど夢にも思わなかっただろう。

（田丸屋と馴染みになりゃあ、紋日の仕舞を気にせずすみぃす。近頃は常盤屋の旦那も青山の隠居もずいぶんしわくなりんした。どうで羽振りのいい客を捕まえにゃあ、菱田屋の呼出としてわっちの体面が保てんせん。禿や新造たちにそろそろ七夕の衣装も誂えねばならねぇし)

溜息を誘う絢爛な姿とは裏腹、今の御時世、朝霧のような最高級の女郎すら金の苦労がついて回る。なにしろ初手から借金で縛られている上、衣食住のうち、あてがわれるのは屋根ばかりだ。衣装や食事、蚊帳から炭の果てに至るまで全部自腹を切らねばならない。しかもつき従う禿や振袖新造たちの掛かりも姉女郎が背負わされるから、ちょっとやそっとの稼ぎでは追いつかないのが実情だった。

加えて節句ごとに衣装を新調し、月に何度か「紋日」もある。この日は揚げ代が二倍になる上、ひとりの客に買いきってもらう「仕舞」をつけるのが慣わしだ。

客に仕舞をつけてもらえなければ、女郎自身が自分を買って仕舞をつけることになる。それではちっとも借金が減らないから、女郎はなんとか紋日の約束を取り付けようとする。対して客は金のかかる日に来たくない。なんのかんのと口実を作り、逃れようと算段をする。

「ええ、憎らしい。ぬしはとんだ情なしざます」

「そう言われたって、こっちにも都合というもんがあらぁ」

「客が何人あろうと、わっちがほんに頼りとするはぬしひとりでありんすに。あぁ、見損なった、早まった。ならば田所町の栄どんに」

「なんだとっ、おめぇあんな野郎に頼むってのか。冗談じゃねぇ、そんくれぇならおいらがくらぁっ」

「うれしいっ」

　とはいえ閨での約束事などおみくじよりも当てにならない。そこで女たちはせっせと文を書き、時には起請を取り交わし遮二無二金を工面する。

　中にはそれを真に受けて、身上をつぶす男もいる。すると金の切れ目が縁の切れ目と、女は文も寄越さなくなる。

　それを非情と罵倒されればまず弁解もできないが、女郎にしたって大事なお客を失くしたばかり。次なる馴染みを捕まえるべく、あれやこれやで忙しい。勤めの身では仕事が優先、仕方ないではないかいな。

　ゆえに多くの善男善女が吉原を「悪所」と呼び、訳知り顔で「女郎の誠と卵の四角はない」という。なるほどそうかもしれないが、ならばどうして吉原がある。気分次第か懐次第か、悪をなにゆえ買いに来る。そんな男の相手が勤め、どうして女郎が本気になれよう。

　もっとも、どんなものにも上手はいるもの。年季が明けたら一緒になろうと甘い言葉でくどかれて、うっかり信じる女郎もいる。たったひとりに思い入れれば、他の客にはつれない道理。日がたつにつれ稼ぎが減って、ふと気が付けば間夫の足まで遠のく始末。あぁ、騙されたと思ったときは見る影もなく落ちぶれて、袖を引く手に力をこめても今更客は戻ってこない。

所詮吉原廓の恋は、金が咲かせる嘘の花。金が尽きれば散るのが運命。それを忘れて後悔するのは、客も女郎も同じこと。万にひとつで真実が咲けば、嘘の花より手に負えない。金が尽きても散ることできず、思いあまって駆け落ち心中。ゆえに「惚れるは女郎の恥」と、女たちはよくよく肝に銘じていた。

（なに、田丸屋の旦那なら相手に不足はおざんせん。粋で知られたお大尽、わっちが落としてみせんしょう）

手前勝手な胸算用は腹にとどめてあごを引く。いざ合戦と意気込み高く、朝霧は目当ての引手茶屋に到着した。

二

「これは、これは。また一段と艶やかだな」

主役の到着を待つ間、座敷で幇間や芸者をはべらせ酒を飲んでいた清右衛門が明るく声をかけてきた。

「あい、またぬしさんに会えると思ったら、わっちはもううれしくて」

「おや、ずいぶんとうれしがらせを言ってくれる」

「馴染みでもないのに、どうしてうれしがらせを申しんしょう。意地悪なぬしさんでありんすこと」

座に着くなり、たわいない駆け引きを始めた二人を芸者や幇間たちは愛想笑いで眺めている。今夜清右衛門が裏を返していることなど先刻承知、そしてどうにか三度目の登楼につなげようという花魁の思惑も察していた。

「旦那、わっしは朝霧花魁をよく存じておりやすが、張りの強いこのお人がここまで言うのは並じゃねぇ。よくよく旦那にほの字と見えやす」

「本当に。あれ、花魁の顔がほんのり赤くなって」

幇間や芸者はここぞとばかり朝霧の加勢を始めた。

大門で閉ざされた吉原の中には、八百屋もあれば菓子屋も湯屋もある。そこから一歩も出られない女たちが不自由なく生活できるよう、すべてが揃った町なのだ。俗に「遊女三千」などと言うが、吉原の人口はおよそ一万人。つまり倍以上の数の人間が女郎にすがって生活している計算だった。

だからこそ、ここではすべて女郎が優先される。見世の若い衆は女郎の使い走りをし、吉原芸者は地味な衣装で座敷に出た。特に朝霧のような売れっ妓は何はさておき大事にされる。無論そこには、女郎に上客がつけば自分たちもおこぼれにあずかれるという周囲の魂胆もあった。

客とてそこはわかっていても、持ち上げられて悪い気はしない。幇間の物まねで座が盛り上がり、さてそろそろ菱田屋に移ろうかというとき、襖が開いて浮かぬ顔の女将が顔を出した。

「旦那様、お楽しみのところを誠に申し訳ありませんが、どうしても旦那様に会わせろというお客様が階下に」

「誰だい」

「井出伊織様と名乗っておられますが」

恐縮しきりの女将が名を口にしたとたん、上機嫌だった清右衛門の表情が険しくなった。

「追い返してくれと言いたいところだが、どうせあたしに会うまでは絶対帰らんと騒いでおるのだろう」

「はい、左様でございまして」

予想通りの答えを聞いて、清右衛門は小さく溜息をついた。

「仕方がない。とんだ水入りで興ざめだが、花魁、先に見世に戻っていてくれ。無粋な客を追い返したら、あたしもすぐに菱田屋へ行こう」

苦笑いを浮かべて告げられたが、朝霧は承知しなかった。

「嫌でありんす。話の成り行きでは、ぬしが帰ってしまうかもしれんせん」

「心配いらないよ。第一、用件はわかっている。すぐ済むさ」

「すぐ済むとおっせぇすなら、尚のこと。わっちもここで待っておりんす」

相手の顔をじっと見ながら、すねた口調で駄々をこねた。その胸中はかくの如し。

もしここで男が不愉快そうな顔を見せたら、馴染みとなるのは難しかろう。だが、この程度で気分を害するようなら、そこまでの縁。さてどれほど脈があるのか、確かめるにはいい機会。

　頭の中ですばやく算盤をはじき、（てこでも動くものか）という表情を見せる。

清右衛門はあきれ顔になったものの、考える素振りを見せた。

「……そう、だな。その方が早く済むかもしれん。では、お前たちだけ下がってくれ」

　そして幇間や芸者が下がったのちに、女将の案内で思いのほか年若い侍が座敷に通された。清右衛門は顔を見るなり、棘のある口調で言い放つ。

「伊織様、いくら伯父甥の間柄でも、こんなところにまで押しかけて来られては迷惑でございます」

　その一声にかしこまった若侍は、顔を上げて上座に座る朝霧に気付くと目を瞠った。いくら吉原でも花魁のいる座敷に案内されるとは思っていなかったのだろう。

侮られたと思ったのか、青白い顔に不機嫌が露になる。

「それはお詫びいたします。ですが伯父上、某の用向きはご承知のはず。このような者を同席させてできる話ではございませぬ。下がらせてください」

「それは承知いたしかねます」

「なんと」

「手前はこの朝霧に会うため吉原まで来たのでございます。招かれざる客はあなた様のほうでしょう。花魁がいては話ができぬとおっしゃるなら、どうぞお引き取りください」

慇懃な態度できっぱりと拒絶され、伊織は二の句を継げずに唇を嚙む。成り行きで同席したものの状況の見えぬ朝霧は、険悪な二人のやりとりを黙って見つめているしかなかった。

話から察するに、この若侍は清右衛門の姉か妹が旗本にでも嫁いで生まれた子なのだろう。そう思って眺めれば、色白の顔や高い鼻梁が少し似ているかもしれない。

年は二十歳くらいだろうかと思ったとき、苦労知らずの生意気そうな顔つきが記憶の底の面影を呼び起こし、朝霧をビクッとさせた。

（馬鹿馬鹿しい。ここにいるのはお武家の若様、あの人とはまるで違うお人じゃおっせんか）

そんなことを思っていたら、無言でうつむいていた伊織がこちらを見た。朝霧がにこりともせずに見つめ返すと不快そうに眉を寄せ、それから決心したような面持ちで清右衛門に向き直る。

「ならば……恥を忍んでこのままお話しいたします。伯父上、すでに母がお願いいたしております通り。誠にあつかましいお願いだと重々承知しておりますが、何卒この伊織に三百両お貸し付けくだされ」

振り絞るような声を上げて伊織はその場に手をついたが、見下ろす男の眼差しは冷ややかだった。

「伊織様、三百両貸せと簡単におっしゃいますが、借りた金は必ず返さなければならぬのですよ」

「それは……無論、承知」

相手の語尾が弱くなったところへ清右衛門はたたみ掛けた。

「承知していらっしゃるのであれば、前回用立てた二百両、一文たりとも返済せずに新たな借金を申し込むとはどういうおつもりでございますか。手前は井出家に金を貸し付けたのであって、差し上げたわけではございませぬ」

「ですから、あつかましいお願いだと申しております。ですがお借りした金子を返済するためにも、新たに金子が必要なのです」

青々とした月代に汗を浮かべ、言いにくそうに口ごもりながら伊織は必死で食い下がる。頰の辺りにまだ幼さが残る美青年の思いあぐねた様子は、見る人の同情心を誘うに足る風情があった。

だが、肝心の相手には何の効果もなかったようだ。気の利いた言い訳もできないのかと言わんばかりに、商人の視線は冷たさを増す。

「下々では『盗人に追い銭』などと申しましてな。手前も商人、これ以上損を承知で金を貸すのは御免でございます」

「伯父上、いやしくも旗本三百石、井出家の当主たる某を盗人呼ばわりされるのか。いくら身内の間柄でも、あまりに無礼でありましょう」

歯に衣着せぬ物言いに、若い伊織は血相を変えて腰を浮かせる。清右衛門は意地の悪い表情になった。

「侍だろうと甥だろうと、借りた金を返さなけりゃあ盗人も同然。そもそも最初の二百両だって、井出家の家禄の大半が札差に押さえられているのを承知で用立てたんじゃありませんか。それもこれも病でお役を辞した先代が亡くなり、跡を継いだお前様が無役のままでは気の毒と思えばこそ。その金で大番士となり、これからは職務に励み家名を上げるとおっしゃってからまだ一年でございますよ。そのこと、しかとご承知か」

初対面の女郎の前で内証をこと細かく言い立てられ、伊織は屈辱に身体を強張らせている。この御時世、何らかの理由で無役になった家の者が再び役職に就くのは容易ではなかった。無論、無役であっても代々の家禄は支給されるが、諸式高騰の昨今、とてもそれだけでは家格に見合う暮らしを維持できないのが実情だ。

他の旗本同様、井出家もよほど切羽詰まっているのだろう。ややあって、伊織は清右衛門の視線を避けるように再び頭を下げた。

「伯父上の申し様、いちいち誠にごもっとも。なれど大番士など太平の世にあっては無用の長物。このままお役に励んだところで、一向に立身の機会には恵まれませぬ。実はこのたび幸いにも小普請組支配組頭のお役に空きができ、某を推してやろうとおっしゃる上役がおられるのです。無役の小普請組よりお役に就く者を推挙できる組頭は何かと身入りもよく、これがかなえば、伯父上に金子をお返しすることもかないます。何卒、何卒身内のよしみで」

「聞けませぬな」

「伯父上」

「そのお役に就けば間違いなく返せるとおっしゃるなら、札差や高利貸しからお借りになればいい。小普請組支配組頭の役得がいかほどか存じませぬが、三百石のお前様に合わせて五百両の借金が返せるなど、手前はとうてい思えませぬ。もしどうしてもとおっしゃるなら、お貸ししている二百両、まずはお返しくださいまし。その上で更に百両つけて新たにお貸しいたしましょう」

痛いところをつかれたようで、伊織はもはや反論できない。すがるような顔つきで見上げる甥に清右衛門が最後の言葉を口にした。

「これ以上のお話はするだけ無駄でございます。どうぞお帰りください」

すると、伊織は恨みがましい視線を隣に座る朝霧に向けた。

「伯父上はそこな女郎に使う金はあっても、血のつながった妹の子に貸す金はないと言われるか」

さも汚らわしいと言わんばかりの吐き捨てるような口ぶりに、清右衛門が眉を寄せる。

「これは心外ですな。己の才覚で得た金をどう使おうと人の勝手。お前様にとやかく言われる筋合いはないというもの」

「某とて伯父上が手元不如意と申されるなら、恥を忍んでくどくどとお願いいたしませぬ。なれど、かような悪所で捨てる金があるならば、何ゆえ身内のために使うてはくださらぬのか。某の立身は井出家のみならず、母の実家である田丸屋の名誉にもなり申そう。それを何ゆえ……」

今夜はどうでも金を引き出す覚悟で来たらしい。若侍が勢いづき、更に言い立て

ようとしたそのとき、

「ちょいと待ちなんし」

りんとした、女にしては低めの声が割って入った。

「女の身で男の話に口を出すなど野暮と承知しておりんすが、吉原で使う金を捨て金と言われちゃあ、とても黙っておれんせん」

細い眉尻をつり上げて朝霧が伊織を見据えると、若者の顔が赤くなった。

「なんだとっ。女郎風情の出る幕ではないわ」

「お侍様、吉原に来て女郎の出る幕がないなんぞ、通らぬ理屈でありんすえ。廓は女郎によって立つ城。外はどうあれ、吉原では女郎が主役でありんす。ここがこねえに栄えるのも、女たちが客に精一杯尽くすからではありんせんか。だからこそ客も女をいとしく思い、日々の費えを節約してでも夜ごとここに通うというもの。お若いぬしにゃあわからぬも道理ざましょうが、そんなお人に捨て金と決め付けられちゃあ吉原女郎の面目が立ちんせん」

「う、うるさいっ。女郎など男をたぶらかす魔性に過ぎぬっ」

「ぬしはそうおっせぇすが、この吉原は東照権現様がお許しになった御免色里ざます。すりゃ、ご神君様もこの世に女郎が必要とお認めになっていた証拠ざんしょう」

「おのれっ、女郎の分際で軽々しくそのようなお名を口にするでない」

伊織は唾を飛ばし躍起になって言い返すが、劣勢は明らかだ。朝霧は清右衛門が面白がっているのを横目でうかがいつつ、ここぞとばかり言い切った。

「女郎ごときに説教される筋合いでないとおっせぇすなら、こねぇなところで金の無心をいたしんすな。ここの女は我が身を売って、家のため男のために金を作った者ばかり。無力な女すらそうして金を作るというに、大の男が身内に強請るばかりとは。ぬしはそれでも侍ざんすか」

「某を愚弄するかっ」

女郎にも劣ると言われ、頭に血が昇った伊織は立ち上がって身を乗り出す。その殺気だった表情に、様子を見守っていた禿や振袖新造たちは揃って息を呑む。ひとり朝霧はひたと相手を見つめたまま、ひるむことなく言い返した。

「やる気かえ。だがこの顔に手を上げりゃあ、たとい大身のお武家といえど、ただではすまぬと思いなんし。わっちも菱田屋の朝霧、馴染みは大名家のお歴々や大店の主人、その道中を一目見ようと大勢の人が押しかける惣籬の花魁でありんす。値千金のこの顔に傷でもつけてみなさんし。うちの親父様（楼主）がぬしの屋敷に押しかけて、一体いかほど寄越せと言うか。まず三百両ぽっちじゃあ足りんせん。それをしかと承知と言うなら、さぁ、どうなと好きにしんなまし」

一歩も引かず言い切ると、伊織はぐっと言葉に詰まる。そしてやおら踵を返し、足音もけたたましく座敷を出て行った。

「いや、お見事。さすがは張りの強さで知られた菱田屋の朝霧だ。なんとも見事な啖呵だったよ」

禿や新造が詰めていた息を吐き出すと、満更でもない口ぶりで清右衛門は手を叩く。朝霧は今までの表情とは一転、媚を含んだ顔つきで客に向き直った。

「いけずなことをおっせぇす。わっちはてっきりぬしさんがお困りと……差し出た真似でありんした。どうぞ許しておくんなんし」

「なに、おかげで助かったさ。あれの母親は親父の後添えが産んだ娘で、こっちとは腹違い。何の因果か旗本に見初められ、わざわざ武家の養女にやって嫁に出したが運のつきだ。だいたい田丸屋が江戸で指折りの醤油問屋になったのは、全部あたしの手柄じゃないか。それをわずかばかりの血のつながりでいいようにあてにするとは。なるほど、女郎衆のほうがよほど立派というものだ」

「あれ、はずかしうおざんす」

しみじみと感心されて朝霧がうつむけば、新造たちもわっと声を上げた。

「さすが花魁、わっちは胸がすきんした」

「ほんにえ。今のお侍ときたら見場はずいぶん粋ざますのに、中身はとんだとんちきでおす」

「これ、いい加減におし。仮にもぬしさんのお身内でありんす」

黄色い声を上げる少女たちを急いでたしなめると、清右衛門は笑顔で首を振った。

「かまうものか。あんな生意気な甥に大事な金を貸すくらいなら、あたしはお前に貢ぎたい。さてずいぶんと遅くなったが、今から菱田屋に行こうかね」

「あい」

腰を上げたお客を見て、禿が元気よく返事をした。

三

この一件ですっかり朝霧が気に入ったらしい清右衛門は、すぐに三度目の登楼を果たし、その後も足しげく通うようになった。もっとも伊織は伯父からの援助をあきらめていないようで、今も三日にあげず田丸屋にやって来るらしい。

「ええ、いめえましい。今の世の中、旗本なんざぁ態度のでかい穀つぶしさ。この太平に何が直参だ。旗本八万騎、今更全部いなくなってもお江戸はびくともしねえ。それに比べて、日本橋の旦那衆がみんないなくなったらどうなると思う。てぇした大事じゃねぇか。まったく、先祖の功名でどこまでただ飯食らう気だ。あたしなんざ大店に挟まれたちっぽけな店を額に汗して大きくしたんだ。奉公人に恨まれながら日々の費えを節約して商売を広げ、ようやく老舗にも負けない店構えにしたってぇのに。あのたかり野郎が」

秋の宵、清右衛門は酒が過ぎると口調が砕けて愚痴っぽくなる。そこで花魁付きの番頭新造が早めに床を勧めるのだが、今夜は少々遅かったようだ。閨に入ってもぶつぶつ言っている男に朝霧は吸い差しの煙管を勧めた。

「あれまぁ、こねぇなところで無粋なこと。それほどうっとうしく思いんすなら、いっそ用立てておやりなんし。その上でこれが最後と一筆取って、以後の出入りを差し止めりゃあよござんしょう。今の清様にとっちゃ、三百両などさしたる金でもござんすまい」

つい差し出がましい口をきくと、商人の顔に戻った客がめずらしくきつい眼差しを傍らに向けた。

「お前もわかっちゃいないねぇ。あぁいうのはゴロツキと一緒なんだ。証文なんて紙屑程度にしか思っちゃいねぇ。いくら念書を書かせたところで、次の日からまた無心に来るだけさ」

「そねぇに思っていなんすなら、なんで一度は貸しんした」

「そりゃお前、あそこがうちとは縁続きだってこたぁ知られてんだ。あんまり貧乏をされたんじゃ、さすがに外聞が悪かろう」

眉間に皺を寄せたまま煙を吐き出す顔が心底嫌そうで、朝霧は小さく笑った。

「おや、人が困っているのを見て笑うなんざ、性の悪い女だ」

「だって、清様にとっちゃ悩みの種でありんしょうが、わっちにとっちゃ福の神でござんすからねぇ。あの若様は」

「どういう意味だい」

「しれたこと。裏であの方が来てくんなましたからこそ、ぬしはわっちの馴染みになってくれんした。その後のたびたびの登楼も、若様という押し借りから逃げるためでござんしょう。ああまで虚仮にされたとあっちゃ、ここへは足が向きんすまい」

面と向かってずばりと言えば、頬杖をついていた男が苦笑いを浮かべた。

「そういうところがお前のいいところで、悪いところだ」

「おや、ぬしに限ってはそこが気に入りと思っていんした」

婀娜っぽい笑みを浮かべながら、今度は自分のために煙管を咥える。吐き出した煙の向こうに食えない男の顔が見えた。

「確かにあたしはしなだれかかるばかりの女より、気の強い頭の回る女が好みだ。女郎って奴は決まって色気と涙で無心をするが、べたべたじめじめしつっこくっていけねぇ。仮にも商売なら、ちったぁ相手を見てやり方を変えるがいい。お前や三橋はそのあたりを承知しているから上等さ」

あっさり言い捨てられたのは身も蓋もない台詞だったが、朝霧はにっこり笑って煙管を置く。

「当たり前でおす。わっちゃあこの菱田屋の呼出でありんすえ。そんじょそこらの女とは手管も口説きも違うておりんす」

そう言いながら男の手から煙管を奪い、代わりに口を押し付ける。湿った音をたててからゆっくり離すと、清右衛門が目を細めて笑った。

「なるほど、まったく大したものだ。こうなりゃ毎晩だって通いたいが、日本橋からはいかにも遠い。いっそ根引きしてしまおうか」

「また戯言を」

「なんの本気さ」

軽くかわしたところを真顔で押し返されて、朝霧は本気で驚いた。

「三百両を貸すのが嫌さに千両で根引きなんぞ、とうてい勘定があいんせん。からかうのもたいがいにしなんし」

怒ったように言い返すと、清右衛門がにやりと笑った。

「あたしにとっちゃごく当たり前の算盤だ。ただ安けりゃいいというのは素人の考えさ。あたしが下りものを商わないのは、銚子産に比べて高いからじゃあない。値段ほどうまかぁねぇからだ。江戸っ子は舌が肥えているから、安かろうまずかろうじゃ誰も見向きもしねぇ。下り酒のようにここいらの品じゃ到底及ばぬとくりゃ、今だって鰯くせぇ銚子産なぞ扱うものか」

寝物語にいきなり商売の話をされて朝霧はとまどったが、男は気にするでもなく先を続けた。

「安い・高いはものによる。あたしにとっちゃあの若造に三百両の価値はないが、お前だったら千両出しても惜しくない。しかも成金田丸屋だとて、それだけ派手に金を使えばしばらく内証は厳しくなる。あの青二才がどれほど追いすがろうと、ない袖は振れないというわけだ。さてそこで相談だが——花魁、お前はあたしに落籍される気はあるのかい」

夢にも思わぬ問いかけに、すぐには言葉が出てこなかった。

身請けされれば夜ごと違う男に抱かれ、金の工面と将来の不安に頭を悩ますことはなくなる。しかも相手が豪商田丸屋ならば、何も言うことはないはずだ。本来なら降って湧いた僥倖を喜ぶべきだったが、なぜか笑顔が作れなかった。

「おや、あまり乗り気じゃねぇようだ」

敵娼の顔色を読んだ清右衛門がからかうような声を出す。朝霧は胸にわだかまる思いを抑えつけ、強張った顔のまま口を尖らせた。

「……ぬしもそういうところがいいところであり、悪いところでありんす」

「なんだって」

「どうせ根引きしてくんなますなら、お前がおらねば夜も日も明けぬくらい言いなんし。すりゃ、わっちも大きな顔で吉原を出て行けんしょうに」

横目で睨んで腕をつねれば、男は大げさに痛がってみせる。

「おぉ、ひどい。こんな狂暴な女と知れれば、誰も根引きなんぞしねぇだろうよ」

「おとぼけを。どだいわっちは借金よけの番犬でありんしょう。怖いくらいでちょうどでありんす」

面白くなさそうに言ってそっぽを向くと、清右衛門の腕が伸びてきた。

「番犬か、妾か。さて、どっちの役によりたちそうか、確かめさせてもらおうか」

目を伏せ自らも腕を伸ばしながら、朝霧は裾を割る手に身を任せた。

それから数日後。「田丸屋が朝霧を落籍すらしい」という噂は、早速吉原中に広まっていた。壁に耳あり障子に目あり、どんな噂もすみやかに流れるのが色里の特徴である。

馴染みとなってまだ数ヶ月、名の知られたお大尽の執心ぶりに他の馴染みも慌てて通いだした。おかげで菱田屋はここ数年なかったほどの賑わいを見せ、今の朝霧は「吉原一」の呼び声が上がるほどだ。

ところが、肝心の花魁はどういうわけか元気がない。十月になって出したばかりの獅嚙火鉢を所在なげにかき回し、ぼんやり灰を眺めている。禿や番頭新造は用を言いつけ追い払い、他の女たちは昼見世のため階下にいる。人気のない妓楼の二階は表を通る物売りの声ばかり響いていた。

(道中をする花魁となり、末はお大尽に身請けされる。これぞ吉原女郎の本懐だというに、何ゆえこうも沈んでおりいす)

めったにひとりになることのない座敷で、朝霧は自分に問いかけていた。

本当は気の晴れない理由などわかっている。身請けを受ければ安泰かもしれないが、この身は死ぬまで金で縛られたままだ。一夜の契りと思えばこそ、いろんな男の相手をしてきた。もちろん田丸屋は見た目も甲斐性も飛び切りだ。別に嫌いなわけではない。けれど惚れてもいなかった。

(惚れた、腫れたと本気で騒ぐは素人でおす。清様はこの身に千両の値打ちがあると言ってくんなました。それで十分ではありんせんか)

浮かない表情のまま視線を奥にめぐらせば、真新しい五つ組の夜具がこれ見よがしに置かれていた。もちろん田丸屋からの贈り物で、その値は五十両を下らない。このほか衣装に簪、さまざまな祝儀……煎じ詰めれば根引きが得とあの商人は思ったのだろう。

一方、女郎にとってもそれはありがたいことだった。

誰だって生きていれば年を取る。寄る年波で値が下がり、かつては売れっ妓だった花魁も今じゃ河岸見世の安女郎などどざらな話だ。

ことに朝霧のような廓育ちの禿立ちは、年季が明けても大門の外では暮らせない者が多い。幼くして親に売られ、男の機嫌をとるためだけに育てられてきたせいで、炊事洗濯針仕事といった女の務めがまるで果たせないからだ。

いくら茶の湯や和歌に通じ床上手であったとしても、日々のことができなければ普通に暮らせるはずがない。結局旦那に落籍されて、下女を使う妾になるのが大門を出る唯一の道である。花魁はうちのなかでは役立たず——口説くときだけ調子のいい男たちは、遊びと暮らしを区別していた。

(まったくどいつもこいつも。わっちらが好き好んでこうなったと思いなんすか)

己の来し方を思えば、したり顔でそんなことを言う男たちが恨めしくてならなかった。

貧農の子として生まれ、六つで口減らしのため吉原に売られた。以来十七年、一度も会っていない親の面影はおぼろにかすみ、昔の自分が何をしゃべり、どうしていたかすら定かではない。

家を出るとき「お江戸に行けば腹いっぱい白い飯を食える」と言われたことだけ、鮮明に覚えている。なぜかというと、それが嘘っぱちだったからだ。客の食い残しには多くの禿や女郎が群がり、もたもたしていると食い損なう。それを遣手に見つけられれば、手ひどい折檻が待っていた。

当時、菱田屋の遣手はおのぶという痩せた五十近い女であった。鶏がらのような見た目のくせにびっくりするほど力が強く、ひっぱたかれた幼い禿は一間近く吹っ飛んだ。その上「顔を打って痕が残ると厄介だから」と、決まって頭を殴るのである。禿たちにとっては地獄の鬼よりおのぶのほうが恐ろしかった。

「いいかえ、お前たちの代わりはいくらもいるんだ。こりゃ物にならぬと思ったら、さっさと浄閑寺に投げ込むよっ」

投げ込み寺として知られる浄閑寺は哀れな女郎の墓所である。仁王立ちで言い渡された言葉の意味は、幼心の骨身に沁みた。涙と空腹をこらえて回らぬ舌で廓言葉を学び、多少恰好がつくと花魁つきの禿となった。

そして習い事と姉女郎の世話に追われるうちに、人の顔色を読んでうまく立ち回るすべを覚えた。花魁の機嫌を取るため嘘を言い、ばれると別の子のせいにしたこともある。遣手に命じられ、花魁あての文の中身をこっそり伝えたこともあった。

それが卑劣だということは、幼いながらに承知はしていた。それでもなお、花魁に煙管ですねを打たれるのは嫌だった。遣手に飯を抜かれ、行灯部屋に閉じ込められるのは身震いするほど恐ろしかった。

ひたすら大人の機嫌をうかがい、言われたことを必死でやった。幸い丈夫に生まれつき、大病もせず振袖新造となった頃、朝霧はようやく生き残ったと実感した。禿立ちの高級女郎はたいてい地方の貧農の子だ。わずかな金で売られた少女が江戸の水で磨かれて、根引き千両の花魁になる。なんともたいした出世だが、その裏には数多（あまた）の「物にならない」存在があった。

客を取る前に病気や折檻で死んでしまうのはいっそ幸い、治ったものの痕が残れば、暗がりに立つ夜鷹（よたか）にでもなるしかない。また無事に成長しても期待ほどの容貌にならなかったり、芸事が上達しなかったりで、派手な道中突き出しができる花魁になるのはほんの一握りだ。

だからこそ大勢の供を引き連れて仲之町で呼出の披露目（ひろめ）をしたときは、さすがに万感（ばんかん）胸に迫った。たかが女郎の分際でいい気になるなと言われても、売られてそこまで辿り着けずに散った少女がどれほどいるか。それを「役立たず」と侮られては、花魁としての矜持（きょうじ）が許さない。

（この顔と身体は値千金。元手いらずのそこらの地女（しろうと）とは違うんざます）

所詮は売り物買い物と六つのときに定まった身だ。

今更別の生き方もなし、どこまでも高く売ってやる。

そんな思いを胸に抱き、二十三の今日までお職を張ってきた。

だが、この先も勤め続ければ若い女郎に客を奪われ、肩身の狭い思いをするだろう。それを思えば今度の身請けは渡りに船の申し出なのに、過去に交わした約束が人知れず心に影を落とす。

（年季が明けたら所帯を持とうなんぞ……無理と承知の約束にこだわって、千載一遇の好機を逃す気でありんすか。しっかりしなんし）

くだらぬ感傷に引きずられている場合かと改めて身請けの利点を数えていると、廊下で小さな声がした。

「花魁、ちぃとよござんすか」

「かがりかえ。お入り」

答えると、不安そうな顔の振袖新造が入ってきた。禿のころから面倒を見てきた妹分の冴えない表情にふと嫌な予感が込み上げる。

「なんえ、浮かぬ顔をして」

「あの……遣手のおたつどんが階下で言っておりぃしたが……花魁は、ほんに田丸屋の旦那に落籍されるのでありんすか」

やはりそれかと思い当たって、朝霧は大きな溜息をついた。本来姉女郎の身請けは妹女郎にとって歓迎すべき事柄だが、かがりは禿だった頃にあの男にかわいがられていた。

「――だとすりゃ、なんでありんす」

素知らぬ顔で受け流すと、可憐な唇から悲鳴のような声がもれた。

「花魁、そりゃあんまりでおす。二世を誓った山崎屋の若旦那がかわいそうじゃおっせんか」

身に覚えのある名前を口にされれば、もはやうつむくしかなかった。

「そういえば……そねぇなお人もおりんしたなぁ」

煙草盆に手を伸ばし、あえて気のない返事をする。たちまちかがりの目尻に涙がわいた。

「さても冷たい言い様でおす。そも若旦那が勘当になったのは、花魁にたんと貢いだ挙句のことざましょう。吉原に戻ってきたのだって、少しでもそばにいたい一心。しかもまともに会えぬ身だからと、道中のたびに陰ながら見ておりんすのえ」

震える声で痛いところを責められて、とうとう朝霧も眉をつり上げた。

「いい加減にしなんし。わっちも女郎、客に何と言わりょうが了見しんすが、妹女郎なぞに責められる筋合いはありんせん。そねぇにあの男がかわいそうなら、ぬしが駆け落ちなと心中なとしてやんなまし」

カッとなって言葉をぶつけるとかがりは真っ赤になり、振袖をひるがえして出ていった。静かになった座敷で再びひとりになったとたん、言いようのないバツの悪さがひたひたと胸にこみ上げてくる。

（あの口ぶりじゃ、今もあの人と会っているのでおざんすかねぇ。ひょっとしたら、惚れているやもしれんせん）

でなければ、あそこまでムキにならないだろう。後ろ盾である花魁の機嫌を損なうのは、妹分にとって何より避けたいことなのだ。

さも大儀そうに煙管を咥え、朝霧は白い煙とともに溜息をそっと吐き出した。

四

日本橋呉服町（ごふくちょう）にある山崎屋は、数多の大名家を得意先に持つ老舗の呉服問屋である。四年前、そこの跡取り息子の伸太郎（しんたろう）は朝霧と深い仲になり、とうとう勘当の憂き目を見た。

もっとも、大店の若旦那がこうしたしくじりをするのはよくある話だ。こういう場合は通常改心を促すために、まず「内証勘当」をされた。これは役人に届けない口先だけの勘当で、親の言いつけを守って一年なり二年なり真面目に働けば、また元通り家に迎えられるというもの。

しかし山崎屋はよくよく息子を見限ったのか、その場で勘当帳に登録する「本勘当」を申し渡した。十八で廓通いを始めた仲太郎は、それまでにもさんざんな出費を強いてきたというから無理もない。大店の跡取りから一転根無し草になってしまった男はその後行方が知れなかったが、この春、吉原に舞い戻った。今じゃ「花園家月太郎」を名乗るけちな幇間である。

そうと知って「大店の跡取りが男芸者になるなど、さてはよくよくのご決心」と感じ入る人もいたが、実のところはお座敷芸しかできないだけのこと。職人修業を始めるには年を取り過ぎているし、人足をするほど力もない。「遊びが過ぎて幇間へ」というのは、身を持ち崩した若旦那のよくある末路であった。

それに人というのは下世話だから、かつて上座で酌をされていた者が、逆に祝儀目当てで媚びへつらうと聞けば興味を持つ。中にはずいぶんと踏みつけにする客もいたらしいが、仲太郎、いや月太郎は明るくゴマをすっているらしい。だいたいそのくらいでなければ男芸者など務まるものではない。そんな噂を聞くにつけ、収まらないのは朝霧のほうだった。

(一度は吉原一の色男と言われたお人が好き好んで恥をさらして。これじゃわっちがとんだ傾城じゃありんせんか)

我が身のせいで落ちぶれた男を嘲笑うことができるほど情け知らずではない。幇間に身を落としてまで戻ってきたのは、いっそ意趣返しかとさえ思ったものだ。

初めて二人が出会ったのは、仲太郎が二十歳、朝霧が十八のとき。当時一番の馴染みだった近江屋（おうみや）の座敷で顔を合わせた若旦那は「どんな女も意のまま」と思っていたらしい。自分の敵娼（あいかた）そっちのけで朝霧に声をかけて来た。

大事な馴染みへの義理だてもあったが、何より生意気な得意の鼻をへし折ってやる気になった。ろくろく返事もせず初老の近江屋にだけ愛嬌（あいきょう）を振りまくと、世慣れぬ若旦那はあからさまにムッとなった。

結果、翌日から引手茶屋を通して強引な指名がかかったが、そう出られればこっちも意地だ。つれない素振りは女郎の手管と思われては癪（しゃく）だった。

金のかかる惣籬の花魁を揚げる客は壮年以上が多いから、若くて二枚目の仲太郎は確かにもてるだろう。とはいえ所詮は部屋住み、一文たりとて稼いでいない身の上だ。（親の金で遊んでいる青二才の機嫌など誰が取るものか）と三月（みつき）ばかり振り通したが、最後は茶屋の主人に拝み倒され、しぶしぶ座敷に出ることになった。

しかし初会の席上、どうにも面白くない朝霧は面と向かって言ってしまったのだ。

――そねぇに色男を気取りたくば、己の甲斐性で遊んでみなんし。わっちも金で抱かれる身、その有難みを知らぬようではとても相手は務まりんせん。

女郎のとんでもない暴言に、仲太郎は顔を真っ赤にしてすぐさま席を立った。周囲のものは言葉もなく凍りつき、さすがの朝霧も楼主の折檻を覚悟した。ところが派手に振られた若旦那が翌日裏を返したため、初会の行為は不問にされた。

そうなれば再び断ることなどできず、三度目の晩。そっぽを向いて床に入った朝霧に、伸太郎はぽつりぽつりと打ち明け話を始めた。

なるほど、花魁の言うのはもっともだ。しかし情けない限りだが、自分には商売の才がないらしい。十六のときから父の手ほどきで仕入れの目利きや、見立てなどもしてみたけれど、何をやっても失敗ばかり。とうとう「お前は何もしなくていい」と溜息をつかれ、店にも出るなと言われる始末だ。

山崎屋ほどの身代なら、主人が役立たずでも番頭や手代が店を切り盛りしてくれる。とはいえ「若旦那、お任せください」という陰で、こっちを馬鹿にしていやがるのが透けて見えるからたまらない。それがどうにも悔しくて、気がつけば吉原(なか)に足が向いた。日本橋では出来損ないの若旦那も、ここでは人並み以上に扱われるのがうれしくて、いつしか調子に乗っていた。お前のようなしっかり者にはさぞかし滑稽(こっけい)に見えたろう。

床の中でうつむきがちに告げられて、正直言って面食らった。誰より恵まれているはずの若旦那がまさかこんな鬱屈(うっくつ)を抱えているとは思わなかった。

いや、こちらこそ言いすぎた、堪忍してくんなましと手を取って見つめれば、自然二人の顔が重なる。以来、伸太郎は一途(いちず)に朝霧の元に通いつめるようになり、二人揃って本気になったのが災難の始まりだった。

もっとも昨日今日の勤めではなし、朝霧は途中精一杯分別を働かせたのだ。居続けを決め込む若旦那に迎えが来るたび、「どうかお帰りなんし」と熱心に勧めた。二六時中(にろくじちゅう)吉原に入りびたりでは奉公人に示しがつかない。たとえお飾りの若旦那と言われようとも、今はとにかく親に従い家業を学んだほうがいい。離れがたい気持ちを抑え、何度そうやって諭(さと)したことか。

だが、苦労知らずの坊ちゃんはこちらの言葉に従わなかった。「その間にお前が他の客を取るのは我慢ならぬ」と動こうとしない。重ねて言えば、「さては他に間夫ができたか」と眦(まなじり)をつりあげ詰め寄る始末だ。

さすがの朝霧もそこまで言われてはどうしようもなかった。それに伸太郎が帰ってしまえば、他の客を取らねばならない。これまでさんざんしてきたことが、本気の男ができたばかりに耐え難いことのように感じられた。勢い「それじゃ明日こそ」で終わってしまい、迎えの者には女郎の手管としか見えなかったろう。

そんな日々が続いたら、引手茶屋への払いは恐ろしい額になる。支払いを求める茶屋の使いを、山崎屋は「息子が帰らぬ限り一文も払わぬ」と追い返した。日頃のえびす顔を真っ青にした主人に泣きつかれ、とうとう伸太郎は家に帰ることになった。そのとき朝霧にこう言ったのだ。

──たとえ勘当されても、おれはお前と一緒になりたい。ただしそうなれば所帯を持てるのは年季明けだ。おれは腹をくくったが、お前はそれでもかまわないか。

じっと目を見てここまで言われ、うれしく思わぬ女はいない。言葉もなくただ頷いて涙ながらに見送った。その後、家に帰った仲太郎が座敷牢に閉じ込められたと人づてに聞いたときは、己の立場がどれほど恨めしかったことか。男を思って眠れぬ夜を過ごしていると、山崎屋の内儀から「愛想尽かしをしてやって欲しい」という文がひそかに届けられた。

どうやら若旦那は頑として「朝霧とは別れぬ」と言い張っているらしく、このままでは本勘当になりかねない雲行きらしい。山崎屋は総領以外に男子はなく、もし仲太郎が勘当されれば養子を取るしか道はない。それは親として、何とか避けたいという思いなのだろう。

──少しでも息子を哀れに思う気持ちがおわしませば、何卒そなた様から縁切りしていただきたく、伏してお願い申し上げ候。

いかにも大店の内儀らしいかしこまった文を読んだとき、朝霧の中を矛盾したさまざまな思いが駆け巡った。

自分への思いを一途に貫こうとしている男へのいとしさと、自分が苦しめていることへの申し訳なさ。二人を引き裂こうとする親への怒りと、親ならば無理もない自分が身を引けばすべては収まるという理性と、どうしても別れたくないという感情。

坊ちゃん育ちで根が単純な仲太郎のこと、愛想尽かしの文を見れば、それが朝霧の本心と真に受けるかもしれなかった。きっと性悪女郎に騙されたとひとり合点し、すべてを忘れて家を継ぐのだろう。そして親の眼鏡に適った嫁をもらい、人より恵まれた人生を送るのかもしれない。

しかし、

（……わっちは、どうなるんでありぃす……）

不意に叫びだしたいような衝動に駆られ、手の中の文を握りつぶした。

惚れた男のため心にもない愛想尽かしをした挙句、男は自分を忘れて幸せになり、この身ひとつが好きでもない男に抱かれ続けるのか。もし惚れるということが相手の幸せを願うことなら、心中する男女などこの世にいないはずではないか。

そのとき朝霧は、生まれてはじめての恋に溺れていた。勘当になればどうなるかなどすっかり頭から抜け落ち、（誰にも渡すものか）と思いつめた。

（あの人は、わっちさえいればそれでいいとおっせぇした……勘当されても、この思いは通すからと……）

惚れた男を見す見す不幸にするつもりかという理性の声を振り切って、最後まで文は書かなかった。その後、山崎屋は総領息子を勘当し、分家から養子を取ることになった。二人が出会ってからちょうど一年後のことだった。

女のためにすべてを捨てた男の純愛――木挽町あたりなら乙な芝居狂言だが、なに吉原ではよくある話。「山崎屋の若旦那も馬鹿なことをしたもんだ」とみな口々に言い合ったが、無論敵娼を非難はしない。それが女郎の勤めと承知しているからだ。

こうして実家を追われた伸太郎は江戸から姿を消した。やれ、上方の親戚に預けられたに違いないだの、いや自棄を起こして今頃は……だの、吉原雀はとかく無責任な噂を流す。大門の中で男の行方など確かめようのない朝霧は、ことの成り行きに心底後悔したがもう遅い。と同時に（こんな思いをするくらいなら、二度と惚れたりするものか）と固く心に誓ったのだ。

以来、嘘の口説きに磨きをかけて、菱田屋のお職として「張りの強さで並ぶ者なし」と評判を取るまでになった。のぼせた客が身代を傾かせる前に、こっちのほうから手ひどく袖にする。もちろん嫌というほど恨まれるが、ほとぼりが冷めれば「むしろ幸い」と本人も身内もありがたがる。朝霧にしても本気ではない客を振るなど造作もないことだ。そんな日々を送るうち、いつしか忘れたはずだったのに。

姿を消して四年後、突然伸太郎が男芸者として吉原に戻ってきた。その身の無事を知って喜んだのも束の間、朝霧はすぐに何も言って寄越さない男の気持ちを疑い出した。

かつての関わりから幇間として菱田屋に出入りはできなかろうが、同じ大門の内ではないか。その気になれば文なり使いなり寄越せるはず。それが梨のつぶてとは、もはや末を誓った女郎のことなど覚えていないということか。

そう思い至れば、こちらから真意を問いただす気にはどうしてもなれなかった。客が忘れた約束を後生大事にしてきたなんて、死んでも知られたくはなかった。

あれから四年、どこでどうしていたものか。勘当されてからの日々は苦労知らずの身にさだめしつらかったことだろう。そも幇間の真似事なんぞ、男の意地が残っていたらとてもできるものではない。過去も誇りも消え失せて、今では己の口を養うのが精一杯に違いない。

(わっちが二世を誓ったのは山崎屋の仲太郎さんでおした。花園家月太郎などというしけた幇間じゃありんせん)

何度も自身に言い聞かせ、しつこい未練をねじ伏せてきた。それでも気が付けば人の話に耳をそばだて、どうしているかと気になった。現にかがりのさっきの言葉に、(ならば今でも)と馬鹿な思いが頭をもたげる。

(あの子のこと、きっとすぐにも身請け話を伝えに行きんしょう。その上で何の音

沙汰もなけりゃあ、とうに思い切ったということざます）
きっと文は来ないだろうと思いながら、どこかで期待している自分にほとほと嫌気が差してくる。昔の約束を盾に「身請けを断れ」と迫られたところで、困るのはこっちではないか。容姿、身代、人柄——身請けの相手として田丸屋に勝る男はいない。断ればこの先後悔するのは火を見るより明らかだし、何より楼主が黙っていまい。
「本気の恋は女郎の不覚、今更人に告げられぬ」
ひとり小さく呟いて、朝霧は気だるげに立ち上がった。今夜もまた田丸屋を迎えに道中をしなければならない。そろそろ支度をしなければと思ったとき、折りよく番頭新造の声がした。

五

「朝霧、田丸屋の旦那の身請けのことだがね」

師走も近くなった日の午後、内所に呼ばれた朝霧は真剣な表情で切り出された。

「なにしろ全盛のお前を根引きしようと言うんだ。他の馴染み客のこともあるってんで、来年の秋頃ということで話を進めたいと思っている。無論異存はないだろうね」

二重あごを撫でながら、一応と言わんばかりに念を押される。朝霧は一瞬返事に詰まったが、頭が答えを出す前に口が勝手に動いていた。

「あい、もったいないことでありぃす」

「お前も来たばかりの頃はとんだ山出しでどうなることかと思ったが、さすが久兵衛は目が高い。いや、いい買物をさせてもらった」

身請けにからんで手に入る金を計算したのだろう。楼主の顔に隠しきれないうれしさがにじむ。本人ではなく女衒をたたえる男の目には、女郎など人として映っていないに違いなかった。

その先を聞くのが嫌になり、朝霧はさっさと座敷に戻った。正式に話をされたのはたった今でも、すでに身請けは周知の事実だ。師走に入れば商家はてんてこ舞いだから、詳しいことは年が明けてからだろう。

「花魁、親父様はなんと」

「もちろん田丸屋の旦那のことでありんしょう」

口々に話しかけてくる禿や振袖新造に頷くと、少女たちは得意そうな笑みを浮かべた。そしてすぐに心配そうな顔になる。

「そねぇにすぐではないのでおざんしょう?」

「わっちも花魁についていきてぇ」

姉女郎の幸せはうれしいが、その後の我が身が心配らしい。不安を訴える少女たちに朝霧は笑って言った。

「何も心配いりんせん。他の馴染みへの挨拶やら、根引きの披露やら、半年以上かかりんす。ぬしたちのことは親父様がちゃんと考えていなんすから、安心しなんし」

「花魁、正月の衣装はいつできるのでおすか」

「どうぞ新しい簪を買っておくんなんし」

これから続く華やかな行事に思いを馳せ、にぎやかに騒ぐ少女たちとは反対に、かがりはひとり不満そうな表情でこちらを見つめている。それがひどく気になって、番頭新造の話はほとんど耳に入らなかった。上の空で頷きつつ、心の中でつい妹女郎に言い訳をしてしまう。

女郎の身請けには本人と親、そして楼主の承諾がいる。だが身請け代として、前借の他にこれから稼ぐはずの金も合わせて支払われるのだ。楼主や親たちがこれを歓迎しないはずはなく、無理に断ったところでいいことなどひとつもない。

（それに……あの人も最後まで知らぬ顔ではありんせんか。性悪女郎の身請けなど、今更どうでもよいのでおす）

改めてそう思えば、知らず自嘲めいた笑みが浮かんだ。

そしてその日の暮れ六ツ前、いつものように仲之町を道中していた朝霧は思いがけない事件に遭遇した。

「覚悟しやがれっ」

ゆっくりと外八文字を踏んでいたところへ、見物人の中から二人のゴロツキが匕首をかざし飛び出してきたのだ。金棒引きはなんとかひとりをかわしたものの、提灯持ちは腕を斬られてその場に転がる。禿や振袖新造は悲鳴を上げてしゃがみこんでしまい、両側の見物人たちは「花魁危ねぇっ」と叫びはするが、手をこまねいて見守るばかりだ。

(斬られる)

高い駒下駄に重たい衣装の朝霧はとっさに動くことなどできない。なす術もなく立ちすくみ、振り上げられた刃が暗くかすむ夕暮れの空にきらめくのを見上げるばかりだった。瞬きひとつできぬまま、意地でも取り乱すまいと強く唇を嚙もうとしたとき、

「おれの朝霧になにしやがる」

「こいつ、邪魔するなっ」

聞き覚えのある声と共に目前の身体が大きくふらついたのを見て、朝霧はようやく身じろいだ。急いで視線をめぐらせば、ゴロツキの腰には豆絞りの手ぬぐいで顔を隠した男がしがみついている。

（どうして、ぬしが……）

　驚きのあまり目を見開き、声を上げようとしたその瞬間、

「この野郎っ、ふざけやがって」

「朝霧花魁の道中に切り込むたぁ、どういう了見だっ」

　もうひとりの男を押さえつけた金棒引きと駆けつけた若い衆によって、ゴロツキは捕えられて匕首を取り上げられた。すかさずワッとばかりに歓声が沸き起こる。

「いやはや、花魁が無事でよかったねぇ」

「とんだ馬鹿もいたもんだ」

「ところであの男は何もんなんだ」

「さすがは張りの強さで知られた花魁じゃないか。悲鳴ひとつ上げないなんて気丈なもんだ」

「花魁、大丈夫でありんすか」

「すまねぇ、おいらとしたことが」

　一斉に上がった声の中心にいた朝霧は、誰が何を言っているのかまるでわからない。耳を覆いたいほどの喧騒（けんそう）の中、あっと思ったときには豆絞りの男は姿を消していた。その後、若い衆に守られて引手茶屋まで向かったものの、「そんな目にあったんじゃ、座敷どころではなかろう」という客の配慮で菱田屋に戻された。

「いやはや、まったくとんだ目にあったね。だがお前に何事もなくてよかったよ」

出迎えた楼主は安堵の溜息をつき、「提灯持ちはたいした怪我じゃない」と思い出したように付け加えた。さすがに今夜ばかりは客が帰ったことへの文句はなく、すぐに自分の座敷へ下がることが許された。

「花魁、ほんにようござんした。わっちは今でも震えが止まりんせん」

「あのときのちどりの悲鳴ときたら。わっちはそれで腰が抜けんしたえ」

「しおり姐さんこそ、花魁の陰に隠れんしたくせに」

降って湧いた災難は、去ってしまえば笑い話だ。声高に人の様子を言い合う妹女郎の中で、かがりだけが低い声で話しかけてきた。

「花魁、さっきの……」

「わっちは疲れんした。ちぃとひとりにしておくんなんし」

言葉をさえぎり命じれば、みな一斉に口を閉ざして座敷を出ていく。やっとの思いでひとりになると、火鉢の火も熾さぬまま朝霧はへなへなと崩れ落ちた。そして震える両手で自分の口をふさぎ、声を殺して泣き始める。

誰もが動けなかったあの瞬間、我が身の危険を顧みず丸腰で飛び出してきたあの男。顔こそ手ぬぐいで隠れていたが――あの声、あの身体つき、着ている物は昔とまるで違っていたが――あれは、間違いなく仲太郎だ。どれほど月日を経ようとも、たったひとりと惚れた男だ。どうして見間違うはずがある。

（なんで今更……ぬしを裏切り他の男に落籍されようとしている女郎など、放っておいておくんなんし……）

数年ぶりに聞いた声は耳の底に焼きついて、死すら覚悟した心を揺さぶった。日頃の気丈さはどこへやら、涙が後から湧いて出る。

てっきり恨まれていると思っていた。大店の跡継ぎの座をふいにさせた挙句、別の男のものになろうというのだ。

もし自分が伸太郎の立場なら、刺されるところを黙って見ていたに違いない。いっそいい気味だとすら思っただろう。それなのに、

（まだ……おれの……朝霧と、おっせぇすのか……）

嬉し涙か、悔し涙か、もはや訳がわからなかった。

そんなに思っていてくれるなら、どうして今まで放っておいた。もっと早くその気持ちがわかっていれば、いくら相手が田丸屋でもやすやすと承知しなかった。そう思うと助けられたことさえ憎らしい。

（どうして……どうして……）

やり場のない思いはどこまでも渦を巻き、ふさぎこんだ朝霧は座敷に出なくなってしまった。周囲は「さすがの花魁も襲われたのがよほどこたえたに違いない」と

口々に言い合うばかり。

そして師走も半ばを過ぎたある晩、清右衛門がわざわざ見舞いにやってきた。

「今回は災難だったね。いや、本当はもっと早く来るつもりだったんだが、なにしろこちらも忙しくてね」

すぐ帰るという客の希望で、朝霧は二人きりで向かい合う。しばらくぶりの逢瀬だったが、あいにく心は弾まなかった。

「お忙しいところ御心配をおかけして申し訳ありんせん。あの件があってから、すっかり意気地がなくなりんして」

取り繕うような笑みを浮かべると、男はじっと顔をのぞき込んできた。

「いや、いきなり道中を襲われては怖くなって当然だ。実はそのことで、あたしはお前に謝ろうと思って来たんだよ」

「はて、なんで清様が」

怪訝そうな顔をした朝霧に語られた内容は、まったくとんでもないものだった。

田丸屋の甥、井出伊織は千両の身請け話を知っても、伯父から金を引き出すことをあきらめなかったらしい。そして暮れの払いを前にいよいよ切羽詰まり、「あの女さえいなければ伯父から金を引き出せる」と、ゴロツキを雇って道中を襲わせたのだ。捕まった男たちの証言から目付の調べを受けた伊織は、そのおそまつな事情を洗いざらい白状したという。

——なに、所詮は女郎、殺さずとも顔に傷がつけばよいと念を押し申した。それで伯父も愛想を尽かすはず。決して殺せとは命じておりませぬ。

厚顔にも繰り返しそう申し開きをしたらしい。

「あまりの馬鹿さ加減に開いた口がふさがらないが、腹違いとはいえ妹の子だ。それに伊織の名が出れば、田丸屋の暖簾にも傷がつく。幸い怪我をしたのは提灯持ちひとりだし、あちこち手を回してゴロツキどもが勝手にやったことでケリをつけた。だが、お前には一言詫びなければと思ってね」

すまなかったと頭を下げられ、朝霧は慌てて身を乗り出す。

「やめておくんなんし。わっちはこうして無事でありんす。清様が気にすることではおざんせん」

言われて顔を上げた清右衛門は、「あともうひとつ、言うことがある」と続けた。

「何でありんしょう」

「襲われたとき、お前を助けようと飛び出してきた男がいたそうじゃないか」

瞬間、面やつれした白い顔から更に血の気が引いた。

「噂じゃ、おれの朝霧になにをすると啖呵を切ったそうだな。そいつはお前の情夫なのかい」

問われて怯えるような表情を浮かべてしまったのだろう。田丸屋はことさら優しげに微笑んだ。

「おいおい、そんな顔をするもんじゃない。そいつのおかげでお前は無事、うちだって大いに助かったんだ。女郎に情夫がいることくらいこっちも最初から承知だよ。だが、わかっているだろうね。早いところ別れてもらわないと」

それは根引きをしようとする男としてごく当然の要求だった。早く頷けと頭の中で理性が金切り声を上げている。

ところが実際には、じっと男を見返しているだけだった。次第に自分を見つめる男の姿がにじみ始め、辺りがだんだんぼやけだす。瞬きをすればすべてが壊れてしまう気がして、大きな目をことさら見開くことしかできなかった。

「……お前でも……そんな泣き方をするんだな」

ややあって溜息交じりにそう言われ、ようやく朝霧は人前で泣いていることを自覚した。

情夫と別れろと言われて泣いたりしたら、嫌だと言っているようなものではないか。いくら清右衛門でもさすがに気を悪くしただろう。早く泣きやまなければと思うのに、どうしてか涙が止まらない。せめて言い訳をしようとしても、しゃくりあげるばかりで言葉にならない。

張りの強さで知られた花魁が子供のように泣く様子が面白かったのか、とうとう男は噴き出すように笑い出した。

「天下の朝霧花魁をここまで泣かすなんざぁ、さすがは山崎屋の伸太郎だ。幇間になってもどうで大した色男じゃないか」

口に出された名前を聞いて、驚きのあまり涙が止まった。

「清様、どうして……」

「図星だろう。丸腰で飛び出した男のことを聞いて、きっと奴に違いないと思っていたのさ。だいたいあたしがお前に興味を持ったきっかけは、あの野郎だったからね」

さばさばした口調で言い放つと、清右衛門は伸太郎との関わりを話し始めた。

商うものが違っても同じ日本橋に店を持つ者同士、何かと顔は合わせるし、噂だって耳に入る。身代を継いだばかりの頃、田丸屋を少しでも大きくしようと必死で駆け回っていた清右衛門にとって、一回り下の伸太郎が派手に遊んでいる姿はどれほど癪に障ったか。とうとう勘当されたと聞いたときは、自業自得だと笑ったものだ。

だから、花園家月太郎として舞い戻ったことを知って、座敷に呼んでみる気になった。あまりいい趣味ではないと我ながら思ったが、すっかり成り上がった今、元は格上の若旦那に酌をさせてみたくなった。

もしかしたらむこうが嫌がるかもしれないと思ったけれど、けろっとした顔で現われたので拍子抜けしたくらいだ。進んで酌をして回り、言われる前から尻っ端折りで踊ってみせる。その様子があんまり飄々としているのでかえってムキになってしまい、おためごかしに嫌味を言った。

――仲太郎さんも馬鹿なことをしたもんだ。女郎なんぞに入れあげて山崎屋の大身代を棒に振るなんて。あんなことさえなけりゃ、お前さんは一生苦労知らずの左団扇で暮らせたものを。

さも同情するような口ぶりで告げると、幇間になった男は苦笑めいた表情でこう言った。

――田丸屋さんのように才覚があれば商人もよいでしょうが、自分のようなぼんくらは主人の器ではございません。こうして座敷で笑いを取るのが分相応と承知しております。幸い勘当されたおかげで身軽になり、今は己の食い扶持を稼ぐばかりの身となりました。あとは年季明けに惚れた女と所帯を持てれば、何も言うことはございません。

その言い方が負け惜しみに聞こえなかったので、ますます面白くなくなった。

「それじゃその女が落籍されたらどうする」と尋ねれば、すかさずこんな言葉が返ってきた。

――自分はさんざん好き勝手をした挙句の幇間稼業でございますが、女はそうじゃありません。幼いときに親に売られ、否応なしに客を取らされ苦界に生きてきたのです。きっと所帯を持とうと誓いはしましたが、身を売る暮らしはさぞかしつらいことでしょう。どこぞの旦那に身請けをされて一日でも早く足を洗えるなら、いっそ幸いと思っております。

きっぱりと言い切った顔は毅然としていて、清右衛門は虚仮にするつもりが虚仮にされたような気になった。あの甘ったれた若造をこうまで変えた女が気になって、後日、朝霧を呼んだのだという。

「会ってみて、お前を気に入ったのは本当さ。だが千両出しても身請けしようとしたのは、仲太郎への嫌がらせも混じってた。こっちは落ちぶれたみじめったらしい男を期待して座敷に呼んだのに、昔よりよほどいい男になってるなんざ幇間の風上にもおけないよ。そう思わないかい」

「あの人が……そんなことを……」

信じられないと呟くと、田丸屋は小さく笑った。

「金が命の成金が、つまらねぇ意地で慣れない散財をしようとするから馬鹿を見る。それにあたしは張りの強い花魁に惚れたんだ。昔の男を思い切れずにぴぃぴぃ泣かれちゃ興ざめだ。身請け前にお前の性根がわかってよかったよ」

清右衛門はそう言って立ち上がると真っ直ぐ内所に向かい、身請けの取りやめを告げて帰っていった。

突然の話に楼主はすっかり取り乱し朝霧の座敷に駆け込んできたものの、泣き濡れた姿を見て黙り込む。しばし呆然と立ちすくんでいたが、我に返ると勢いよく文句をぶちまけ出した。

「藪から棒に何だってんだ。これ以上身内で揉めたくないから身請けは出来ない、当分吉原にも通えないなんて、よくもまぁぬけぬけと。これだから成り上がりの商人は信用がならないんだ。あぁ、まったく腹の立つっ」

怒り狂った口ぶりから察するに、清右衛門は伊織のことを口実に身請け話を流したようだ。楼主とてこのまま引き下がりはしないだろうが、百両も迷惑料としてせしめるのがせいぜいだろう。それは同時に朝霧の痛手でもあった。

これからも女郎を続けなければならないのに、頼りとする一番の馴染みを失ってしまったのだから。年が変われば、また金の工面に苦労する日々がやってくる。それを思うと今から頭が痛かったが、心は不思議と温かかった。

ひょっとしたら、万にひとつの真実の花を咲かせることができるかもしれない。金と涙が尽き果てて尚、人知れず咲く小さな花を。

そんな物思いにふけるうち、階下から引け四ツ（午前零時）の柝が聞こえてきた。

ぼかしずり

梶よう子

一

「兄ぃ、大ぇ変だ、一大事だ」

朝四ツ（午前十時）の鐘も鳴ろうという頃になって、転げるように摺り場に飛び込んで来たのは直助だ。

摺り台に載せた版木の見当に紙を当てようとしていた安次郎は手を止め、軽く舌打ちをして直助を睨みつけた。

摺り場にいるほかの摺師たちも、またかという顔で直助に眼を向ける。

「嘘じゃねえ。ほんとに大変なんだって」

浅草、日本橋界隈の絵双紙屋の店先に『金八両の番付当て』と朱文字で書かれた貼り紙が出されているのだという。

「それが、兄ぃの摺ったあれだ、あれ」

喉をゼイゼイいわせながら直助がいう。

「八ですよ、八。末広がりの縁起物だ」

「あぁ、『娘八剣士』か？」

二日前に、芝の神明町の版元、有英堂から出された『艶姿江都娘八剣士』の錦絵のことだ。

そうそれだと、手を打った直助が這うようにして安次郎の前に来ると、くそ真面目な顔をしてかしこまった。

「驚いちゃいけませんよ。有英堂さんが――」

「娘八剣士の人気番付を作って、一番人気の娘を当てたら賞金八両を出すってヤツだろう」

いきなり降ってきただみ声に、直助はぎくりと肩を震わせて振り仰いだ。親方の長五郎が直助の頭上でにっと笑った。

「親方ぁ、びっくりさせねぇでくださいよ。心の臓が縮みあがった」

「おめえの心の臓は少しぐれえ縮んだほうが、世の中のためだ。それよりなんで遅れたのか、まずは、そっちのわけを聞こうじゃねぇか」

「その貼り紙見て、方々の絵双紙屋を回っているうちに、お天道さんがだいぶ動いちまったという次第で」

「しゃぼん玉屋に付いて歩くガキか、おめえは」

長五郎が顔をしかめると、直助は、うへへと額を掻いた。

相変わらず馬鹿っ正直なやつだと、安次郎は呆れて直助を見る。他の職人たちは長五郎の雷を警戒し、すでに身構えていた。ところが皆の予想に反し、長五郎は半眼に直助を見下ろすと、いたって静かに口を開いた。

「今日からしばらく、礬水（どうさ）引きだ」

直助の尻が一瞬、浮き上がった。

礬水引きは半人前どころか、まだ馬連（ばれん）も握らせてもらえない小僧の仕事だ。膠（にかわ）と明礬（みょうばん）を混ぜ合わせたものを、紙の摺り面へ均等に塗る。それによって、摺りに堪える紙を作り、絵具の滲（にじ）みも防ぐ役割をする。

「礬水引きも大（で）ぇ事な仕事だ。きっちりやらなきゃ、口が干上がっちまうぜ。いま、うちにある紙全部、頼んだぜ」

「全部って、親方、何日かかるか……」

長五郎は直助を無視するように背を向けた。

「小僧どもは直が引き終わった紙を干す。わかったか。それと安。ちょいとこっちへ来てくんねぇ」

安次郎が立ち上がると、職人たちはそれぞれ刷毛（はけ）を握り、馬連を動かし始めた。うなだれている直助の肩を安次郎は、ぽんと叩（たた）いた。

摺り場から続きになっている座敷に入り、長火鉢を挟んで長五郎と向かいあった。

「いまさっき、有英堂さんから使いが来てな、『艶姿江都娘八剣士』をすぐに摺ってくれといってきた」

初摺は出した当日に売り切れ、再版した分も残りわずかだという。しかも、有英堂が仕掛けたこの趣向が当たれば、さらに版を重ねることになるだろうと長五郎は煙管を取り出した。

「親方、有英堂さんはなにを仕掛けたんです」

「番付当てのことか？　錦絵の八枚の内、一枚でも買うと娘八剣士の名を摺った札がついてくるんだそうだ」

その札に自分が気に入った、あるいは人気が出そうな名に印をつけ、神明町の有英堂はもちろん、人出の見込める浅草、日本橋、本所、上野の絵双紙屋数軒の店先に設けた箱に投じるという趣向だ。

「その入れ札の数で一番人気の画を決め、賞金を出すというわけですか」

「そういうこった。当てた者の中からひとりだけな。八剣士にちなんで、賞金も八両だ。豪気なもんよ。だが、投じる札がねえと番付決めには加われねえから、錦絵は必ず買うことにならあな。八枚揃える者もいれば、一枚だけって者もいるかも知れねえ。それでも錦絵は売れるって寸法だ。そんな話はまったく聞かされてなかったんで、おれも驚いたが」

なるほどと、安次郎はぼんの窪に手をあてる。

「当然のことだが、質は落としたくねぇといっていなさる。あとずり（重版）のときは、摺師が替わるのも珍しかねえが、それで、初摺の物とは色が変わっちまったり、摺りそのものが劣るようなことがあっちゃ困るってことさ」

もちろん『娘八剣士』も安次郎がすべてを摺ったわけではない。版木によってはべつの摺師にまかせている部分もあったが、色の調合と人物、背景のぼかし摺りは、安次郎が請け負った。

「真っ先に美形ふたりの姿絵を頼むという話だ」

錦絵『艶姿江都娘八剣士』は、曲亭馬琴の戯作『南総里見八犬伝』を基にしている。像主となった若い娘たちを男装させた姿絵であったのも評判となったらしい。戯作に登場する美丈夫の剣士ふたりはもともと人気が高かったが、錦絵でもやはり、そのふたりの姿絵が売れているようだ。

それからなと、長五郎は取り出した煙管に刻みを詰めながらいった。

「今日の仕事が引けたら、柳橋の辰屋に来てくれと言伝もあった」

「そいつは……いろいろ急なことで」

「そう嫌な面をするな。おめぇが賑やかな処を好まねぇのはおれもわかってるつもりだが、これぱっかりは無下に断れねぇからの。ま、忙しくなる。よろしく頼むぜ」

長五郎はふうと煙を吐き出した。

ならばなおさら直助を罄水引きに取られるのは痛い。あの錦絵には直助もかかわっている。親方、と膝を乗り出したとき、

「あら直さん。どうしたの。罄水引きなんて珍しい。修練のやり直し？」

廊下から長五郎の娘、おちかの明るい声がして、安次郎は口をつぐんだ。針稽古から戻ったのだろう。

「おれは、罄水引きの名人なんですよ」

直助は自棄気味に叫んでいる。十七になるおちかは、色白の、ぴんと張りのある頰をほころばせながら座敷に顔を出した。

「おかえりなさい、おちかさん」

「ただいま、お父っつぁん、安さん。あ、そうだ。気をつけたほうがいいわよ」

「どうかなさいましたか」

うんと、おちかは少し広い額に皺を寄せて、風呂敷包みを両手で抱えたまま膝をついた。

「いまね、表で若い職人ふうな人たちに声をかけられたの。『娘八剣士』の錦絵を摺ったのはここかって」

「それでなんと応えたんだ、おちか」

「そうですって。嘘をついてもしようがないでしょう」

「で、どうしたそいつらは」

「なら、どの娘の画を多く摺ったかわかるだろうって。だから、初版はうちだけど、あとずりになると摺師も摺り場も変わるかもしれないといってやったの。すごくがっかりしてたけど」

「ああ、やっぱりだ」

刷毛を手にした直助が、いつの間にかちゃっかりおちかの横に座り込んでいった。

「なにがやっぱりでぇ、直」

「小判八両なんてそうそう拝めるものじゃねえですからね。皆、夢中にもなりますぜ。摺り場でどの娘の画が多く摺られたかがわかれば予想もしやすくなるってもんだ。なかなか眼の付けどころがいい奴らだ」

「感心してる場合か。ったく、有英堂さんもよけいなことを考えてくれたもんだぜ」

長五郎はむすっと口許(くちもと)を曲げ、雁首(がんくび)をかんと鳴らして、灰を落とした。

常夜灯(じょうやとう)の明かりがあたりを照らしている。浅い霧が漂い、光がぼうっと霞(かす)んで見える。

安次郎は懐手に、少し背を屈めて歩いていた。柳橋の料理屋、辰屋からの帰りだった。有英堂の主、吉之助が上機嫌だっただけに、いとまを告げることが叶わず、結句、遅くなってしまった。

すでに亥の刻（午後十時）に近い。

柳原土手の柳の枝もぴくりとも動かず、漂う霧の中で黒々とした影のように浮かび上がっていた。昼間は、古着屋の床店がずらりと並び、着古した色とりどりの衣装がはためいているが、夜になるとそのようすは一変する。粗筵を抱え、襟足にたっぷりと白粉を塗った夜鷹たちが男の袖を引く場所になる。

明るいうちは心地よい陽気だったが、日暮れてから急に寒さが襲ってきた。長月も半ばともなれば当然だろう。足許もおぼつかない酔いの回った男がふたり、笑い声をあげながら土手のほうへと消えて行ったのを限りに、あとは野良犬さえ通らなかった。

安次郎は夜道を行きながら、彫の深い、鼻筋が通った有英堂吉之助の顔を思い出していた。今夜の吉之助はいつにもまして饒舌だった。

吉之助は三十五で、安次郎と歳もさほど離れていないせいか、版元と職人という立場以上に接してくれている。もちろん安次郎の摺師としての腕を信頼してくれているからでもある。今夜の誘いは、安次郎へのねぎらいの酒席でもあった。

安次郎は、趣向の出所を吉之助に訊ねてみた。あれを考えたのは、『艶姿江都娘八剣士』を描いた絵師の春妙なのだと吉之助はすんなり応えた。

「ま、勝川ん中じゃ、春妙は変わり者だ。そのかわり、再版分の売り上げから三割寄越せといわれて参りました」

ふうんと安次郎は一度顔を合わせた生っ白い顔の絵師を思い浮かべた。なよっとしていそうに見えたが、なかなかしっかり者なのだと思った。それでも十分に稼ぎが見込めるのだろう、吉之助は相好を崩しっ放しだった。

「時宜に適うというのはまさにこのことだよ。春妙もよい画題を持ち込んでくれたものだ。もっとも本家本元の曲亭翁にはたっぷり嫌味を並べられましたがね」

曲亭馬琴の戯作『南総里見八犬伝』は文化十一年（一八一四）の初刊から、じつに二十八年をかけて、この八月、ついに大団円を迎えたばかりの大作だった。そのおかげで『娘八剣士』の錦絵は当たったのだと同業の者からは陰口を叩かれている。吉之助は三年前に父親の跡を継いだばかりだ。版元の中では、歳が若いせいもあって、少しばかり目立つことをすれば、なにかと槍玉に挙げられる。

「もちろん、便乗だといわれればそれまでですし、私だって狙ってなかったとはいえませんよ」

吉之助は鯛の蒸し物に箸をつけた。

「だけどね、安次郎さん。画はもちろんだが、彫りも、摺りもいい出来だ。私は十分、満足しているから、なにをいわれたって構やしない。どうせやっかみ半分もあるからね。それに、このところ私たちの周りじゃ、暗い話ばかりだろう」

吉之助がいっているのは、おそらく老中、水野忠邦の改革のことだ。風紀を乱すと手鎖を受けた戯作者もいれば、暮らし向きが贅沢だと江戸払いになった役者もいる。版木を没収され、絶版の処分を喰らった書物も多い。

「絵双紙や芝居絵、遊女絵を世に出せば厳しく取り締まられる。版元もお上の顔色をしょっちゅう窺っていなければならない。水野の殿さまは、人が楽しむことが癪に障るのかねぇ。奢侈禁止、質素倹約だと、これじゃあ世の中、下を向くばっかりだ。だからね、この趣向は単純で馬鹿馬鹿しいが、江戸の町も少しは活気づくんじゃないかと思うんだよ」

それにね、と有英堂吉之助は悪戯っぽく眼を細めた。

「曲亭翁の『八犬伝』はお上の統制を受けていない。勧善懲悪の物語だ。その錦絵なら、摺っても文句はいわれないだろうという目論みも当たった」

だが、と安次郎はつい口許を歪めた。その表情をすばやく見てとった吉之助は、

「わかっているさ。だとしたってあまり騒ぎになるとお役人に眼をつけられてしま

う。引き時も心得ていなけりゃね」

笑って盃をあおったが、このご時勢である。いつ有英堂に役人が乗り込んで来るかはわからない。

ご政道や、時勢に逆らうつもりはさらさらないが、だからといって、おもねるつもりもない。だが、職人がそのようなことを考える必要はないと安次郎は思っている。有英堂が処罰を受ければ、少なからず摺長もとばっちりを受けることになるだろう。摺師も摺りがなくなれば、口が干上がる。それこそおまんまの喰い上げだ。だからこそいまは、任された仕事をきちりとこなしていくしかない。そうは思いながらも、薄く霞んでいる道が、いやに長く遠くに感じるのが、安次郎は気に食わなかった。

と、前方から提灯の明かりがゆっくり近づいてくる。安次郎はわずかに眼を細めた。歩いて来るのは女のようだ。

安次郎はそのまま歩を緩めず進んだ。ぼうっと光る明かりが霧に滲んで見える。提灯に記された桔梗紋がはっきりと眼に入ったときには、すでに女とすれ違っていた。頭からかぶった手拭いの端を口許でくわえた女は、安次郎をちらりと見やって通り過ぎて行った。眦の上がった切れ長の眼をした女だ。このような刻限に、このような場所を女ひとりで歩いているのは少々、危なげな感じがした。とくに急ぐようすも見受けられなかった。

だが、それだけではない妙な引っかかりを女に覚えた。それは版木の見当を違えて、版ずれを起こした画のように気持ちが悪かった。

昌平橋を渡り、明神下通りを半町ほど来たあたりで安次郎は立ち止まった。右手に延びるやや広い道を見やると、いつもの赤提灯がまだ灯されている。安次郎はほっとして通りを右に折れた。『りく』と記されている赤提灯の下がった店の前に立ち、縄のれんをくぐった。

板場を入れても五坪ほどで、小上がりと、三和土に飯台が二つ並んでいるが、十人も客が入ればいっぱいになってしまう。お利久という女将がひとりできりもりしている小さな店だ。

町木戸もそろそろ閉まる時刻であるせいか、小上がりで痩せた初老の武家がひとり、小鉢を前に、ちびちびと酒を呑んでいるだけだった。

歳の頃からいって、隠居の身だろう。言葉を交わしたことはないが、顔だけはいくどか見かけたことがある。安次郎が会釈をすると、武家も白髪頭を軽く下げた。

「あら、安次郎さん、いらっしゃい。こんな遅くに珍しい」

女将のお利久が板場から顔を覗かせた。

「まだなにか頼めますか」

「そうですねぇ、味噌汁と煮物でよければ。皆、残り物ですけど」

「じゅうぶんです。そいつを頼みます」

安次郎は板場に近い飯台の前に腰を下ろすと、ようやく肩の力を抜いた。

やはり料理屋などに行くと肩が凝る。豪勢な料理を眼の前に並べられても、おつに澄ましているだけで、どうも腹に溜まった気がしない。

「夕餉もとれないほどお忙しかったのですか？」

お利久が湯気の向こうから訊ねてくる。

安次郎は適当な返答をした。それは大変でしたねと、お利久は薄い唇の端を柔らかく上げただけで、それ以上、訊いてはこなかった。客が話せば、耳を傾けてもくれるし、応えもするが、よけいな詮索はしない。

黒目がちの瞳に、弓形の眉、細面のすっきりとした顔立ちのお利久目当てに通って来る者も少なくないが、それよりも気の置けない居心地のよさを求める客も多かった。安次郎もそのひとりだ。

お待ちどおさまと、お利久が飯台に器を並べる。味噌汁も、野菜の煮物も湯気を立てている。飯は塩むすびにしてある。安次郎は喉を鳴らした。

すぐに箸を取って、味噌汁をすする。少し酒の入っていた胃の腑に熱い汁がじんわりとしみ渡る。

「うまいな」

思わず呟いていた。だが、お利久は申し訳なさそうに眉をひそめた。

「味噌が煮詰まりすぎて、辛くないかしら」

安次郎は首を振る。四年前死んだ女房のお初は、ちょいちょい味噌汁を火にかけたことを忘れて、よく煮立てていた。味噌汁がごとごと音を立てるころになってあわてて気づくのだ。

「少し煮詰まってたくらいが好きなんですよ」

「あら嫌だ。そういう人もいるのね」

お利久は、軽やかな笑い声をたてて、表へ出て行った。提灯の明かりを消すためだろう。それが合図だったように、初老の武家が立ち上がった。そういえば以前、顔を合わせたときも店じまいまでいたような気がする。そのときもお利久が提灯を下ろすと、帰って行った。

袖なし羽織に軽さん姿の武家は、小上がりをゆっくりと降りると、立てかけてあった杖を取り、出入り口へと向かう。提灯を手に店の中に戻ったお利久に静かに頭を下げ、店を出て行った。いままで気づかなかったが、ほんのわずか、右足を引きずっている。

「あ、桜庭さま」

お利久は赤提灯を飯台の上に置くと、板場へ入った。明かりをともした下げ提灯を手にして出てくると、桜庭という武家を追うように店を飛び出した。

すぐに追いついたのだろう、お利久は後れ毛を撫でつけながら店に戻った。

「もう霧は晴れてましたが、今夜は月明かりがないので、いっそう暗くて」

安次郎は塩むすびを頬張りながら、

「あのお武家さまは、足が少しお悪いようですね」

「ええ、若いころに受けた古傷だとお話しされていましたけれど詳しいことは」

さきほどまで桜庭がいた飯台の片付けをしながら、お利久が応えた。

「あら、大変」

安次郎が振り向くと、お利久が困った顔をしていた。

「おあしが、多いんですよ」

「心づけのつもりで置かれたのでは」

「いえ、それにしても。一朱は多すぎます」

「どのような方なんです？」

「桜庭さまですか？　御家人のご隠居さまで、お住まいはたしか明神裏の妻恋町あたりと伺いました」

いいながらお利久が、あっという顔をした。

「この前いらしたとき、大根の漬物をお分けしました」

「店で出してくれた、あの」

見た目は木の枝のようで、いぶした香りが鼻に匂った。奥州の名物だと聞いた。

「桜庭さまは、病のご妻女とおふたり暮らしなのでお膳の足しにと差し上げたのですが」

　お利久が小上がりに浅く腰かけた。

「べつのお客さんから、お土産でいただいた物だったので、気になさらないようにと申し上げたのですけど」

「ご妻女の病はかなり重いのですか」

「ええ、お気の毒に、もう八年も臥せったきりだそうですよ。その看病のためにお役も退かれたと」

　安次郎は味噌汁を飲み干して、飯台の上に置くと箸を揃えた。

「五日に一度、お嫁に行った娘さんが一泊してご妻女を見てくださるとかで、その日だけは、ご自分の時間が取れるからと、ここに寄って下さるのですよ」

　安次郎は銭を置くと、立ち上がった。

「お利久さん、すまなかった。店じまいの時刻に飛び込んじまって。おかげで生き返った心持ちです」

「まぁ、大げさな。そんなにほめてもらっても、もうなにも出やしませんよ」

お利久が口許に手をあて、含み笑いを洩らす。

「さ、そろそろ火も落とさないと、のれんもしまわなくちゃ」

お利久が自らにいい聞かせるようにして、安次郎とともに表へと出た。それでもまだ気にしているのか、すぐにはのれんへ手をかけようとしなかった。

安次郎は縄のれんをはずし、「きっと漬物代ですよ」と、お利久へ手渡した。

「返せば、ご隠居さまのお気持ちを反古にします。黙って受け取っちゃいかがです？」

お利久は視線を上げて、安次郎を思案げに見る。

「やはり、そのほうがいいでしょうか」

安次郎が頷くと、お利久はほっとしたように、そうしますと身を返した。

「じゃ、安次郎さんおやすみなさい」

お利久はそっと戸を閉めた。

安次郎は襟元を掻き合わせ、空を見上げた。お利久のいう通り、すっかり霧は晴れ、いまは厚い雲の隙間から、ほんの気持ちていどだが、月が見えた。

明神下通りに出たところで、いったん振り向くと、まだお利久の店から洩れる明かりが道をぼんやりと照らしていた。

二

直助が摺り台の前でもう四半刻（約三十分）ほど唸っていた。墨一色摺りの黄表紙本の版木を前に、腕組みをして難しい顔をしている。

この十日ほどは、てんてこ舞いの忙しさだった。『艶姿江都娘八剣士』の摺りだ。猫の手も借りたいというのはこういうときに使うのだろう。有英堂の吉之助はときおり無茶をいうが、これほどのものはいままでなかった。摺ったそばから有英堂に納め、安次郎は八人の姿絵を初摺も合わせ、都合二千枚摺り上げた。いまいる職人たちはもちろん、長五郎の摺り場から渡りになった摺師ふたりにも助けてもらった。それでも馬連を握る指は固まり、右の腕がぱんぱんに張ったのには、さすがに辛いを通り越して、驚いてしまった。

四度版を重ねた美剣士ふたりの姿絵は版木が磨耗して、若干、摺りが甘くなったのは惜しかったが、こればかりは致し方ない。有英堂も納得してくれた。

やっと一息ついたが、安次郎にはすでにべつの仕事が待っていた。深川の名所絵だ。竪川を彫りだした版木を手にして、記された色を確認しながら、まだ首を傾げている直助に声をかけた。

「悩むほどの摺りじゃねえだろう」

「どうして親方はおれにこういう仕事しか回してくれねぇのか、考えてたところです」

直助は声を尖らせて応えた。

「あれからずっと礬水引きをやらされて、『娘八剣士』にもかかわれなかった。そのうえまたぞろ、一色摺りの黄表紙をもう五日もやってるんですぜ。漉き返し（再生紙）に摺るなら、あいつで十分だ」

直助は向かいに摺り台を置く、まだ半人前の住み込みに眼を向けた。三月ほど前にようやく長五郎から許されて、錦絵が摺れるようになったばかりだ。摺っているのは薬種屋の引き札（広告）だった。頭痛持ちの女の姿が描かれ、版木は二枚だが、色は三色使う。

「なんで、半ちくが三色で、おれが一色なんだよ」

直助は半人前を横目で睨めつけながら、ふーっと野良猫が毛を逆立てるときのような声を出した。

「かりかりするな。たしかにご改革とやらで、派手な役者絵や芝居絵はとんと減った」

安次郎は版木を摺り台に載せる。

「それに、あいつのは引き札で売り物じゃねえ。けど、おまえのは人様から銭をいただく物なんだ」

「そいつは知ってます。でも、この間、兄ぃが西村屋（にしむらや）の役者絵で一文字ぼかしをまかせてくれたじゃねえですか。あれは兄ぃも西村屋もいい出来だってほめてくれた。ああ、どっかの版元が、ぜひ、こまんまの直さんに美人画を、なんていって来ねぇかなぁ」

「なにを夢見たようなこといってやがる。黄表紙本じゃ、こまんまの名が泣くってか」

　直助はぶるりと背中を震わせる。親方の長五郎が箒（ほうき）を手に、庭に立っていた。安次郎は、やれやれまたかと首を振る。

「一度ほめられたからっていい気になってるんじゃねえぞ。頼まれたものをきっちりこなしてこその職人だ。だいたい選（え）り好みしようなんざ、ふてえ了見だ」

「でも親方ぁ、おれも、兄ぃの『娘八剣士』みてえに評判の取れる美人画をまかされてみてぇ。白い顔にほんのり乗せた眼ぼかしの色っぽさ、紅花（べにばな）を塗った爪（つめ）とか、たまらねえなぁ。人気番付ももう、千枚近く入れ札があったってんだから、すげぇや」

　長五郎は眼を剝（む）いてまるで鍾馗（しょうき）のような形相（ぎょうそう）をするや、箒の柄で、直助の頭を叩いた。かぽーんとあまりに間抜けな音が響いて、摺り場内に失笑が湧く。

「痛(い)ってぇぇ」

「当たりめえだ、痛てえように叩いたんだ。おめぇに美人画なんぞ百年早(はえ)ぇ」

「百年たったら、死んじまってますよ」

「だから、おめぇは一生できねえってこった」

「そいつはひでぇ物言いだ。おれだって……」

直助はいいかけて、急に口をつぐんだ。

廊下からおちかが摺り場に顔を覗かせていた。安次郎は、ふうんと横目で直助を窺った。

「ちゃっちゃと目の前の仕事を片づけやがれ。それにしても、直。ずいぶんとおめぇの頭は軽い音がしやがるな」

長五郎が笑いをかみ殺している。そろそろ頃合いだろうと、安次郎は振り返った。

「親方。あとはおれに」

ふんと長五郎は鼻から息を抜いた。

「直。今日中にその仕事、仕上げちまえよ。明日の朝一番に版元の林屋(はやしや)が取りに来るからな」

長五郎は庭箒を肩に担いでいい放つと、庭づたいに裏へと去って行った。

直助は膨れっ面をして、紙に水を含ませ始めた。安次郎とおちかの眼がふと合わさった。おちかは視線をはずすと、ほっとしたように肩で息を吐いて、身を返した。

「仕事が引けたら、飯でも行こうか」

安次郎が声を掛けると、直助が顔を向け、へっと笑った。

川の水面にぼかしを入れる。ぼかしはまず、水を含ませた布で版木の表面を湿らせてから、とき棒で色を置く。もういくども、幾枚もぼかし摺りをやってきた安次郎でも、この瞬間は手が震えそうになる。版木に載せた水分、絵具の加減、刷毛の扱いで、ぼかし具合が違ってしまうからだ。版木には、川の中心を濃く、河岸に向けて、薄く色を延ばして行くようにと記されている。川面に浮かぶ荷船の底にも濃い藍を置き、荷船の周囲を細い刷毛で慎重に色を延ばさなければならない。一枚の版木でべつのぼかしを入れるのは、さらに難しくなる。ふっと安次郎は息を吐いた。

横から、馬連の音が途切れることなく聞こえ始める。

摺りに入ると直助の表情はまったく変わる。ついさっきまで拗ねていようが、文句を垂れ流していようが、仕事になると頬を引き締め、版木に彫られた文字のひとつひとつを力強く、丁寧に写し取っていく。

安次郎は、腿の上に馬連を乗せて、捻る。馬連の感触を確かめるためだ。

摺る範囲によって使う馬連の大きさは当然違う。持ち替えたときにも必ず同じことをする。単に安次郎の癖だが、これをしないと落ち着かない。手の平で擦るという者もいた。長五郎がそうだった。

「安さん、頼むぜ」

職人たちの束ねでもある年長の摺師から岸の草原や、寺院の屋根を摺り出したものが手渡された。安次郎は、ここに竪川を摺り重ねる。

自分の影が紙の上に延びたら、仕舞いにする。多色摺りは、陽が暮れては仕事にならない。天窓から差し込む光では、まったく追っつかなくなる。

おちかが早々と摺り場の明かりをともしに来た。直助のためだろう。他の職人は、片付けを始めていた。おちかが安次郎の前に座り、いきおいよく話し出した。

「聞いた？　有英堂さん、今月の晦日に回向院で、『娘八剣士』の人気番付を配るらしいわよ」

晦日といえば、三日後だった。

「おちかさんは、一番人気はどの姿絵だと思います？」

直助が紙に水を刷きながらいった。そうねえと、おちかは顎に指先をあてて、首を傾げる。

「やっぱり犬塚信乃じゃないかしら。戯作でも一番人気だし。姿絵の信乃も美剣士だったもの。あたしの通ってる針稽古のともだちもみんな、信乃に入れ札したっていっていたわよ」

「へ？　若い娘も入れ札したんですかい。姿絵は娘だ。女が男のなりをしてるんですよ」

「だから、よけいにいいんじゃないの。男姿がりりしい女って、女から見るとあこがれなのよ」

直助は手を止めて眼をぱちくりさせる。

「お芝居だってそうよ。男が女のなりをしているのを見て、みんなぽーっと見つめるじゃないの」

「けど役者は一皮剝けば男だ……それに芝居がうまいとか、見た目だけじゃはかれねえものもありまさ」

「女はね、きれいなものが好きなの。理屈じゃないの」

おちかに、ぴしりといわれて直助が、ううと唸る。安次郎は苦笑しながら摺り台の片付けを始めた。

「おちかさんもそうなんですかい？」

「そりゃそうよ」

直助は自分の鼻をつまんでみたり、目尻をきゅっと吊り上げたりしている。

と、おちかが腰を浮かせて、安次郎に向けて円い顔を突き出してきた。

「信乃の像主はだれだか、安さんは知らないの？」

「ええ、まあ」

「そうかぁ。そうよね。でも番付で一番になったら、像主を捜そうって人も出てくるかもしれないわね。だってあれだけきれいな人だもの」

「そうですね」と安次郎は適当に相槌を打つ。

お先と、職人たちが次々に摺り台を離れて帰って行く。おちかは皆を玄関まで見送り、

「おつかれさま」

とひとりひとりに声をかけている。もう母親のお里が不在でも、その代わりをしっかりと務めている。

摺り場に残ったのは、安次郎と直助だけだ。

「像主を捜し出すなんてことはあるのか」

「そりゃあるでしょう。兄ぃは自分のかかわった錦絵の評判も知らないんですかい？」

安次郎は黙って直助を見た。

「人気番付の趣向が出る前から、『娘八剣士』の像主を捜そうって輩はいたんですよ」

「知ってどうするんだ」

「どうするもこうするも、皆で遠くから眺めたり、ちょいと話しかけてみるんでさ」

「なんだ、おちかさんのいってることとたいして変わらねぇじゃねぇか」

安次郎は首を傾げた。どこが楽しいのかさっぱりわからない。

「直助もそういう真似をしたことがあるか？」

直助は手を止めて、天井を仰いだ。

「おれの場合は、兄ぃの摺りに惚れ込んだわけですからね。像主でなく、摺師のおまんまの安をよく物陰から眺めてました」

直助は、うへへと奇妙な笑い声を上げる。相変わらず薄ら寒くなるようなことを平気で口にする奴だと憮然とした。

「まあいい。で、あとどれくらいであがりそうだ？」

「四半刻もあれば片付きます」

直助がうれしそうに応じた。戻って来たおちかが摺り場を覗いて、

「久しぶりにうちで食べていかない？　ね、安さんもいいでしょ」

両の手を合わせて、拝むようにいった。直助の眉が情けなく垂れ下がる。

「親方と一緒じゃ、喉に通りませんよ」

「なにいってるの。ちょっと前まで、みんなでご飯食べてたのに」

おちかはくすりと笑った。

「安心して。お父っつぁん、今夜は寄合いで出掛けたし、おっ母さんも小唄（こうた）のおさらい会があるからいないのよ」

「半ちくと小僧どもとは一緒かぁ」

「残念だったな、直」

直助の耳許に安次郎が囁（ささや）くと、

「え、なにいってるんですか。兄ぃもいるでしょ、兄ぃも、あ、あ、見当が狂っちまう」

耳朶（みみたぶ）を赤く染め、直助は版木に紙を合わせる。

おちかは不思議そうな顔つきで肩をすくめて立ち上がりかけたが、ふとなにかを思い出したように座り直した。ねえ直さんと、打って変わった眼差（まなざ）しを向けながら口を開いた。

へっと直助が摺り台から顔を上げる。

「お父っつぁんのことだけど……」

「ああ、怒鳴られるのも、叩かれるのも昔っからだから慣れっこですよ」

「そうじゃなくて」

　おちかは少しむっとして応えながらも、戸惑うように眉を寄せた。

「あのね、礬水引きの……」

　直助は一瞬、口を曲げたが、すぐに笑みを作った。

「そいつもね、気にしてませんよ。おれが悪いんだから」

「だから、そうじゃないの。お父っつぁんはすごく直助さんに感謝してるの」

　腿に載せた拳をぎゅっと握っておちかがいい放った。

「……さっぱりわからねえですよ」

　眼を伏せて、馬連を握りなおす直助へ、おちかはさらにいった。

「お父っつぁんは、有英堂さんから重版がかかるのを見越していたのよ。だけど、まだ奉公して間もない子たちに任せていたら、あれだけの枚数はこなせやしない。でも、直助ならできる。あいつの刷毛の扱いはたいしたもんだっていつもいってるんだもの。ただ、もういっぱしの職人に頼める仕事じゃないからって、いいづらそうにはしてたのよ」

「いっぱしの職人……」

長五郎があのとき、いつものどら声を張り上げなかったのは、そういうことかと安次郎は思った。

「その黄表紙もそうなの。みんな、『娘八剣士』の摺りに回ってたから林屋さんには納期を遅らせてもらっていたのよ。でももう待てないと催促(さいそく)されちゃって。手早くきれいに仕上げられるのは直しかいないだろうと」

だから……とおちかは俯(うつむ)き、

「ごめんね、直助さん」

すばやく立ち上がると、早足で摺り場を出て行った。直助はぽーっとおちかの後姿を追いながら、

「……おまんまの兄ぃ。おれ、摺師になってよかった」

ぼそりといって洟(はな)をすすり上げた。

直助とともに仕事場を出たのは暮六ツ（午後六時）の鐘を聞いてからだ。小路(こうじ)を歩きながら直助が晴れ晴れとした顔で、夜空を見上げた。

「はぁ、まるで雲母(きら)を散らしたようだ」

いまの直助の眼には、いつもと変わりのない星のまたたきさえ、美しく映るのだろう。

「おちかさんの飯もうまかったし」

「そいつがいいたかったんじゃねえのか」

「そ、そんなこたぁねえですよ」

直助はぶんぶん首を振った。

「でも、もう親方にどんなに怒鳴られても、めげねぇですよ」

そうか、といって安次郎は懐手(ふところで)に通りをゆっくり行く。

摺り場のある御台所町(おだいどころまち)から、明神下通りに出る。直助は神田仲町(なかちょう)の裏店(うらだな)住まいだった。安次郎は左に折れ、直助は明神下通りを突っ切る。

「じゃ、兄ぃ。ここで」

直助が気分よく高々と腕を挙げたが、はっとして手を下ろし、ぱちんと鳴らした。

「さっき飯を喰ってるときに、小僧がいってたんですが、兄ぃを訪ねて、お武家が来たそうですよ」

「いつ？」

三日前の昼ごろだという。通りを掃いていた住み込みの小僧に、

「ここに安次郎という摺師がいるか」

と、訊ねてきたという。小僧は素直に通いの職人だと応えたが、そのすぐあとで彫師の処へ使いに出され、そんなことがあったのもすっかり忘れてしまった。よう

やく今日になって思い出したらしい。安次郎へじかに伝えなかったのは、叱り飛ばされると思ったと泣きそうな顔で直助に告げたという。

「兄ぃはあんまりしゃべらねえし、いつも仏頂面……じゃねえ、なまじっか風采がいいからよけいとっつきにくい顔に見えるんですよ。子どもの眼には怖いおじさんだ」

安次郎は顔に思わず手をあてていた。

「またその武家が来たら、すぐに報せるようにいっておきました。案外、人気番付に夢中なお侍が兄ぃに探りを入れに来たのかも知れませんよ。それとも……隠密廻り！」

「なにを寝ぼけたことを」

いや、わからねぇですよ、と直助は自分でそういって、勝手にぶるっと震えた。

「だって兄ぃはいま評判の錦絵を摺った摺師なんですから、目を付けられたっておかしくはねぇですよ」

「おれなんざ、見張ったところで、なにも出てきやしねえさ。それより――」

心配なのは有英堂や絵師の春妙だ。この趣向のことは御番所（町奉行所）にも当然、伝わっている。神田界隈を仕切っている岡っ引きの仙吉の四角い顔が浮かんだ。直助は仙吉の手先のような真似もしている。

「御番所が探りを入れている版元や絵師のことは、仙吉親分の伝手（つて）でわからないのか？」

「本業が忙しかったんでこのごろは、まったく顔を出せなかったんで。そうですよね、回向院で大々的に人を集めるとなると、御番所もお寺社（奉行）も黙っていないかも知れませんね」

それでなくても娯楽や興行に眼を光らせているご老中だ。

「明日にでも番屋へ寄ってみます」

直助は格子柄（こうしがら）の袷（あわせ）の襟をきゅっとしごいて、明神下通りを渡って行った。

安次郎はそのまま通りを進みながら、怖いおじさんか、と呟いた。べつにどう映っても構わないが、あまり子どもに怖がられるのはいい気分ではない。

死んだお初の実家に預けてある信太（しんた）の前では仏頂面じゃないはずだがと思わず、顔を撫でた。

三

両国回向院での番付披露（ひろう）は寺社、町両奉行所の命（めい）により、やはり中止となった。

いたずらに衆人を集め、騒ぎとなるのは好ましくないとの理由からだ。そのため晦日（みそか）には、入れ札が行われていた数軒の絵双紙屋の店先で番付が配られた。さらに賞金の八両も高額だとして、代わりに羊羹（ようかん）八棹（さお）になった。一番人気となったのは戯作でも人気の美剣士、犬塚信乃の姿絵だ。有英堂の主、吉之助は自分の店先に箱を置き、他の絵双紙屋の主たちを立会人にして、犬塚信乃に入れ札をした者の中から、一枚の札を引き抜いた。賞品の羊羹を得たのは向島（むこうじま）の裏店に住む、大工の女房だった。

　安次郎は絵具に用いる顔料を小僧に頼んだ。使いから戻ってきてから足りない色に気が付き、おたおたする小僧へ、仕事が引けたら自分で行くからいいと告げた。が、直助の言葉がふいによみがえり、安次郎は無理やりにっと笑って見せた。

　仕事を済ませ、絵具屋へと向かっている途中、お利久が店の前で棒手振り（ぼてふり）の八百屋と立ち話をしていた。腕には茄子（なす）や小松菜を入れたざるを抱えている。

安次郎が、お利久に軽く頭を下げて、行き過ぎたとき、

「安次郎さん」

お利久が小走りに寄って来た。

野菜の入ったざるに視線を落とし、お利久は少しいい辛そうに紅を差した口を開いた。

「……桜庭さまのことなんですけれど」

「ああ、あのご隠居さまですか」

お利久が頷く。

どういう経緯だったかは忘れてしまったが、安次郎が『娘八剣士』を摺った摺師だと桜庭に話してしまったと、お利久はいった。

「それはまことのことですから」

いえ、それがと、お利久は手にしたざるに力を込めた。

「そのことを知った桜庭さまのお顔の色が急に変わられたのです」

突然、思いつめたふうに眉間に皺を寄せ、強い口調で、どこに住んでいるのか、働き先はどこだと声を荒らげ訊ねてきたという。お利久は本当に桜庭の変わりように驚いたのだろう。

「あのようなお顔の桜庭さまを初めて見ましたので、少々、怖くなって。ときどき店に来るお客さまなので詳しいことは知らないとお応えすると、どこかお怒りになったようすですぐ店を出て行かれたのです」

お利久は、自分がよけいなことをいったのではないかとすまなそうな顔でいった。

安次郎は静かに首を振る。

「なにもありはしませんし、お利久さんは嘘はついてないですから」

「そうですか」
それでもお利久の表情は曇ったままだ。
「急いでお帰りになられたのも、なにかご用事を思い出されたのかも知れません
よ」
「だと、よいのですが……」
「かえっていらぬ気遣いをさせてしまいましたね」
お利久は首を振った。
「ごめんなさい。あたし、妙なことといってしまって。桜庭さまのことも変な勘繰り
をしているわけではないのです。ふだんは本当に物静かで、お優しい方なのです。
それに」
お利久は、わずかに視線を落とした。
「以前、店で酔って暴れた人がいたんです。そのとき助けてくださったのが桜庭さ
まで」
お利久にとってはあまり思い出したくない記憶だったのか、きゅっと唇を嚙ん
だ。
意外だった。葉のすっかり落ちた枯れ枝のような印象でしかない桜庭から、酔客
を諫めるような姿を想像するのは難しかった。

お利久にもう一度、気にしないようにといい、安次郎は絵具屋に向かった。

お利久にはああいったが、摺り場に武家が訪ねて来たと、昨夜直助から聞いたばかりだ。

もちろん、それが桜庭であったのかは定かではないし、少し前には、五郎蔵店のほうにも武家が来たことがある。その武家かも知れない。このところ、いやに武家と縁があるなと安次郎は、口許を歪めた。

顔料を購い、仕事場に戻ると安次郎に客が来ているとおちかがいった。ふと玄関の隅を見ると、杖が立てかけてある。

果たして座敷にいたのは、桜庭だった。右足を少し崩して座っている。

「ぶしつけながら、待たせていただいた。桜庭義右衛門と申す。互いに顔だけは知っておるが、こうして名乗るのは初めてですな」

桜庭は落ち着きのある、柔らかな声音をしていた。桜庭の前には、おちかが淹れたであろう茶が置かれていた。

「安次郎です」

桜庭は摺り場へ顔を向け、目許を緩める。

「こういう仕事場を見るのは初めてだ。なにもかもが珍しい」

摺り場に残っているのはふたりだ。すでに直助の姿はなかった。

「あの、桜庭さま。失礼ながら数日前にもここに訪ねていらっしゃいましたか？」

ああ、すまぬ。それは私だと、桜庭は頰骨の張る瘦せた顔を俯かせた。そして懐から折りたたんだ紙を取り出した。

「お主が、この錦絵を摺ったと、お利久どのから聞いてな」

桜庭が広げたのは『艶姿江都娘八剣士』の一枚で、美剣士の犬塚信乃を描いたものだった。

衣装は戦の装束で、黒地に牡丹模様の派手な陣羽織が鮮やかだ。瓜実顔に切れ長の目許、ざくろの実のように紅い唇が印象的な娘の姿絵だ。

「ええ、そうです」

安次郎が応えると、桜庭はぎゅうっと錦絵を握る手に力を込めた。

「その錦絵がどうかなさいましたか」

桜庭はどこか意を決したような眼つきでいった。

「この画には、像主がおるであろう。どこの娘子だか教えてくれぬか」

そういって安次郎をじっと見据える。

「どうしてもこの娘に会いたい。いや、会わせてやりたいのだ。安次郎とやら。頼む」

突然、桜庭は手をつき、畳に頭を擦りつけそうなほど深く垂れた。

「なにをなさいます。そのような真似をされては私が困ります。さ、お手を」

安次郎は身を乗り出して、桜庭の手を取った。

「教えてくださいますか」

「残念ながら私は摺師ですので、像主がどこのだれであるかはわかりません」

「この画を描いた絵師とは知り合いではないのか」

「一度、顔を合わせたことがありますが」

「では、版元か？」

次第に桜庭の声が大きくなってくる。摺り場にいたふたりの職人も気になり始めたようで、少し心配げに安次郎を窺う。

「桜庭さま、どうかお気を鎮めてください」

そうだなと、桜庭はため息ともつかぬ息を吐いて、肩を落とした。

「さきほど、会わせてやりたいとおっしゃっていましたが、どなたへでございましょう」

「妻、だ」

「……病で臥せったきりだという」

「お利久どのから聞かれましたか」

「あいすみません。ですが、お利久さんは」

いや、わかっておりますと、桜庭が首を振る。

「お利久どのは軽々しく人のことを洩らす女子ではないのでな」

はい、と安次郎は頷く。

「差し支えなければ、仔細をお聞かせいただけますでしょうか」

桜庭は深く刻まれた眉間の皺をさらに寄せた。このようなことを話せば、きっと夫婦揃って気が触れていると思われるのは承知致しておるがと、前置きをした。

「いや、いっそお笑いくだされたほうが、私も気が楽になるやも知れぬのだが……」

桜庭はいったん言葉を切ると、茶をすすった。

「この錦絵の像主が、十年前亡くしたわが子に似ていると妻が申していてな」

安次郎はさほど驚きもしなかったが、むろん笑うこともなかった。そういう話はときどき耳にする。自分の身内や、知り合いに似ていると絵双紙屋や版元にわざわざ知らせに来たり、訪ねてきたりすることもあるのだ。そういう場合は美人画が多いとは聞いている。

思い込みというヤツだ。

「ただな、安次郎とやら。妻はもう夫の私の顔ですら、よくわからぬのだ」

「桜庭さまのお顔を忘れてしまわれたということですか」

「うむ。卒中で倒れてから八年になる。医師の診立て（みた）では、脳髄（のうずい）が壊れたということでな」

　右半身の自由が利かず、言葉も不明瞭（ふめいりょう）になった。なにより、身近な者たちのことも思い出せない。ときおり、正気に戻ることもあるが、ふだんはいつも霧の中にいるようだと、桜庭は切なげな表情を浮かべる。

　病の恐ろしさは安次郎も知っている。親方の長五郎も卒中で倒れている。桜庭の妻ほどではないにしろ、右手に痺（しび）れが残ったせいで、長五郎は馬連を持てなくなった。

　だが、桜庭の妻のように、家族も忘れ、己自身を失（な）くすということがどういうことなのかは想像もつかなかった。

　それでも、五日に一度、世話をしに来る娘は、すっかり白髪になった母親の髪をすき、枕辺（まくらべ）で書物の読み聞かせをしたり、絵双紙屋で購った錦絵などを見せたりしては、話しかけているのだという。

「医師からも、衰えた記憶に刺激を与えることはよいことだといわれましてな。しかしながら年を経るごとに、記憶がさらにあいまいになってきておりまして。ですが娘の伊代（いよ）はきっとよくなると信じておるようです」

「よい娘さまでございますね」

「なんの。嫁いで十年以上になりますが、きちんと仕えておるのかどうか、いまだにはらはらしておりますよ」

桜庭は薄く笑った。

「妻は若いころから書物を読むのが好きでござってな。『南総里見八犬伝』がたいそう気に入りでした」

桜庭が顔を虚空に向け、眼を細めた。妻が夢中になって丁を繰る姿が見えているようだった。

「いま、人気番付だのと評判になっている錦絵が『八犬伝』を基にしたものと知って早速、絵双紙屋で求めました。これを伊代が妻に見せたところ、突然、涙を流した、と」

その理由を娘が質すと、この姿絵の者に会いたいと、それぱかりを繰り返す。そして、それを口にするたび、はらはらと涙をこぼす。

「さほどにこの像主が亡くなったお子さまに似ているのですか」

「それが……二十三のときに亡くなりました友之助でございましてな」

安次郎は思わず息を呑んだ。

「『娘八剣士』の像主は女子ですよ、桜庭さま」

「むろん承知の上で申しております。女子であろうと、友之助に似ている、生き写しだと妻がいうておるのです。その望みをどうしても叶えてやりたい」

「あれはあくまでも絵でございます。たしかに男の装りはしておりましたが、元は女子です。本来の娘の姿で会ったところで意味がないと申しますか、却ってご妻女が落胆されるのではありませんか」

「いいや、妻にはもう時がない。日を追うごとに頭の中の霧は深くなっている。友之助の面影をその脳裏にとどめているうちに……いいや、いましかない。頼む、安次郎どの」

わずかな沈黙が流れるなか、馬連の音だけが響いていた。

「――私は、もう諦めていた」

桜庭はなにかを吐露するように苦しげな表情を浮かべた。

「伊代のすることを無駄だとどこかで思うていた。妻の姿をとどめているだけで、べつの生き物が入り込んでしまったのだと思うことさえありましてな」

膝に載せた拳に力がこもる。

「妻は臥せってから、薄ら笑いを浮かべても、泣くということはありませなんだ。それがどういうことだか、わかるかの……涙を流すのは、嬉しいか、なにかを思うて嘆くかということ。いずれにせよ、まだ妻には心が残っている。友之助を想う心が、母としての想いが、わずかながらその胸の奥に灯っているという証なのだと思ったのです」

「桜庭さまは、像主について、どうご覧になったのですか」

桜庭は一瞬、戸惑いつつも、錦絵をじっと見つめた。

「不思議なことに、だんだん友之助に似ておるような気がしてまいりましてな。私も、この娘に会うてみたいと思っております。いまでは妻の望みは、私の望みでもあります。それが妻にしてやれるせめてもの……」

桜庭はそこで言葉をきった。そして、なぜかにこりと笑った。眼許に刻まれた皺がさらに深くなる。安次郎は、その笑みを避けるようにしてまぶたを閉じた。

安次郎はひとつ息を吐き、顔を上げて口を開いた。

「ご存じの通り、『娘八剣士』の人気番付で一等となったのがこの姿絵です。そのせいか、この像主を捜し出そうという輩まで出てきているようです。またぞろ騒ぎとなれば、御番所も黙っていないでしょう。版元に訊ねたところで、すんなり教えてくださるかどうかお約束は出来かねます。それでもよろしいでしょうか」

いささか消沈しながらも、うむと、桜庭は頷いた。

摺り場を出た桜庭は、右足をかばうように杖を突き、通りをゆっくりと歩いて行った。

哀しみを湛える笑みというものがあるのだ、安次郎は桜庭を見送りながら思った。

た。

安次郎は、明神下通りを渡る。

金沢町の自身番屋に直助がいるはずだった。

四

直助の表情は重く沈んでいた。安次郎の奢りのそばにもなかなか手をつけなかった。

「桜庭ってご隠居は、てめえの息子を手にかけたんです」

直助は眉を八の字に曲げて、ゆっくりと話し始めた。

時は十年前に遡る。桜庭の息子、友之助には許婚がいたが、その家の嫡男が町人を殺めてしまった。

桜庭義右衛門は御目見以下の御家人らの監視、糾弾をする御小人目付を務めており、この事件が皮肉にも桜庭のかかりになってしまったのだという。

「息子は、なんとか相手の家の取り潰しだけは許してやってくれと小人目付の父親に頼んだそうです。けど桜庭のご隠居はそういう曲がったことが許せない性質っていうか、くそがつくほど真面目なお人らしく、上役のお目付にそのまんま包み隠さず報告しちゃったわけですよ」

　人を殺めたという嫡男は、質屋で自分の収めた質草が思うような値にならなかったことに腹を立て、刀を抜いて暴れたのだ。

「それを止めに入った者をたたっ斬ったってんだから、非はすべてその嫡男にあったんです。どうしようもないです。目撃してる者も幾人もいます。ごまかしなんかできやしません」

　結局、事件を起こした嫡男は斬首、家も取り潰しになり、むろん桜庭家との婚約も白紙となった。それでも友之助はそこの娘を娶ると宣言したらしい。

「ですが、桜庭の親戚一同が猛反対したうえに、当の娘が末をはかなんで自害しちゃったわけです。それが皆、ご隠居のせいだって」

「まさか親子で斬り合いになったのか？」

　直助がこくりと頷いた。

「けど、桜庭のご隠居ってのが一刀流の遣い手だったのも運が悪かったんです。友之助って息子じゃ歯が立たない。もう半分、自棄だったんでしょうね。息子は自分の腹に自分で刀を突き立てたんだそうですよ。許婚の後を追っちまった」

「そのせいで、ご妻女もふさぎ込むようになって、心労も重なったんでしょう。息
介錯をしたのが桜庭だった。

子の三回忌の法要を済ませたあとに卒中で倒れたんだそうです」

「すべては、己のせいだと桜庭さまはお役を退いたのか」

「だという話ですよ。息子を手にかけたその罪が、ご妻女に巡ってきたのだと責めを感じて。だからもう養子も取らないと決めているそうです」

そのまま家を潰すつもりなのだろう。安次郎はやり切れないとばかりに首を振った。当時、騒がれた事件だったらしく、岡っ引きの仙吉が覚えていたのだと直助はいった。

「兄ぃ、その隠居は足が悪いですか？」

「ああ、昔の古傷だそうだ」

うーんと直助が呻いた。

「それも仙吉親分の話だと、息子の介錯をしたあとに、自分で刺したって聞きました。こいつはあとからわかったことらしいんですが、桜庭の隠居は、娘に罪はないから、いったん町家へ預け、数年後、どこかの武家の養女にして息子と娶わせようと考えてたそうです」

しかし、息子にも相手の娘にも、それが伝わらなかった。

「目先のことで頭がかっとなっちまって、若いふたりにはなんも見えなくなっちまったんでしょうね」

哀しくなりましたと、直助がいった。

「おれも、親方の気持ちも知らず、生意気なことばかりいって、困らせてるじゃねえですか。ちっとは、考えなきゃなって思いましたよ……おちかさんのためにも」

安次郎は真顔でいい切った直助に呆れながらも、好物のしらすのかき揚げを一枚追加してやった。

有英堂吉之助は、安次郎の話に耳を傾けながら沈思していた。あまりすっきりとした顔つきではない。もっとも回向院での番付披露を中止させられたのが、まだ尾を引いているのだろう。寺社と町奉行所にこの一件で、いくども召し出されたらしく、疲労も溜まっているようだ。

金子をもらえなかったのは残念だが、番付披露を待っているときがなにより楽しかったと羊羹八棹を得た大工の女房からいわれたのには心が和んだと、弱く笑った。

「事情はわかりました」

「では」

安次郎が身を乗り出すと、吉之助は首を振った。

「これればかりはどうにもなりません」

「どうしてもお教えいただけませんか」

「像主については一切、口外しないというのが春妙との約定（やくじょう）でね。というよりどこのだれかは私も聞かされていないのですよ」

吉之助は火箸（ひばし）を取って、炭を動かし始めた。

「むろん捜し当てるのは、安次郎さんの勝手です」

だとすればもう直接、絵師のところへ行くしかないと口許を曲げた。だが、吉之助が先回りしていった。

「春妙は、江戸にはおりません。数日前、べつの版元から出した読本の挿絵が、町奉行所に眼をつけられましてね。もう京へ発（た）ったはずですよ。ほとぼりが冷めるまでしばらく戻らないつもりでしょう。それに像主を捜そうとしている輩から逃げるのにも都合がよろしい」

吉之助は皮肉っぽく唇を曲げた。

「あいつは芝居茶屋の息子でね、一年や二年、京で暮らすだけの銭は送ってもらえるでしょうしね」

ますます絶望的だ。

「でもね、他ならぬ安次郎さんの頼みだ。ひとつだけ私の知っていることをお教えいたしましょう。じつは一番人気の信乃と二番人気だった毛野（けの）、あの姿絵の像主は同じ者です」

えっと安次郎は眼をしばたたいた。吉之助が満足そうに頷く。

「それは、気づきませんでした」

「たしかに衣装も髪形も化粧も変えておりますのでね。ま、そこを考えてみてください。戯作を思い出していただければ、少しは手がかりになるはずですよ」

安次郎は有英堂を後にした。いったん陽が落ち始めると、あっという間に夕闇が迫って来る。足早に歩を進めながら、吉之助の言葉を思い返した。

戯作を思い出せ……それがどういう暗示なのか、まったくわからなかった。

芝神明町の有英堂から、筋違橋御門にまで戻って来た頃には、すっかり暗くなっていた。

御門の扉も閉ざされており、安次郎が昌平橋のほうへと足を向けようとしたとき、人の騒ぐ声が響き、踵を返した。半町ほど先で数人の男たちが争っているようだ。怒声も混じっている。柳原通りには、まだ人通りもなくはないが、皆、遠巻きに早足で行き過ぎるだけだ。

安次郎は、その騒ぎの中に見覚えのある背中を見とめた。

「桜庭さま」

安次郎は声を上げた。桜庭がちらりと振り向く。隙をずっと窺っていたのだろう、手に光るものを持った男が、桜庭に躍りかかる。

　動く間もない。安次郎は思わず眼を瞠った。桜庭は刃を突いてきた男をするりとかわすやいなや、手にした杖で男の首筋をしたたかに打ち据えた。ぐっと呻き声を上げた男は崩れ落ちるとそのまま地面に突っ伏した。桜庭は男の手に握られている匕首を取り上げ、土手の方に投げ棄てる。

「爺ぃ、ふざけやがって」

　またひとりが挑みかかると、桜庭はすばやく杖を持ち替えて、みぞおちのあたりを突き、横にいた男のわき腹を打つ。

　三人の男が、あっという間に転がされていた。首筋を打たれた男は昏倒している。安次郎は呆気にとられたまま、その場に立ち尽くした。

「この男を連れ、さっさと行かぬか。でないと番屋へ三人まとめて放り込むぞ」

　桜庭に一喝され、打たれたところを押さえながら、よろよろ立ち上がった男たちは、白目を剝いている仲間を担ぎあげると逃げ去っていった。

「桜庭、さま」

　桜庭が安次郎のほうへ向き直った。

「おお、とんだところをお見せしてしまった」

　何事もなかったかのような口ぶりだ。息ひとつ乱れていない。

「だが通りかかってくれて助かった。さすがにこの歳では相手が三人になると、きつい。ああ、あたた」

急に顔をしかめて、桜庭が腰のあたりを押さえ、苦笑いを浮かべた。

「久しぶりに動いたせいだな。腰を捻ってしまったようだ」

「いえ、お見事でございました。ほかに痛めたところはございませんか」

桜庭は頷き、その場に腰を下ろした。私よりそこの女子を頼むといった。

年若い女が常夜灯の陰に座り込んでいる。

安次郎が駆け寄り声をかけると、女子は俯いたまま、はいと、か細い声で応えた。

「怪我はありませんか」

三人の男たちにこの女が絡まれていたのだろう。無理やり腕を引かれ、転びでもしたのか、足首を押さえている。

「たいしたことはございません」

「若い娘さんがこのような時刻にどうしなすった。ご隠居さまが助けてくださったからよかったものの」

「家へ戻る途中でございました」

安次郎は顔を伏せたままの女を見つめた。

立ち上がりかけた女が足許をよろけさせた。安次郎はあわてて、その身を抱きとめる。

見れば、下駄の鼻緒が切れていた。娘が眉間に皺を寄せる。安次郎がかがんで下駄を取ろうとすると娘が足を引いて、拒んだ。

「裸足で帰るわけにはいかないでしょう。鼻緒をすげましょう。さ、下駄を」

女は右足を左足の甲に載せて、鼻緒をすげる安次郎の肩にそっと指を置いた。

安次郎は手拭いを裂きながら、女物にしては少し大きめな下駄だと思った。

「前壺の具合はどうです。きつくはないですか」

「はい」

安次郎が前壺を引き上げようとしたとき、ふと女の足先に触れてしまい、指先を離した。女も驚いたように足先を強張らせた。安次郎は娘を見上げた。

「大丈夫です。ありがとうございました」

女は安次郎の視線を避けるようにして礼をいい、桜庭に向けて深々と腰を折った。

「この女子は私が送ります。桜庭さま、お腰の加減は」

「ああ、もうよい」

桜庭は腰に手をあてつつ、立ち上がった。

「では安次郎どの。すまぬが、その女子、送り届けてやってくれ」

「承知いたしました。桜庭さまもお気をつけて」

安次郎は、再び頭を下げる女子とともに、桜庭の背が小さくなるまで見送った。

安次郎は、しおらしくうなだれている女子に向かって、

「おまえさん、男だな」

そういい放ち、じっと見据えた。

若い女は袖口を口許にあてて、わざとらしくしなを作ったが、やや間をあけて低い声でいった。

「やはりばれちまいましたか。あんなに傍に寄られたらまずいなとは思ったんですけどね。どうも、佐吉と申します」

「そのなりで、佐吉と名乗られてもしっくりこないな」

安次郎はふと口許を緩めた。

「役者の稽古なんで。もっとも、役者だなんていうのもおこがましいんですがね。まだ師匠の使いっ走りですから」

少し風が出て来た。安次郎は襟を寄せた。

「柳原土手にやって来る男たち相手に試しているんです。けど、それほど夜も更けちゃいないのにあんなに乱暴なことをされるのは初めてでした。衣装の肩口もほこ

ろびちまったし。よほど男だと怒鳴ってやればよかった」

「このあたりは引っ張りだらけだ。男たちもそのつもりでふらふらしている」

ふふっと佐吉が意味ありげに笑う。赤い紅が妖しく光る。だが男なのだから妙な感じだ。

「じつはね、悔しいことがあったんです。もう二十日近く前かな、浅い霧の晩だったので、すれ違う男たちはみんな声をかけてきたんですがね、ひとりだけ、おれを歯牙にもかけねぇ感じで通り過ぎてった野郎がいたんですよ。しかもちょいと薄気味悪げな眼つきでこっちを見たんでさ」

どうにもこうにも業腹が煮えて、その野郎に声を掛けさせるまで通ってやると、心に誓ったという。

「そのほうが芝居がかってるな。だいたい、その男がいつも通るとは限らないだろうに」

いいながら安次郎ははっとした。霧の夜、白木綿の手拭いの端をくわえた女……。

「ひとつ聞きてえのだが、その晩、桔梗紋の提灯を下げてなかったか？」

「ええ、今夜も持っていましたが、燃えちまって」

安次郎は、常夜灯の明かりで佐吉をあらためてまじまじと見つめる。

「そんなに見られちゃ、恥ずかしい」

佐吉は少しおどけるように、両袖で顔を隠す。瓜実顔に眦の上がった切れ長の眼。そして熟したざくろの実のような紅い唇。

「そうか、そうだったのか」

腹の底から笑いがこみあげてきた。

あの夜、薄気味悪い眼つきをしたかどうかは覚えてはいない。ただ、なにかがしっくりと収まらない感じがしていたのはたしかだった。その気持ち悪さからようやく放たれた。版ずれが、ぴたりと決まったような心地よさがあった。なぜ気づかなかった、それも可笑(おか)しかった。

「おまえさんの顔、何百枚も摺ったのにな」

そういって笑い声をあげた安次郎を、佐吉はきょとんとした顔つきで不思議そうに眺めた。

五

有英堂は像主が男だということだけ春妙から聞かされていた。戯作を思い出せというのも、そういう意味だったのだ。戯作の中で、美剣士ふたりは初め女の衣装で登場する。男が女になっているということだ。有英堂はそれを手がかりに、男が女に化けていることをほのめかしてくれたのだ。

しかも、佐吉は絵師の春妙の従兄弟にあたるのだという。

事のあらましを佐吉に告げると、

「あのご隠居さまが助けてくだすったんだ。その恩義に報いなきゃいけないね。まだまだ駆け出し者だがきっちりと努めさせていただきますよ」

そういって、胸の辺りをとんと叩いた。

直助や、おちか、長五郎も仰天したが、やはりいちばん驚いたのは桜庭だった。

安次郎は直助とともに、お利久の店に寄る。珍しく客がひとりもいない。こういう日もあるのよと、お利久が燗をつける。

小上がりに座って安次郎は熱い酒に口をつけた。直助は豆腐の田楽をうまそうに頬張っていた。

「おとつい、桜庭さまがお見えになったのですけど、安次郎さんにお礼をいわなければっておっしゃっていましたよ」

「あの方のことだ、ほんとうに礼に来るでしょうね」

安次郎が口角を上げると、お利久が含むように笑った。

「じゃあ、うまくいったんですね、例のご対面は」

直助が嬉しそうにいった。

客がいないので、お利久も腰掛に座った。

「佐吉さんって人、武家髷に結って、亡くなったご長男の衣装をつけたら、ほんとにそっくりだったたって桜庭さまは胸が詰まったようにお話しされていましたよ」

へーっと直助が頓狂な声を上げた。

不思議なことに桜庭の妻は、友之助の幼いころ、屋敷の屋根から転げ落ちたことや、元服のときどうであったかなど、思い出話を次々佐吉に聞かせたのだという。

途中からすっかり、佐吉を友之助と思い込み、涙ぐむこともあったようだが、それでも笑みを絶やさず、終始、落ち着いたようすだったらしい。佐吉と妻とふたりだけで四半刻もの間、寝所で話をしたということだ。

「しかも、去り際にご妻女が、どうしても桜庭さまに伝えて欲しいことがあると佐吉さんに言伝されたというんです」

直助が身を乗り出してお利久に訊ねた。

「その言伝はなんだったんですかい？」

「もうご自分を責めないでくださいと、それだけいえばわかるはずだといったそうです」

お利久がうるんだ瞳を隠すように袖口を当てた。

「望みが叶ったことで、一時だけ病がよくなられたのかも知れませんね。桜庭さまもなにかが吹っ切れたお顔をなさっておいでてしたよ」

いま、お魚焼きますねと、お利久は立ち上がって板場へと入って行った。

拍子木が宵の五ツ（午後八時）を告げると縄のれんが割れ、そこから顔を覗かせたのは佐吉だった。

「摺師の兄さん、こんばんは」

「今夜は娘姿はやめにしましたか」

また絡まれるのも困りますからと、安次郎の隣に腰を下ろした。

直助が佐吉をぽーっと見つめた。

「やっぱり色男は、女になっても男のままでもきれえなんだな」

と、銚子を手にした。

「あれ、酒がねえ。お利久さん、酒」

直助が小上がりから降りて、板場に入って行く。

佐吉は安次郎の向かいにかしこまると、すぐに口を開いた。

「あの伊代さんという娘さんには、男の子が三人もいるんだそうですよ。嫁ぎ先では桜庭家と養子縁組をしてもいいといわれているんだそうで」

安次郎は、ほうと声を上げた。

「亡くなった友之助さんの衣装を伊代さんに着せてもらいながら話をしたんですがね」

佐吉が、猪口(ちょこ)を手にする。

「……佐吉さん、もしかして桜庭さまへの言伝というのは、伊代さんか?」

「ああ、摺師の兄さん。そこのところはどうか察してくださいましよ。それをいったら詮無(せんな)いことです」

佐吉が曖昧(あいまい)な笑みを浮かべる。安次郎もそれに応えるように、口許を緩めた。

死んだ息子によく似た像主に会いたかったのは、だれよりも桜庭自身だったのかも知れない、そう思った。

「私が摺りの中で、いちばん得意としているのはなんだと思いますか」

「さあ。摺り技のことは明るくないんで」

「……ぼかし摺りです」

「そりゃ都合がいい」

安次郎は頷くと、黙って佐吉の猪口に酒を満たした。

「あれ? なんですふたりしてこそこそと。なんかおれに隠し事してます?」

銚子を手に戻った直助がわめいた。

鬼は外

宮部みゆき

一

表から、柊売りの声が聞こえてくる。

「豆がらぁ、柊、赤鰯ぃ」

今日は節分(旧暦の立春で、この年は年の内)である。すす払いも済み、大晦日までのあとわずかな日にちだから、気分は一日ごとに忙しなさを増してゆく。物売りの声というのはだいたいがのんびりしているもので、それは柊売りの声とて同じはずなのだが、耳にする側の心がそわそわと落ち着かないので、何だか調子の早い売り声に聞こえてくる。

今年、回向院の茂七の家には年男がいない。だが豆まきは自分がやると、朝から手下の糸吉が張り切っているようだ。それに茂七は、八丁堀の尾崎様という吟味方与力の家で、今年跡目を継いだ御嫡男のお歳がちょうど二十四歳で年男、盛大に豆まきをするというので、日暮れ前からお手伝いに参上することになっている。自分の家の方はかまっていられなかった。

豆まきは日暮れてから始めるものだが、冬の陽は短いし、なにしろ押し詰まっているから、昼間のあいだに片づけておかねばならない用事もいくつかあった。実は時が惜しい。しかし今の茂七には来客があり、これがまた少々込み入った話を持ち込んできたので、最前から長火鉢の前でむっつりとしている。ただこの話——面妖なので興味は惹かれるものの、岡っ引きである茂七が扱うような筋のものなのか、ちと計りかねるところもあった。

長火鉢を挟んで茂七の向かいに座っているのは、本所緑町の小間物屋松井屋の娘お金と、その夫の徳次郎である。もっとも、しゃべっているのはもっぱらお金ひとりで、亭主の方は、ただ合いの手にうんうんとうなずいているばかりだ。それではあまりに芸がないと思うのか、時折、「はい、お嬢さんのおっしゃるとおりで」という言葉を挟む。首のところに竹串の細工を入れて、頭がぐらぐら揺れるようになっている張り子の玩具があるが、あれにそっくりな眺めであった。

娘といっても、お金はすでに三十を過ぎた年増で、子供も二人ある。それが今でも自分の亭主に〝お嬢さん〟と呼ばれているのは、松井屋の仕組みに拠っていた。

松井屋は看板こそ小間物屋として掲げているが、一方では蠟燭も扱い、卸しも小売りも盛んに商っている。お金の父親の代には、どちらの商売も主人ひとりで仕切っていたが、五年ほど前にその父親が亡くなり、代替わりをするとき、蠟燭屋の方をお金に、小間物屋の方をお金の兄の喜八郎にと、二つに分けた。これは別段揉め事があったわけではなく、それぞれに商売繁盛で身代が大きくなったので、主人ひとりでは商い全部に目が行き届かなくなったからであった。

だからお金は、立派な跡継ぎの喜八郎という兄がいながら、自分も徳次郎という婿をとったわけだが、もともと喜八郎とは仲のいい兄妹であったし、彼が嫁に迎え、お内儀に据えたお律という女はお金と歳も同じで気もあって、これも本当の姉妹のように親しくなった。また徳次郎は、先代つまりお金の父親が目をかけて育ててきた奉公人なので、婿に取り立てられてからもお金をたてて大事にするし、喜八郎に対する忠義のほども申し分ないという。確かに、お金のおしゃべりに対する熱心な相づちの打ちようを見ていても、「お嬢さん」という呼び方を聞いても、然りという感じがする。

こうして松井屋は、今まで滑らかにやってきた。ところが今年の夏、思いがけないことが起こった。喜八郎が急に病みつき、十日ばかり寝込んだ挙げ句に、とうとう三十七という歳ではかなくなってしまったのだ。性質の悪い熱病で、最期はずいぶんと苦しんだそうである。兄も不憫だったが、その熱病が皆に伝染るのではないかと、それも恐ろしくて仕方がなかったと、お金はうっすらと涙を浮かべて語るのだった。

気の毒な話だが、それが寿命であったなら手をあわせて諦めるしか仕方がない。

しかし、死病の不意打ちに大事な亭主を奪われたお律は、落胆と絶望のあまり、熱病は伝染らなくとも、一種の気の病にかかってしまった。一日中ぼんやりとしているか、とりとめのない思い出話にふけっているか、泣いているか、昏々と眠っているか――とにかく、お内儀としての働きは、まったくできなくなってしまったのだ。また、喜八郎とのあいだには、年が明ければ十二になるお吉という女の子が一人残されたが、この子の世話もおぼつかない。

「あたしたちとしては、できるだけ義姉さんを守り立てて、お吉に婿をとる日が来るまで、一緒に頑張ろうと思っていたんです。でも義姉さんは兄さんを恋しがり、懐かしがってばかりいて、さっぱり立ち直るきざしもありません。どうしようもなくなって、結局、先月の初めに、お実家の方へ帰ってもらうことになりました」

ここまで話して、お金は、ちょっと怒ったような顔で付け足したものである。

「世間ではそんな嫌な噂もたちましたけれど、親分さん、お天道さまに誓って、あたしたちが義姉さんを追い出したわけじゃないんですよ。義姉さんが帰りたがったんです。お実家の方でも、後家の身で女の子一人を抱えて嫁ぎ先に居残ったんじゃ、松井屋の身代に未練を残しているみたいで外聞が悪いなんてことを言ってましたけど、あたしたちはそんなこと、ちらりとだって考えていませんでした。だって、あたしは義姉さんのこと、本当に血のつながった姉さんのように思っていましたからね。喜八郎兄さんと義姉さんは、それはそれは睦まじい夫婦でしたから、兄さんだって、あたしたちが義姉さんを助けて一緒に頑張ってゆくことを望んでいたはずです。あたしは、義姉さんをお実家に帰してしまったら、そんな兄さんの気持ちを裏切ることになるから、義姉さんに、何とか考え直してほしいって、何度も何度も頭を下げて頼んだくらいです」

茂七はふんふんと聞いていた。真実そのとおりなら、実のある話だ。

しかし、それでもお律はお吉を連れて去ってしまった。主人もお内儀もいなくなった小間物屋は、当面、お金夫婦が切り回してゆくことになった。喜八郎とお金の母親はまだ存命だが、かなり身体が弱っており、しかも息子が先に逝くという逆縁の酷さに、夏以来すっかり寝たきりになってしまったという。お金夫婦が踏ん張るしか道がないのだった。

「だけど商いが大きくなっていますからね。とてもじゃないけど、あたしたちだけじゃ、どれだけ働いたって追いつきません。繁盛するのは有り難いことですけども、寝る間もありゃしないんじゃ、今度はあたしたちの方が倒れちまう」

それで――と、お金はくちびるを噛んでうつむいた。

「思い余って、寿八郎兄さんを呼び戻すことになったんです」

話は、ここから面妖になってゆくのであった。

もともと、松井屋には息子が二人いたのである。お金の兄、喜八郎と寿八郎は双子の兄弟であった。喜八郎が兄、寿八郎が弟だ。顔はそれほど似ていないと、お金は言う。いや、似ていないはずだ、と。

というのも、寿八郎は七つになるとすぐに松井屋を出され、花川戸で船宿を営む家にもらわれていったからであった。兄たちより三つ年下のお金には、詳しい記憶が残っていないのであった。

武家や商家では、双子を忌み嫌うことがある。理由はいろいろだが、松井屋の場合は、

「最初から跡取りが二人いると、身代を割ることになる」

という名分があった。

茂七はちょっと眉毛を持ち上げた。そんな理屈を振り回すのなら、喜八郎がいながら妹のお金に婿を取り、蠟燭屋の商いを独立させたのだって、「身代を割る」ことと同じではないか。

お金は賢い女で、そんな茂七の疑問をすぐ見抜いたようだった。あるいは、茂七よりも前にこの件で相談を持ちかけた人びとに、同じような問いを投げかけられていたのかもしれない。

「あたしと主人の場合は違いますよ。身代を割ったことにはなりません。あくまでも、ひとつだったものをふたつに増やしたんです。商いとしては、小間物屋の方が

ずっと大きいですしね。でも、喜八郎兄さんと寿八郎兄さんに公平にお店を継がせようとしたら、おまえは小間物屋、おまえは蠟燭屋というふうに、すぱりと分けるわけにはいきません。それが〝身代を割る〟ってことなんです」

わかったようなわからないようなへ理屈である。まあ、喜八郎と寿八郎、お金という名前の付け方からして、松井屋の人びとは、縁起を担ぐことに熱心なのだろう。それで、些細な差異にもこだわらずにはいられないのかもしれない。

そう思えば、寿八郎が七つまでは家に留め置かれていたということの意味もわかる。子供はよく命を失くすものだ。七つの歳に育つまでは、人の世の者として数えない、まだ神様のうちだという考え方は、跡取り大事の武家や商家では珍しくない。

が、実際にやるとなると、ずいぶん酷な仕打ちだったろう。七つを境に、寿八郎は突然、おまえはもうこの家においてはやれない、出て行けと追い出されたのだ。それまで父母を慕ってきた幼い子供にとって、これ以上理不尽なことはない。忘れようにも忘れられない、胸を引き裂かれるような辛い思い出になったはずである。

だから茂七は、お金に尋ねずにはいられなかった。

「呼び返すって言ったって、寿八郎さんがすぐ承知してくれるかどうか、心配にはならなかったのかい？　なにしろ、松井屋を出されて三十年も経ってるんだ」

するとお金はこともなげに、むしろ茂七がそんなことを不審に思うのはおかしいとでもいうように、あっさりと言ってのけた。

「あら、帰ってくるに決まってるじゃありませんか。だって、うちの身代を継げるんですよ。花川戸の船宿の主人なんかで終わるより、ずっといい人生じゃありませんか」

こういうところ、お金の名が体を表しているように、茂七には思えた。松井屋の人びとが、みんなこんなふうに割り切りがいいのだとしたら、彼らの「滑らかで仲睦まじい」というのも、あんまりあてにできるものではないような気がする。要は金、大きな身代が繋ぎ止めているだけの縁だったのではないだろうか。

「それに実際、寿八郎兄さんは帰ってきたんです。とにかく、事情を話して呼びに行ったら、こっちへ出てきたんです」

それが松井屋の主人としておさまることを承知して出てきたとは限るまいが、ともかく茂七は、今はまだそこを突っ込まないことにした。というのも、この話はここから先がこんがらがっているからである。

「親分さん」と、お金は小さな手を長火鉢の端に乗せ、ぐいと身を乗り出したものである。全体に小柄な女だが、小作りの顔は鼻を中心にきゅっとまとまっていて、くちびるもつんと尖り、何やら茶巾しぼりを思わせるものがある。それに今は、小さな目がちかちかと、一種険のある光り方をしているのが女を下げているようだ。
「帰ってきた寿八郎兄さんは、寿八郎兄さんじゃなかったんです。別人だったんです。いえ、あたしにはわかります。あれは兄さんじゃありません。こっちの弱みにつけこんで、赤の他人が、松井屋の身代を乗っ取るために、寿八郎兄さんに化けて入り込んできたんです!」

だからぜひとも、茂七にその「偽の寿八郎」に会ってもらい、彼の魂胆を探り出し正体を暴き出してほしい——その上で、松井屋の後の障りにならないようお灸を据えて、また、本物の寿八郎がどうなったのか、死んだとしたらいつ死んだのか、それも聞き出してほしいというのであった。

「それで親分、どうなさるんです? その寿八郎とやらに会ってみるんですか?」

茂七のすぐ後ろを歩きながら、権三がそう尋ねた。夕暮れになって寒風が強まり、茂七は襟巻をしてもまだ首を縮めているのに、権三は一向に寒そうな様子を見せない。朱塗りの角樽を抱えて、さくさくと歩いている。

権三は、今でこそ茂七の手下だが、お店者暮らしの長かった男である。行儀もいいし、立ち居振る舞いや口のきき方など、どことなしに練れたところがある。だから、今夕のように八丁堀の組屋敷にお手伝いにあがるときなどは、おっちょこちょいの糸吉よりもはるかに頼りになる。

「どうもこうも、会ってみるよりしょうがねえだろう。寿八郎の話も聞いてみたいしな」

「気の毒な男ですね」

権三がかすかに眉をひそめて言った。

「俺もそう思うよ。まだおっかさんが恋しい年頃に、犬の子を追うように追い出されたのにさ。都合が悪くなったら帰って来いと呼びつけられる。三十年のあいだ、おめえがつくってきた人生なんざ知っちゃいねえ、今度はこっちで働け、身代は継がせてやるんだから文句はねえだろう、ときたもんだ」

言ってるうちに腹が煮えてきた。

「親分はお怒りでしょうね」権三は、肉の厚い頬(ほお)をほっこりと緩(ゆる)めて笑った。「でも、商家の理屈ってのはそういうものです。すべてが身代を守ることを芯にして回ります」

「それだって、げんの担ぎ過ぎじゃねえか」

「するすると繁盛して家が肥えると、かえってそういうことが気になって仕方なくなる商人(あきんど)もいるんですよ。松井屋さんは何代目です？」

「確かお金たちで五代目だとか言ってたな」

「ああ、それぐらいがいちばん担ぐんです」

権三はその理由を言わなかったが、それでも納得させられてしまう口調であった。

さて、尾崎様の豆まきが首尾良く終わり、茂七たちもご馳走のおこぼれにあずかって、帰路についたのは夜もとっぷり更けたころのことであった。携えていった祝いの酒の分くらい、ふたりで飲んでしまったかもしれない。

「尾崎様はお声が好いですね」

権三が誉めるのももっともで、鬼は外、福は内と呼ばわる声は、時には勇壮な響きさえも含んで、近隣じゅうに心地よく響き渡っていた。あれなら、たいがいの鬼は怖れをなして逃げてしまうだろう。

「あのお家は代々そうだ。血筋だな。吟味方のお役人は、声が好いというのも取り柄の内なんだ。だみ声でぼそぼそしゃべってんじゃ、脅しがきかねえからな」

川風に凍えそうになりながら永代橋を渡ると、時の鐘が聞こえた。強い風が雲を吹き飛ばし、満天の星空である。すっかりいい気分になっていた茂七は、しかし、またたく星々の光を仰いで、お金の目のちかちかしているのを思い出し、急に正気に戻ってしまった。

ふたりはそれぞれに、今日のご馳走の残りを、折詰めにして持たされていた。残りというのは口上で、実は最初からこのために用意されていた分の料理だろう。

尾崎様の家は声が好いだけでなく、ふるまいも上手なのである。

「どうだ、権三。ちょっと稲荷寿司屋に寄って行こうじゃねえか」

　明日朝起きるまでには、お金のちかちか目を追い払っておきたい。それにはもう少し飲む必要がありそうだ。それにこの折詰め料理を、あの親父にも見せてやりたい。

　いいですねえと、権三もいそいそと承知した。

　正体不明の親父がめっぽう旨いものを喰わしてくれる、謎めいた稲荷寿司屋の屋台は、深川富岡橋のたもとに出ている。なりは屋台でも、繁盛の度合いは松井屋にも負けないだろう。今夜も、長腰掛けは客でいっぱいだ。皆、節分の気分を持ち寄っているのだろう。

　普段なら、茂七たちがここへ来るのはもっと遅い時刻なので、相客が居合わせることは少なく、ゆったりとした気分になれる。が、今夜はすし詰めでも仕方がない。

　それでも親父は茂七と権三の顔を見ると、居並んだ客たちに丁寧に声をかけ、間を詰めて席をつくってくれた。そのうちの何人かは茂七が回向院の親分だと気づいたようで、挨拶の声も飛んできた。

「いやいや、こんなところで頭なんざ下げるのは洒落に欠ける。そのままやってくれ、やってくれ」

暖かな湯気と、食欲をそそる匂いに包まれた屋台は、冬の夜の海に輝く小さな灯台のようだ。集まった客たちは、船頭ひとりの小さな船である。舳先を寄せ合って、いっとき世間の荒波から逃れ、暖をとる。

尾崎様の折詰めに、親父はたいへんな興味を示した。歳は茂七とおっつかっつ、白髪まじりの髪と瘦せた顎、しかしがっしりとした肩や、どんなときでもしゃんと伸びた背筋には、何かしら気骨のようなものが漂う。この親父が元は武家であり、うかうかとは口にすることのできない深い事情を抱えて禄を離れ、今の身の上となっているらしいことを、茂七は知っている。灯台守もまた、世間という海を漂ってここに流れ着いた口なのである。

「この季節に青豆とは——それにこちらは鰆ですね。どこから取り寄せたものか。ははぁ、この味付けは。仕出し屋は——山田屋か、遠海屋かな」

呟きながら吟味している。その目つきは真剣だが、いかにも楽しげでもあった。

そのあいだに茂七と権三は、辛口の熱燗に濃い味噌を乗せた田楽を味わった。親父は酒を扱わないが、すぐ傍らに、酒の振り売りの猪助という老人が控えているのだ。火鉢にあたりつつ燗をつけ、お客の注文が途切れると、こっくりこっくりと居眠りをしている。

「親分も権三さんも、歳の数の豆は召し上がりましたか。まだでしたらどうぞ」

　節分の豆を盛った升を差し出され、茂七たちは競って手を突っ込んだ。節分に歳の数と同じ豆を食べると長生きする。権三は二度ほどでちゃんと自分の歳をつかんだが、茂七はなかなか上手くいかない。

「親分のは数が多いから」

「おまえと十しか違わねえぞ」

「いえ、ひとまわり違います」

　楽しく騒いでいるうちに、茂七は妙なことに気がついた。これだけ混み合っているというのに、屋台の後ろの物陰に、誰も座っていない腰掛けがひとつ、ぽつりと据えられているのだ。

　その腰掛けの上には緋毛氈が敷かれ大ぶりの真っ白な杯に注いだ酒が載せてあるだけである。

「なあ、親父」

　茂七は指を立てて、その腰掛けを示してみせた。「ありゃ、何かの呪いかい？それともこれから誰か来るんで、席をとってあるのかい？」

　すると、茂七と同じ長腰掛けの端に座っていた職人風の男が、真っ赤になった顔をほころばせてこう言った。「あれはね親分さん、鬼さんの席ですよ。鬼さんたちが座ってるんでさ。ねえ親父さん」

茂七はきょとんと目を瞠り、親父の顔を見返った。すると親父は照れ笑いをしている。かわりに、さっきの男が続けて言った。「今夜はどこへ行っても、鬼さんたちは針の筵だ。鬼は外、鬼は外ぉってんで、豆つぶてを喰らって逃げ出さなくちゃならねえ。それじゃあんまり気の毒だってんで、この親父さんは、鬼さんたちに酒をふるまうことにしたんですってさ」

なに、ちょいとした座興ですと、親父は言って、手元に真っ白な湯気をたてた。鍋のふたを持ち上げて、かきまわしているのは大根汁のようである。赤味噌の匂いが香ばしい。

言われてみれば、この屋台には、節分におきまりの魔除けの飾り物、豆がらに刺した塩鰯と柊が見あたらない。

追われる鬼にも行き先が要る。いかにもここの親父らしい計らいである。

「江戸じゅうの鬼が集まったんじゃ、あの腰掛けひとつじゃ足りないだろうけど、鬼神というぐらいだからね、まあ神通力で、何とか具合良く座ってくれるでしょうよ」

なあ鬼さんと言って、職人風の男が、空っぽの長腰掛けに向かって手にした杯をちょいと持ち上げ、それから旨そうに飲み干した。連れなのだろう、隣に座った年若の男が、そのへんにしておきなさいよとたしなめている。ふたりとも、襟のところに屋号の入った揃いの半纏を着ている。

「あんたらも、どこかお得意の豆まきを手伝ってきた帰りかね」

「ええ、そうなんですよ。そりゃ豪勢な豆まきでした。でもあっしらは、ここの親父さんのこしらえる肴の方が好きだな。鬼さんと一緒に飲むのも悪くねえ」

「ああ、まったくだ」

茂七は嬉しくなってきて、居合わせた客たちに酒を奢ることにした。酔客たちの歓声に、すっかり眠り込んで身体を半分に折ってしまっていた猪助が、驚いて飛び起きる。

茂七も空っぽの長腰掛けに向けて、新しい熱燗を満たした杯を掲げた。

(鬼さんの役回りもお辛いことだ。どうぞ、存分にやってくださいよ)

そうして皆で、鬼さんに負けじと飲み喰いしながら夜を過ごしたのだった。

二

という次第で、一夜明け、茂七はひどい宿酔いであった。

「権さんも一緒になって、まったく何をやってるんだか」

かみさんにこっぴどく叱られ、なおさら頭が痛い。布団をかぶって忍の一字である。一方の権三は、どうにかして朝早くから起き出していた。彼にはここらの差配人たちの仕事を助けるという生業もあり、けっこうあてにされている。しかもこの暮れで、茂七が出入りしている八丁堀の組屋敷のあちこちに、餅つきの手伝いにも行かねばならない。糸吉もそれは同じで、彼の生業である湯屋「ごくらく湯」の師走の稼ぎをしながらも、ほうぼう飛び歩くことになる。ふたりで額をくっつけて割り振りをすると、ああだこうだ言い合いながら尻はしょりをして出かけていった。

遊び人のように寝つぶれていて、茂七がようよう起き出したのは、午近くになって来客があったからだった。残り酒に曇った頭に、かみさんの尖った声がビンビンと響く。

「おまえさん、松井屋のお金さんと約束したんじゃなかったんですか。寿八郎さんて方がおみえですよ」

すっかり忘れていた。昨日の面妖な話の続きである。茂七は大急ぎで支度をし、かみさんに濃いお茶を一杯頼んだが、あたしは出かけなくちゃなりません、お湯ならわいてるから自分でいれなさいとすげなくいなされてしまった。

「寿八郎さんて方はちゃんとした人ですよ。今井屋の羊羹をいただきました。お持たせですけど、ちゃんとお出ししておきましたからね。おまえさん、いくら甘いものが好きだからって、お客さんをさしおいて子供みたいに食べちゃいけませんよ」

今は羊羹など見るのも嫌である。

どうにかこうにか格好をつけて長火鉢の前に出ていくと、寿八郎という男は、昨日お金が座っていたのと同じ場所にかしこまっていた。粗い縞の着物は糊が利いて、襟のあたりが光っている。太縞は男が着ると、どうかすると派手に過ぎて品下って見えるものだが、寿八郎はすっきりと着こなしていた。立ち上がったところを見ないとしかとは言えないが、かなり上背があるのだろう。肩幅が広く、なかなか押し出しがいい。

茂七は挨拶もそこそこに、煙管で一服つけることにした。すると頭がくらくらと回った。寿八郎が心配そうにのぞきこむ。

「親分さんは……お風邪でございますか」

とんでもない宿酔いだと茂七は笑って謝った。そして照れ隠し半分に、昨日の鬼の腰掛けの話をして聞かせた。寿八郎は熱心に聞き入って、やがてため息をひとつついた。

「好い話でございます」

しみじみとしている。そんなに付き合い良くしなくたっていいと、茂七は茶化そうとしたのだが、寿八郎の目元が今にも潤みそうになっているのに気がついて、やめた。

「世間には優しい人もいるということでございますね。いやまったく、つい手前の身に引きつけて考えてしまいます。手前も昨夜は、あちこちで鬼は外という声が聞こえるたびに、身が縮むような、心がずきりと痛むような思いを重ねておりましたもので」

　彼の沈むような口振りに、茂七の酔いもようやく醒めてきた。あらためて見直すと、三十七という歳よりは老けているが、目のあたりが涼しくて、実直そうな好い顔をしている。

　亡くなった松井屋の喜八郎を、茂七は知らない。双子だが顔はあまり似ていないとお金は言っていたが、この寿八郎とて、そのまま松井屋の主人の座に座らせても、けっして不足はなさそうである。

「お金さんから話は聞いたよ」と、茂七は切り出した。「そうだなぁ。あんたの身の上は、確かに節分の鬼に似ているね。七つやそこらで家を追われて、さぞ辛い思いをなすったろう」

　ところが寿八郎は穏やかに笑った。「花川戸の家に行くまでは、身も世もないような気持ちでございました。でも行ってみると、養父母は優しい人でして、手前を本当の子供のように可愛がってくれました。もちろん、不憫な子だと哀れんでもくれたのでしょうが」

花川戸の養家は、松井屋とは縁戚でも何でもなく、先代つまり喜八郎と寿八郎の父親が、伝手(つて)を頼り、貰(もら)い子をしたがっている家を探して、話をまとめたのだそうである。

「手前が貰われていった頃には、養父母はどちらも四十を過ぎていまして、切に跡取りを欲しがっておりました。小さな船宿ですが、夫婦で苦労して興(おこ)した店ですので、一代限りで潰(つぶ)してしまうのが惜しかったのでしょう。養父母はたいへん仲睦まじい夫婦でしたが、世間でよく言うように、そういう夫婦ほど子に恵まれないという皮肉はあるものなのでございますね」

その養父母は、寿八郎が二十歳(はたち)を過ぎ、嫁をとったのを見届けて安心したのか、相次(あいつ)いで亡くなったという。寿八郎は養父母の菩提(ぼだい)を弔(とむら)い、船宿を継いで働き続けた。

花川戸は、川越(かわごえ)あたりと江戸市中とを繋ぐ水路の要所である。実(じつ)のある商売をしていれば、船宿を続けてゆくのに、そう法外な苦労はないという。子供にも三人恵まれ、つましくはあるが幸せに暮らしていると寿八郎は淡々(たんたん)と語るのだった。

昨日のお金は、松井屋の事情ばかり熱を込めて話していて、寿八郎側のことは何も言っていなかった。茂七は尋ねた。「あんたは今まで、松井屋に帰ってきたことは一度もないんだね？　今度が初めてか」

「はい。もう縁のないものだと思い決めておりました。というより、松井屋を思い出すことさえございませんでした。手前にとっては、亡くなった養父母こそが親であり、他に親はおりません」

　きっちりとした物言いに、ちらりと頑な意地が見える。が、それも無理はないだろう。

「まさか喜八郎さんが死んで、自分が呼び返されることになるなんて、夢にも思わなかったってわけか」

「左様でございますね……」と言って、寿八郎は少し首をかしげた。「ただ、手前が物心ついたころに、養父母が何かの拍子に、おまえの身は松井屋さんからの預かり物なのだから、もしもあちらに何かあったら、お返ししなくてはならないというようなことを申したことがございました。そのとき手前は、そのような薄情なことは二度と言ってくれるなと、泣いて怒った覚えがございます。真実、その気持ちに嘘はございませんでしたから、思ったとおりに言ったのです。それ以来、養父母もそのことは口にしなくなりました」

　あるいは手前の知らないところで、松井屋さんとのあいだに、なにがしかの約束があったのかもしれませんがと断った上で、

「それも、そのときの養父母との話で、反古になったものと思います。養父母も、おまえはこの家の子だと、手前の手を取って約束してくれました。亡くなるときも、あとのことはおまえに任せて、安心して逝くと申していたくらいでございますから」

わざと意地悪に、茂七は問いかけた。「それでおまえさんは、松井屋の身代を棒に振ってもいいのかい？」

嫌味な訊きようを、寿八郎はさらりと受け流した。「はい、かまいません」

そしてつと座り直すと、茂七の目を正面から見つめて続けた。「手前は小間物屋の商いのことなど何も存じませんから、この歳でいきなり松井屋に戻ったところで、何の役にも立ちません。邪魔になるだけでしょう。それに手前は、どれほどの金を積まれましても、家内と子供たちを捨てて家を出ることなどできません」

茂七は驚いた。「それじゃ何だ、松井屋に帰るってのは、あんたが本当に身ひとつで帰るってことなのかい？　かみさんや子供は連れてきちゃいかんということなのか」

「はい。お金はそう申しておりませんでしたか。それが条件なのでございます。そして手前はお律さんと再縁し、喜八郎の忘れ形見のお吉を育てるということで」

これはまた人の心を無視した言いようである。これでは、寿八郎を呼び返すのではなく、喜八郎と寿八郎の首をすげかえるだけということではないか。

「お金さんは何も言っちゃいなかったよ。いや、外聞が悪くて言えなかったのかな」

寿八郎は寂しそうに薄く笑った。「いえ、外聞を憚ったわけではございませんでしょう。お金は——いえ、他所の家のことですから、お金さんと呼ばなければなりませんが、あの人はそれで通ると思っているのです。それはあまりに薄情じゃないかというような思いは、あの人の心には浮かばないのでしょう」

妹は——変わりましたと寿八郎は言った。

「別れたのはあれが四つのときでしたから、変わったという言い方もおかしいかもしれません。でも、手前が松井屋を出されるときには、泣いて後を追ってくれたものでございました。身代を割るから双子は不吉だ、ふたりとも家に置くわけにはいかぬという理屈など、子供には呑み込めるものではございません」

「そりゃそうだよなぁ」

「それでも、三十年は長い年月でございました。お金は松井屋の者、手前とはもう土台が違ってございます」

いささかの皮肉を込めて、茂七は奥歯で嚙んだ言葉を吐いた。「松井屋の身代ってのは、それほどのもんかね？」

寿八郎はかぶりを振った。「さて、手前にもわかりません。ただ、お金さんが気の毒に思えるところもございます」

松井屋にはそれなりに親戚筋の者も数多いのだが、それだけに、ではそのなかの誰かを喜八郎の後に家に入れるということになると、やっぱり剣吞な騒ぎになるのだという。

「手前もお金さんから聞いただけで、確かめてみたわけではございません。でも、誰にも気を許すことはできない、頼れるのは実の兄さんだけだと言うときの目の色には、一種すがるようなものがございました。実の兄妹なのだから、手前が何もかも捨てて帰ってくるのが当たり前だ、何の不思議があろうかと、無邪気に思いこんでいるようでもございます。お金さんはずっと松井屋のなかにいて、世間の風にあたっていませんから、人の心というのは——しかも三十年の年月の重みがそこに加われば、そう簡単には動かないということがわからないのでしょう」

茂七はうーんと唸って顎を撫でた。「亭主の徳次郎は奉公人あがりだからな。そっちの実家から人を入れるわけにもいかんだろうし」

寿八郎はうなずいた。「考えてみれば、お金も可哀相な身の上です」

また〝お金さん〟から〝お金〟に戻った。その心情は、茂七にも察することができる。

「しかしなぁ、そのお金が、今になってあんたが本物の寿八郎じゃないと言い出してるんだろう? こりゃいったいどうしたことなんだろうね」

寿八郎は両の膝頭に手を置いて、しょんぼりとうなだれた。「手前にも、何とも申し上げることができません」

松井屋に帰ってこいと、寿八郎が最初に報せを受け取ったのは、半月前のことだという。喜八郎が死んだことを知らなかった彼は、驚いて一度こちらに出てきた。そしてお金にすがりつかれ、このまま松井屋に残ってくれとしがみつかれて、

「そのときは、そうもいかないからと言い置いて、いったん花川戸に帰りました。ただ、お金の願いを聞き入れることはできなくとも、手前も心配は心配でしたので、ひんぱんに行き来をするようになったのです」

松井屋に来るたびに、お金は戻ってこいと言いつのった。寿八郎は、それができないことを懇々と説いて聞かせ、他に良い手がないか、どこかに相談を持ちかけてみたらどうかと、話し合いを続けてきたのだという。

「ところが、つい四、五日前のことでございます。手前が松井屋に行って、このごろの様子はどうかと話を始めますと、お金がいつになく険しい顔で手前の顔を見るのです。そしていきなり、あんたはどうも寿八郎兄さんじゃないような気がする、別人だろうというようなことを言い出したのでございますよ」

そして、松井屋の身代を乗っ取ろうと企(たくら)んでいるんだろう云々(うんぬん)かんぬんの話が持ち上がってきたというわけなのである。

　実際、寿八郎は疲れているようだった。よく見ると、目の周りにくまが浮いている。

「事がそういうふうに拗(こじ)れては、手前も、今度ばかりはおいそれと花川戸の家に帰るわけにもいきません。帰れば、図星(ずぼし)をさされて逃げ出したことになり、どんな騒動になるか知れたものではございませんからね。以来、ずっと松井屋の客間に寝起きしておりますが、お金は毎日のように親戚や古くからの知り合いの人たちをとっかえひっかえ呼び寄せて、寿八郎兄さんなら、子供のころの思い出があるはずだ、あんなことはどうだった、こんなことはどうだったと問いかけては責め立てるのでございますよ。手前も、こんな疑いをかけられては立つ瀬がありませんし、正直、腹にも据えかねましたので、思い出せる限りは答えておりました。それでも、なにしろ三十年前のことでございますよ、親分さん。覚えがはっきりしないこともございます。するとお金は、鬼の首でもとったような調子で、そら偽者だ、これは別人だ、本物の寿八郎兄さんをどこへやったと、金切(かなき)り声でわめき立てるのでございます」

　たまりません……と、消え入るような声でつぶやいた。

「この土地の岡っ引きの親分に話を聞いていただこうというのも、実は手前から言い出したことなのでございます。お金の言い分はあまりにめちゃめちゃですし、徳次郎さんを始め、今の松井屋にはそんなお金を宥める者が誰もおりませんから、このままでは埒があかないと思いましたもので」

あいすみませんと、寿八郎は深く頭を下げた。茂七は手を振ってそれを止めた。

「やめとけ、やめとけ。あんたが謝る必要なんざどこにもねえんだ。だってあんたは本物の寿八郎なんだろう？」

うんざり顔で、寿八郎はうなずいた。「はい、寿八郎でございます」

お金も言っていたとおり、喜八郎と寿八郎は、もともとそれほど顔が似ていなかった。それは親戚たちも認めているという。

「七つの子供のころでさえ、ただの兄弟でも、もっと似ている場合もあるだろうというくらいだったそうでございます。そこに三十年の暮らしの違いが加われば、面差しも立ち居振る舞いも、それは変わりますよ、親分さん」

「だろうなぁ」

そこへもってきて、七つの寿八郎を覚えている者たちも、そこから三十七の寿八郎を想像するのはなかなか難しいということが重なって、余計に面倒な話になっているわけだ。

親戚や知己のなかには、寿八郎が問われて答える昔の思い出話を聞いて、これはお金さんの勘違いだ、この人が確かに寿八郎さんだよと、言ってくれる者もいるという。しかし、はっきりした証はあげられない。昔話に頼る、おぼろな〝感じ〟が根拠になっているだけだ。ましてや、お金に「昔話なんか、本物の寿八郎兄さんから聞き出しておいたものを、それらしく繕って言えば済むことだ、そんなものはあてにできない」と、歯を剝き出して言い返されてはなおさらだ。

もっとも、そういう昔話を持ち出して「覚えているか、知っているか、本物の寿八郎なら覚えているはずだ」と責め立てているのもお金なのだから、これはとんだ茶番である。

が、当人にとっては笑い事ではない。

「何よりも、お金のおかしいところは、手前は口をすっぱくして松井屋には戻らない、松井屋の身代などほしくはないと言っているのに、それには全然耳を貸さずに、ただもうしゃにむに、手前が松井屋の身代を狙って寿八郎に化けた偽者だと言い張っているところにあるのでございます」

まったくである。茂七はそろそろ喉が渇いてきて、茶をいれようと火鉢の上の鉄瓶のつるをつかんだ。熱くて、思わずわっと叫んだ。すると寿八郎がするりと手を出して、手前がいたしましょうと、てきぱきと働き始めた。

慣れた動きである。いかにも客のもてなしに馴れた、小さな船宿の主人らしい手つきだった。彼のいれてくれた番茶を、茂七はじっくりと味わった。旨い。

「お金はつまり、あんたがうんと言ってくれないのに意地が焼けたんだろうな」

本物の兄さんなら、自分の頼みをきいてくれないわけがない——意固地な思いが、理屈にあわない難癖につながっているわけだ。

「手前もそう思います」

茂七の言葉に、寿八郎は鉄瓶のふたを閉めながら、目を伏せてうなずいた。怒っているのではなく、その瞳は暗く翳っていた。

「それで親分さん、まことに勝手な申し状ではございますが、手前は今日、こうして親分さんにお目にかかり、ひととおりのお話を聞いていただいたならば、もう松井屋には戻らずに、このまま花川戸に引き上げようと思っております。これ以上、手前がお金のそばに留まっておりましては、事がさらに拗れるだけでございましょう。松井屋の行く末は気になりますが、徳次郎さんは道楽もせず、真面目な働き者のようですし、奉公人たちもよく躾けられておりますから、お店の大事に至ることもありますまい」

うん……と、茂七もうなずいた。それしか手はなさそうである。

「お金には、俺の方からよく言って聞かせることにしよう」

「よろしくお願いいたします」

　もう一度姿勢を改め、寿八郎は畳に額をくっつけた。茂七は腕組みをして、彼の後ろ頭をながめていた。

　と、平伏（へいふく）した姿勢のままで、寿八郎が低く言い出した。「ただ――」

　湯のちんちんとたぎる音に、まぎれてしまいそうな小声であった。が、茂七は耳がいい。

「ただ、何だい？」

　寿八郎は大いに狼狽（ろうばい）した。顔を上げたが、頬が強（こわ）ばり、つと血の気（け）が失（う）せたようである。

「どうしたんだ」

　茂七も半身を乗り出した。寿八郎は身を固くして、畳の目を睨（にら）んでいる。

「こんなことを申し上げていいかどうか」

「そんなふうに迷う時は、申し上げた方がいいと相場がきまっているもんだ」

　落ち着きなくまばたきをして、寿八郎は茂七の目を見た。「手前も、腹が立ちました」

「うん、そうだろう」

「お金と、お金に同調する人たちは――まあ、なかにはそういう人もいるのです

――手前を偽者扱いするだけでなく、こんな手のこんだことをして松井屋の身代を乗っ取ろうとする企みには、手前の家内や子供たちばかりか、亡くなった養父母まで一枚嚙んでいるのだろうとまで言うのです。手前はかまいません。でも、家内や子供ら――いや、何よりも許せないのは、あの優しい養父母にさえも、そんなぬれぎぬを着せようとすることです。これぱかりは勘弁できません」

一度消えた血の気が、怒りと共に頰にのぼっている。

「ですから手前も、できるならば身の証をたてたいのでございます。手前が確かに寿八郎であることを、お金にわからせてやりたいのです」

「もっともな気持ちだと思うよ。で、その手があるんだな?」

なければ言い出すまい。茂七は寿八郎の顔を見据えた。だが、彼は辛そうに目を伏せる。

「実は、手前が本物の寿八郎であると、寿八郎でなければ知らないことを知っていると、証をたてることのできる人が、ひとりだけいるのでございます」

亡き先代の末の妹、寿八郎やお金にとっては父方の叔母にあたる人で、名をお末という。

「松井屋の先代は兄弟姉妹が数多く、上の子と下の子とのあいだは親子ほど歳が離れていますので、この人は、ほとんど先代が親代わりになって育てたようなものでした。ですから手前が松井屋にいたころ、この人も松井屋に住んでおりまして、手前どもとはほとんど姉弟のように暮らしていたものです」

　だから「叔母さん」ではなく、「お末姉さん」と呼んでいたそうである。

「歳は手前より八つ上でございまして、ですから、その事があったころは、手前が六つ、お末姉さんは十四だったと思います」

　その事とは――

「思えば、あれもちょうど今頃の時期、節分の日だったと思います。柊売りがそこらを流しておりました。売り声を、今もはっきりと覚えております」

　松井屋の近くで火事があった。幸い風向きが逆なので、松井屋には火がかからなかったが、近所の商家や長屋が何軒も丸焼けになったそうである。

「焼けた家のなかに、手前どもが親しくしていた糸問屋さんがありました。有馬屋(ありまや)というお店で、お末姉さんと同じ歳のお嬢さんが一人おりました。おるいさんという名だったと覚えています」

　おるいとお末は仲良しで、習い事などもいつも一緒、互いの家にも親しく行き来をしていた。寿八郎も、おるいに菓子をもらったり、手習いを見てもらった覚えがあるという。

「可愛らしいお嬢さんでした。お末姉さんは気の強い人で、手前などもときどき叩(たた)

かれることなどありましたから、ひとつ屋根の下に暮らしながらも、どこか甘えられないところがございました。ですからなおさら、手前はおるいさんが好きでした」

それだけに、おるいの家が丸焼けになったときには、たいそう心配した。

「幸い、夕方の火事でしたので、火が出たところで皆外に逃げ出して、亡くなる人はいませんでした。それでも、おるいさんの家はこれで身上をなくし、その後はどこに立ち退いたのか、さっぱり消息が知れなくなってしまったのです」

火元がおるいの家だったことも、近所に居づらくなった理由ではないかと、寿八郎は言った。

「なにしろ不思議な火事でございました」

戸口の障子に明るい冬の陽が映えている。それにぼんやりと目をやりながら、寿八郎は続けた。

「糸問屋でございますから、火の気には細心の注意をはらっていたはずでございます。しかも火元となったのは離れの物置で、人の出入りはあっても、火の気などまったくない場所でございましたから……」

話の腰を折りたくはなかったが、言いにくそうに口調がのびる寿八郎の胸の内を察して、茂七は割り込んだ。「あるいは点け火だったかな」

案の定、寿八郎はうなずいた。「後になって、火の手があがる前に、物置の戸が少しだけ開いていて、その奥で蠟燭のような明かりが灯っているのを見た――という話が出て参りました。近所でかまびすしく噂しておりましたから、手前のような子供の耳にも入ったのです。おかしな火事だったので、親分のような方がお調べになったのかもしれません。結局、はっきりしないままうやむやになってしまったのでございますが」

「三十年ぐらい前なら、そいつは俺の親分だったかもしれないな」と、茂七は笑った。「かばうわけじゃねえが、点け火の判別は難しいんだ。点け火だとわかっても、誰がやったか突き止めるということになると、なおさらだ」

寿八郎はぎゅっと固まっている。膝頭をつかんだ手が骨張っている。

「さっきも申し上げましたが、手前は当時六つでございました。まだまだ物の道理がわかる年頃ではございません。ただ、あの日――火事だという騒ぎを聞きつけるほんのちょっと前のことだったのですが」

家の裏庭で独楽の芯にする木っ端を削っていたら、木戸を開けて、誰かが走って家に帰ってくるのが見えた。ひょいと見ると、お末であったという。

「子供ながらにも、手前がぎょっとするほど真っ青な顔をして、ぶるぶる震えておりました。たもとに何か隠していて、胸元にしっかりと抱えるような格好をしていました。そして手前がそこにいることに気づくと、さらに色を失いまして、逃げるように家のなかに駆け込んでいってしまいました」

それはそれで、奇妙だがどうということはなかった。が、その後が問題だった。

「その夕の火事騒ぎが一段落して、やれやれと床につくころでございます。手前が厠に参りまして、出てきますと、いきなり廊下で袖を引かれました。誰かと見ると、お末姉さんでした」

お末は鬼のように怖い顔をして、ぎりぎりと寿八郎の腕を締めあげ、こう言った

――

「今日、裏庭であたしを見たことを、誰にも言っちゃいけないよ。言ったらあんたの舌をひっこ抜いてやる。いいね? けっして言っちゃいけないよ。約束だからね」

その形相に、厠から出てきたばかりだというのにおしっこを漏らしそうになるほど震え上がって、寿八郎はうなずいた。するとお末はようやく彼の手を離したが、彼が自分の寝間に入ってしまうまで、そこに立って睨みつけていたそうである。

「それこそ、鬼のようでございましたよ」

そう呟いて、長い歳月を飛び返ってきたかのようにはっとまたたき、寿八郎は茂七の顔に目を返した。

「そのときはただ怖いだけでございました。でもその後、あの火事が点け火だったのではないかという噂が出たときに、子供ながらにも手前は思ったのでございます。もしやあれは、お末姉さんがやったことなのではないかしら、と」

　茂七が同じ立場でも、そう考えたことだろう。子供にも子供の知恵はあるし、人の顔つきの変化などには、むしろ大人よりも敏感であるものだ。

「そう思いますと、なおさら怖くて、お末姉さんの顔を見ることさえできなくて、ずっと避けていたように思います。お末姉さんの方は、特に変わった様子もございませんでしたが……。それが節分のことで、年が明けて手前は七つになり、すぐ松井屋を出されることになりました。ですから、お末姉さんとのことは、それきりでございます。以来、顔を合わせたことさえございません」

　しかしその約束は、お末と寿八郎二人だけの秘密である。お末がその時言ったことを、覚えているのは寿八郎だけなのである。

「今度のことでこっちに出てきて、お末さんには会ったのかい？」

「いいえ」と、寿八郎はかぶりを振った。

「お末姉さんは、手前が松井屋を出てから半年ほどして、疱瘡を病んだそうでございます。命は拾いましたが、運悪く顔にあばたが残り、松井屋の奥に引きこもって暮らしていたそうでございますが、ほどなくして縁づいて、それからずっと、向島の外れにご亭主とふたりで暮らしているそうでございます。外に出ることはほとんどないという話でございました」

「てことは、今も元気なんだな？」

「はい、そのはずでしょう」

「松井屋の連中も、誰も会ってないのかな」

「久しく会っていないそうです。本人があばたを気に病んで人を遠ざけているというお話でした。先代や喜八郎さんが亡くなったときでさえ、葬式に出てきたのはご亭主ひとりだったそうですから、よっぽど念のいった隠れようでございますね」

寿八郎は痛ましげに眉を寄せた。

「確かに手前の覚えている限りでも、お人形のようにきれいなお顔をしていましたから、あばたが残ったことが、いっそう口惜しく、人の目が痛いのかもしれません」

暮らしの方は、松井屋が面倒を見ているのだという。小女さえもおかず、お末の亭主が身の回りの世話をしていて、子供もいない。

「そうそう、ご亭主は久一さんという人だそうで、実はこの人のことも、手前はかすかに覚えてございます。やはり例の火事で焼け出されたご近所の伜さんで――お末姉さんやおるいさんと仲が良くて、何度か松井屋にも遊びに来たこともあったものですから」

確か飯屋を営んでいたはずだけれど、火事のあと店がどうなったのかは、寿八郎の知るところではないという。

「ああ、久一さんはやっぱりお末姉さんと添ったのかと、それを聞いたときには、懐かしいような気分になりました。子供の手前の目にも、睦まじいのがわかりましたから。もっとも、手前がそんな昔のことを言ってみても、お金は信用してくれませんでしたが」

実際、糸問屋の火事のことは、お金たちとの思い出話――というよりも尋問だが――そのなかでも何度も出てきたのだそうである。それだけ皆の記憶に残る出来事だったのだ。だから寿八郎も懸命に思い出しては答えたのだそうだ。

お金が寿八郎の〝正体〟を確かめようと、親戚や古い知人たちを集めたとき、お末にも声をかけた。子供のころ一緒に住んでいたのだから当然だ。が、彼女は出てこなかった。遣いに行った奉公人の話では、お末は今加減が悪くて臥せっており、久一もそばにつききりなので、向島の家を離れることはできないという返事だったそうである。

うかがいを立てるように、そっと、茂七の顔を仰いで、寿八郎は言った。「親分さん、点け火は重い咎を受ける、たいへんな罪でございますよね」

茂七は鼻からふんと息を吐く。「そうだな。だが、三十年も昔のことだ。それに、それこそ確かな証があるわけじゃねえ。たとえ本当にお末が火を点けたのだとしても、今さら牢屋入りすることもあるめえよ」

寿八郎は大いに安堵したようだった。しゃっちょこばっていた肩から力が抜けた。

「だとしたら、事の真相を確かめても、大きな障りにはなりませんですね」

お末に会い、その怖い思い出話を持ち出せば、お末はきっと、自分が寿八郎に間違いないとわかってくれるだろう。寿八郎としては、今さらお末の昔の不始末を暴きたてるつもりなど毛頭ない。ただ、お末からひと言、お金たちに向かって、あれは本物の寿八郎さんだと口添えしてもらえれば、気も晴れる——寿八郎はそう言った。

茂七は寿八郎の注ぎ足してくれた茶をひと口飲んで、唸った。

「どうかな。それはあんまり良い考えじゃねえような気がする。少なくとも、あんたがお末さんに会いに行くのは得策じゃねえよ。先方だって、すらすらと会ってはくれねえだろう。お金たちから、何やかやと言い含められているかもしれねえし、昔にそんな隠し事があればなおさらだ」

「難しゅうございましょうか」

「うん」

そこで、茂七はぽんと膝を打った。「乗りかかった船だ。ここはひとつ、俺に任せてくれねえか。俺がお末さんを訪ねてみよう。すぐには会えなくても、根気よく段取りを踏めばなんとかなるかもしれねえ」

寿八郎は「ああ」と小さく声をあげ、手を合せて茂七を拝むようにした。

「だから、あんたはこのまま花川戸へ帰るんだ。で、もう松井屋には関わらない方がいい。腹は決まってるんだ、後悔はしねえだろう？」

「はい」と、寿八郎はうなずいた。

何かわかったら、きちんと報せる。だから安心して正月を迎えてくれと、茂七は彼に言い含めた。寿八郎は何度も頭を下げ、立ち上がってみるとなるほど長身の身体をまた深く折ってお辞儀を繰り返すと、静かに立ち去っていった。

彼の去った後、茂七は、家の表戸の脇に、昨夜の名残の赤鰯のひからびた頭が半分、ぽつんと落ちているのを見つけた。野良猫にでも食い荒らされた残りだろう。茂七はそれを蹴散らそうとしたが、急にもの悲しいような気持ちになって、やめた。指先でつまんで拾い上げると、台所のくず入れまで持っていって捨てた。

これも宿酔いのせいだろう、寿八郎が帰ってよほど経ってから、茂七はあることを思いついた。ただ、それを実行するにはちょっと遅い。思わず額を打って悔しがった。

寿八郎がいるうちに、お花を呼んで、彼の似顔絵を描かせておけばよかった。そうすれば、お末を訪ねるとき、「一人前の大人になった寿八郎さんは、今はこんな顔をしている」と、見せてやることができる。

お花というのは、近ごろ茂七が拾った孤児である。歳はたぶん十二かそこらだろうが、はっきりしない。なにしろ、本人にも自分の歳がいくつかわからないのだ。

もうひと月ばかり前のことになるが、東両国の矢場でちょっとした騒ぎがあって、茂七が出張ったことがあった。お花には、そのとき会った。その矢場で働いていたのである。

矢場というのは、お客に半弓で的当てをさせて遊ばせる、ただそれだけの場所ではない。色も売るいかがわしい暗所だ。そんなところに女の子を置いておくわけにもいかないので、茂七は事件を片づけるのと一緒にお花を引っ張ってきて、心当たりの差配人のもとに預けた。最初は自分で養おうかとも思ったし、かみさんも大いに乗り気だったのだが、岡っ引きの飯なんか食えるもんかと、お花に蹴飛ばされて断念したのだ。

なりは小さいがとんだ莫連女のたまごだと閉口していたら、やがてお花を預かってくれた差配人が面白いことを言って寄越した。お花は人の似顔を描くのがたいそう上手いというのである。

「例の矢場では、ときどき、お上のお役人や大商人や人気役者の似顔を描いては、それを的に貼り付けてお客に射させるという、悪ふざけをしていたそうです。それでお花は人気者だったようなのですよ」

どれどれと目の前で描かせてみると、なるほど上手い。人の顔の特徴を的確にとらえて、そっくりに描くのである。いくら勝ち気で野良犬のようにたくましいといっても、やはり子供だ。上手い、上手いと誉めてやると、お花は得意になって次から次へと描いてみせた。そのとき茂七の顔を描いたものなど、かみさんがえらく気に入り、座敷に飾った（ただ、それを見た者が、似ている似ているとあんまり喜んで大笑いをするので、茂七は何だか面白くなくて、すす払いのときに片づけさせてしまった）。

こういう技は天性のものだから、貴重である。いずれ何かの役に立つことがあるだろうし、そうすればそれがお花の身を助けることにもつながると思って、茂七は心に留めていたのだ。そして今は、そのとっかかりとして絶好の機会だったのに。寿八郎をもうちょっと引き留めておけばよかった。

夕飯時に、残念がりながらかみさんにそれを話すと、彼女はあらまあと口をあけた。

「嫌だねえ、おまえさん、知らなかったんですか。お花は、本人の顔を見なくたって、ちゃんと似顔を描けるんですよ。今までだってそうしてきたんですもの。おまえさんが、寿八郎って人はこれこれこんな顔だと言ってあげればいいんです」

　そこで翌朝早々に、糸吉を迎えにやって、お花を呼んできた。小さな莫連女は、くりくりと芯の固そうな黒い目を瞠って茂七の話を聞いていたが、やがてフンと鼻先で笑うと、やおら携えてきた矢立を取り出した。

「そんなことならお安い御用だもの、さっそく始めようよ。早くしないと、おじさんがその寿八郎って人の顔を忘れちまうだろ？」

　糸吉が笑い出したので、茂七は睨んでやった。「おじさんじゃねえ。親分と呼びな」

「どっちだっていいよ。紙をちょうだい。反古でも裏紙でもなんでもいいからさ」

　寿八郎の顔の輪郭から始めて、髷の形、耳の大きさ、お花に尋ねられるままに答えてゆくと、するすると似顔絵が描かれてゆく。手妻を見るような鮮やかさだった。

「そうそう、まさしくこんな顔だ」

　仕上がりを見て、茂七は大いに感心したが、お花はその程度の賛辞にはもう慣れっこになっているのか、相変わらず人を小馬鹿にしたような薄笑いを浮かべているだけである。

「ところでおめえ、いい着物を着てるな。差配さんに買ってもらったのかい？」

　投げられたものを受け止めてすかさず投げ返すように、お花は言った。「おじさんのおかみさんの古着をもらって仕立て直したんだよ。自分のおかみさんの着てた着物の柄もわかんないの？」

今度はかみさんが吹き出す。糸吉は腹を抱えている。茂七は憮然とした。

「おじさんじゃねえと言ってるだろ」

「そんじゃ親分さん、おかみさんの着物の柄ぐらい覚えときなよ。そんなにうっかりしてるんじゃ、お上の御用もおぼつかないね。しっかりしておくれよ」

矢場から引っ張ってきたばかりのころのお花は、立て膝をして手づかみで飯を食うような野良の子であった。それが今では、いちおう膝を揃えてちんまり座っている。預かり親の差配人の躾がいいのだろう。が、口の減らないところまではまだ直せないようである。

縫い針でちくちく刺すようなお花の口舌に、茂七がたじたじとなっているのを助けようともせず、面白がってばかりいた糸吉に、茂七は命じた。

「おめえ、これから向島まで行って、お末って女の家を探してこい。詳しい場所はわからねえが、あのあたりの寺の木戸番に片っ端からあたりゃ、何とかなる」

「ええ、これからですか？　あっしが？」糸吉は指で自分の鼻の頭をさした。「だけど親分、釜焚きがあるしそれに――」

「いいから行け！　本所緑町松井屋の親戚のお末って女の家だ。貧乏所帯じゃなかろうから、すぐわかるだろう。松井屋に聞き合わせちゃならねえぞ。こっそりやるんだ」

げえというような声をあげて立ち上がる糸吉に、お花がけらけら笑って声をかけた。

「行ってらっしゃい、ねじれ青豆の兄さん」

「ねじれ青豆ぇ？　何だそりゃ」

「あんたの顔は、日陰でひねこびてねじれた青豆そっくりだよ。言われたことない？　帰ってくるまでに、あたしがひとつ描いておいてあげる」

誰もお花には勝てないようであった。

三

思ったよりも手間をくい、糸吉がお末の住まいを突き止めるのには、まるまる二日かかってしまった。裏返せばそれは、お末夫婦がそれほどひっそりと引きこもって暮らしているということである。

「貸し家ですが、板塀をめぐらした立派な家ですぜ。あっしが行ったときには、植木屋が入って門松を立ててました。板塀も洗ったばっかりでぴかぴかでね。庭にゃ枝振りのいい松と梅があったし、裏は竹藪でね」

向島もよほど北に外れたところで、まわりは田圃ばかりだという。

「運良くその植木屋が居合わせなかったら、話なんかどこからも聞き出せやしませんでしたよ。ご用聞きは、米屋も酒屋も魚屋も、どこも入っちゃいません。女中のひとりも置いていないようで、家のなかのことは夫婦ふたりで切り回してるみたいですね」

庭の手入れだけは夫婦の手に余るということなのだろう。

夫婦はふたりとも四十半ばほどで、品のいい静かな人たちだと、植木屋は話したそうである。亭主の名は確かに久一。これは、妻が夫を呼ぶ声を何度か耳にしたので間違いがないという。女房の方はあまり外に出てこないし、職人たちとも顔を合わせないのでわからない。

「それほどあばたが気になるってことか」

呟いた茂七に、糸吉は声をひそめた。

「でも親分、あっしはそそっかしいけど、粘るときは粘るってご存じでしょう?」

「何だよ」

「だからさ、ひと目でいいからお末さんて人の顔を拝みたいと思って、竹藪に潜んで頑張ったんですよ。だから手間もかかっちまったんだけど」

気をもたせるように、糸吉は一拍間をおいた。茂七の胸が騒いだ。

「で、見たんだな、お末の顔を」

「へい、見ました」と、糸吉は言った。

「だけど親分、きれいなおかみさんでしたよ。確かに顔色も青白いし痩せていて、病弱そうな感じはしましたが、あばたなんぞ、どこにもありませんでした」

　またぞろ何の用だよと、呼びつけられたお花はむくれていた。が、おまえにしか果たせない大事な用向きだと言ってやると、隠しようもなく目が輝いた。こんなところは存外素直だ。

「おめえはこれから、ねじれ青豆が言うとおりに、ある女の顔を描くんだ。いいな？」

「親分、ねじれ青豆は勘弁してくださいよ」

「うるせえ。できるな、お花？」

「あたしを誰だと思ってんだよ、おじさん」

　お花は再び見事な手際で似顔絵を描いた。糸吉は感じ入って、

「そうそう、この顔です。何だか、今にもしゃべりだしそうなほど活き活きしてるなあ」

できあがった似顔絵を脇に、茂七はもういっぺんお花を見据えた。

「じゃ、お花。もうひとつ注文がある。この女の似顔絵をもとに、この顔をざっと三十年ばかり若返らせた顔も描けるか？」

「若くするの？」

「そうだ。この女が十四、五の小娘だったころの顔を描いてほしいんだ。おめえの腕ならできるだろう。どうだ？」

お花はためらいはしなかった。子供らしいすべすべした頰と、ぽやぽやした眉毛に、子供らしくない思い詰めたようなきつい線をつくってしばし考えると、すぐ手を動かし始めた。矢場で働いているころに、お客から的にする人物をあれこれ注文され、それが難しくこみいったものであったときも、これと同じ表情を浮かべたのに違いないと茂七は思った。

半刻（一時間）もかかったろうか。

「できた」と、お花が筆を置いた。

「これでいいの、親分さん？」

茂七はその少女の似顔絵を手に取った。

「いいかどうかは、まだわからねえ。判別するのは俺じゃねえからな。でも、あたりかはずれか、わかったらすぐに報せてやる」

そして茂七は、権三を松井屋に遣って丁寧な口上を言わせ、お金を呼びつけた。お金は、寿八郎の件だとばかり一途に思いこんで、すっ飛んできた。今度も徳次郎を連れている。奉公人あがりのこの亭主殿は、〝お嬢さん〟女房の行くところには、犬のようにどこへでも尾いていくようである。

前置きも説明も抜きで、茂七はまず、お末の家で糸吉が見かけた女の似顔絵をお金に見せた。

「知っている女かい？」

お金はしげしげと似顔絵に見入り、首を振って、それを徳次郎に見せた。

「どこかで見た覚えのある顔だな」と、彼はもごもごと呟いた。

次の似顔絵を見せる前に、茂七は訊いた。

「ところで、あんたらにはお末さんという叔母さんがいなさるね？」

寿八郎から聞いたのだと言ってやると、お金は急に頑なな顔になり、

「確かにいますけど、お末叔母さんは今度のことを何もご存じありませんよ」と、うるさい蠅をはらうみたいにぞんざいに言い捨てた。

「うん、それはいいんだ。で、そのお末さんのご亭主の久一さんは、お末さんの幼馴染みなんだよな？」

いったい何を訊き出したいのかと、探るような目をするお金の脇で、徳次郎がう

なずいた。「はい、左様でございます」

「あんたは久一さんを知っている？」

「昔から存じあげております。手前は、お末さまが松井屋にいらしたころには、もう丁稚奉公にあがっておりましたから」

徳次郎は明けて四十二になるというから、喜八郎寿八郎の兄弟よりも年長なのだ。火事のあったころには十だった。

茂七の胸に希望の光が射した。

「それじゃ、徳次郎さんの方がわかるかもしれねえな」

もう一枚の、お花の手によって三十歳若返った、少女の似顔絵を取り出した。

「これは誰だろうね？」

徳次郎が絵を手に取った。お金が首を伸ばしてのぞきこみ、眉をひそめる。

しかし徳次郎は、いかにも懐かしげに頰を緩めると、目を上げてこう答えた。

「これは……やはり昔、お末さんと仲良しでいらした、糸問屋のおるいさんという娘さんのお顔だと思いますが」

入れ代わっていたのは寿八郎ではなく、お末の方だったのだ。偽者は寿八郎ではなく、お末がおるいで、偽者だったのだ。

茂七はずいぶん思案した。向島の家に乗り込んでもいいが、一気に追いつめ過ぎて、久一が何かしでかしては困る。

結局、久一を呼ぶことにした。それで逃げられるなら不手際ということになるが、病身のおるいを捨てて、彼ひとりが逐電するということは考えにくい。久一はおとなしい男のようだし、おるいとは真に惚れて惚れられた仲のように思えるから、観念して出てきてくれるだろう。

それに茂七は何よりも、お金と寿八郎が相次いで訪ねてきて、この家に持ち込まれた悲しい気配のようなものを、きれいに片づけたかったのだった。それができるのは、久一しかいないような気がして仕方がなかった。

茂七の読みは正しかった。久一はやって来た。小柄な男で、その日の強い北風に飛ばされてしまいそうな、心許ない足取りで歩いてきたが、座敷で茂七と相対したときには、いっそ覚悟を決めたような、すっきりした表情を浮かべていた。

「こんな猿芝居が長続きするとは、わたくしも思っておりませんでした」

おるいは風邪気味で、今日も臥せっているという。食が細いのがいけませんのですと、案じるように久一は言った。

「あれには何も言わずに出て参りました。すべてはわたくしが企んだことで、おるいは何も存じません」

どうぞおるいについてはお目こぼしを願いますと、畳に手をついて久一は頼んだ。

事態は、茂七が考えていたほど悪くはなかった。少なくとも最悪ではなかった。

お末は五年前に死んだという。

「夜半に〝胸苦しい〟と申しまして、わたくしを起こしました。背中をさすってやると、少し具合がいいようだと申しまして、寝付いたようなので、わたくしも添い寝したまま、いつの間にか眠ってしまいました」

そして朝になって、お末が冷たくなっているのを見つけた。

「すぐ松井屋に報せればよかった。それがまっとうなやり方でございました。でも、わたくしの心にふと魔がさしたのです」

久一はそれより二年ほど前に、偶然の成り行きでおるいと再会していた。家業の糸問屋が火元となって全焼したのがつまずきで、おるいの家は貧の底に落ち、そのころにはもう、おるいには頼れる身寄りもいなくなっていた。

「居酒屋で働いておりましたが、どうやら春をひさいでいる様子も見えました。むろん、家があんなことになったので、ふさわしいところに縁づくこともなく、ひとりぼっちになっていたのです。どんな人生を送ってきたのかと察するだけで、わたくしはただおるいが哀れで、哀れで……」

ひそかに囲って面倒を見ることにした。

「お末が死んだとき、わたくしが真っ先に考えたのは、これで松井屋からの月々の仕送りも絶える、わたくしは路頭に迷う、おるいの面倒を見ることもできなくなる——そのことばかりでございました」

久一の実家の飯屋も、火事で焼けた後はとうとう店を立て直すこともできず、彼もまたその日暮らしの長屋住まいに落ちていた。

「ですからお末との縁組みは、わたくしにとっては助け船のようなものだったのです。お末は顔のあばたを気にして世間から引きこもり、誰も寄せ付けようとはしなかった。でもわたくしとならば、添ってもいいと言いました。松井屋さんも、わたくしがお末を引き受けてくれるならば、暮らしの面倒はみると言ってくださいました」

そうやって二十数年を過ごした結果、久一は、もう自力で暮らしていける男ではなくなっていたのだった。

「今となっては浅はかな企みで、どうしてそんなことを思いついたのか、自分でも恥ずかしくてなりません。でも、そのときは、これ以上の名案はないように思われたのです」

お末は世間から隠れていた。向島でも、近隣の誰に顔を知られているわけではない。ならば、お末の亡骸を人知れず葬り、代わりにこっそりおるいを引き入れて、松井屋には何も報せず、仕送りをもらって暮らし続けることができるのではないか――と。

「この歳でこんなことを申し上げるのも顔が赤らみますが、わたくしは、小倅のころからおるいに惚れておりました。いずれは一緒になりたいと思っていましたし、おるいも同じ想いでいてくれました。でも、若い時にその望みが断たれた……」

思いがけない火災という災厄によって。

「ですからわたくしは、考えずにはおられなかったのです。一度は諦めた夢をかなえる、これが最初で最後の機会だと」

申し訳ございません――うなだれつつも淡々と語る久一を前に、茂七は考えていた。

あの節分の夕、お末はなぜ、仲良しのおるいの家に火をつけたのか。

嫉妬だ。そう思った。幼馴染みの三人の男女のなかに、ひそかな恋のさやあてがあったのに違いない。久一はおるいを好いており、おるいも久一に心を寄せていた。

それがお末には我慢ならなかった。

思いどおりにならないことがあると、しゃにむに口を尖らせて文句を言い、めちゃくちゃな理屈をつけてでも我を張らずにはいられない、お金の顔が心に浮かぶ。

お末もそれと同じだったのではないのか。

　また一方で、お店大事で、人の情にはまったく疎い、松井屋一流のものの片づけ方がある。確かにあの松井屋の人びとならば、長年、お末の世話を押しつけてきた久一に対しても、お末という厄介者がいなくなったならば、あっさりと引導を渡すだろう。自分たちの都合で居食いをさせてきて、久一が自分で自分の人生を切り開く機会を奪ってきたということなどおもいもせず、彼を切り捨て、無一文で放り出して、あっけらかんとしていることだろう。

　鬼は外だ。

　三十年前、寿八郎はそうやって生家を追われた。五年前、お末が死んだとき、久一は、今度は自分が「鬼は外」と追われる番だと悟った。だから計略を巡らせた。

　茂七は深いため息をついた。

　生家を追われた寿八郎は、しかし、養家に自分の居場所を見つけることができた。あの稲荷寿司屋台の親父が据えた腰掛けのように、広い世間には、追われた鬼に座る場所をつくってくれる人も、まったくいないわけではないのだ。

　久一とおるいは、互いに追われた同士で、身を寄せ合って互いの座る場所をつくった。それは正しいやり方ではなかったけれど、それしかまた方法はなかった。

　一方で、お末はどうだったろうかと、茂七は考える。憎い恋敵の家に火をつけて、鬼は外とばかりに追い払ったはよかったが、思いがけず疱瘡を病んで、今度は自身が追われる身になった。いや、誰も追ってはいなかったのに、身の引け目が追われているような錯覚を呼んだのだ。

お末は本当に、あばた面を気に病んだが故に、世間から隠れていたのだろうか。実は、真に手厳しくお末を「鬼は外」と追ったものの正体は、自身が犯した罪ではなかったのか。

茂七は顔をあげて、しょんぼりしている久一を見た。

「俺が一緒に松井屋に行ってやる。洗いざらい話すといい。できるだけ取りなしてやるから、安心しろ」

久一は顔に手をあてた。指の隙間から涙が一滴だけ落ちた。

茂七は言った。「だが、それは明日にしよう。今夜、あんたを連れて行きたいところがあるんだ」

旨い物を喰わせる屋台だよ。そこの親父に会ってやってくれ。

「それはまた……どうしてでございますか」

久一の不安気なまなざしに、茂七はにっこり笑いかけた。

「なぁに、深い理由はねえのさ。ただそこには、鬼の腰掛けがあったからさ。あんたにもその話を教えてやって、ちくと一杯やりたいんだよ」

解説

細谷正充

現役女性作家による、テーマ別時代小説アンソロジーのシリーズは、二〇一七年十一月の『あやかし〈妖怪〉時代小説傑作選』から始まり、今では年三冊のペースで順調に刊行されている。これも読者の支持があればこそである。できるなら読者ひとりひとりにお礼を申し上げたいところだが、そんなわけにもいかない。アンソロジーの編者としては、ただ読者に満足してもらえる、優れた作品を選ぶのみである。

ということで今年（二〇二三）の三冊も、気合を入れて作品をセレクトした。第一弾となる本書『おつとめ〈仕事〉時代小説傑作選』のテーマは〝お仕事〟だ。お仕事小説はエンターテインメント・ノベルの人気ジャンルであり、すでに時代小説アンソロジーも、幾つか出版されている。そこで作品の面白さはもちろんだが、本書ならではの独自色を打ち出すことを考えた。こんな作品があったのか、これもお仕事小説として読めるのかと、ちょっとした驚きを感じていただきたいものである。それでは以下、収録作品を紹介していこう。

「ひのえうまの女」　永井紗耶子

冒頭を飾るのは、今年、『木挽町のあだ討ち』で、第百六十九回直木賞を受賞した永井紗耶子の作品だ。大奥を舞台にした連作お仕事小説集『大奥づとめ　よろずおつとめ申し候』の一篇である。物語は、思いもかけない成り行きで、十六歳で大奥に上がったお利久の語りで進んでいく。女性の職業が限られた江戸時代では破格といっていい、巨大かつ多彩な職場である大奥。お利久は〝お清〟という、将軍の手の付かない奥女中として生きていこうと考える。しかし与えられた御三の間の仕事に、楽しさを感じられない。分かる人には分かるのか、鬱屈した気持ちを指摘され、彼女は心を入れ替える。そんなお利久に、新たな仕事の道が示される。大奥勤めになったお利久が、仕事の面白さに目覚めていく過程が、気持ちのいい読みどころになっているのだ。

「道中記詐欺にご用心」桑原水菜

桑原水菜といえば『炎の蜃気楼』である。一九九〇年からコバルト文庫で始まったシリーズは、若い女性を中心に絶大な人気を博す。多くの戦国武将がストーリーに密接に関係しており、作中に登場した名所旧跡を訪ねる女性が激増した。早くから歴史に目を向けていた作者だけに、幾つか執筆している時代小説も達者なもの。その中から、箱根の駕籠かきコンビを主人公にした連作シリーズ『箱根たんでむ駕籠かきゼンワビ疾駆帖』から本作をチョイスした。

箱根にめっぽう足の速い駕籠かきがいた。コンビを組んで四年になる、漸吉と侘助――通称ゼンワビだ。今日の彼らの仕事は貸し切り客の忠兵衛を、箱根の穴場に案内すること。忠兵衛は江戸で、安永堂という道中案内記などの版元をしている。そして箱根の道中記を作るため、ゼンワビを案内役に頼んだのだ。いつもと勝手の違う仕事に戸惑いながら、忠兵衛をあちこちに連れていくゼンワビ。しかし忠兵衛の名を騙って、道中記に載せるといっては店から金をせしめる詐欺が横行していたことを知る。かくしてゼンワビは詐欺の犯人を捜すことになるのだった。詐欺事件の真相と顛末が面白いが、そこで漸吉が吐露する仕事への想いに胸打たれる。仕事の厳しさと喜びが伝わってくる好篇だ。

「婿さま猫」泉ゆたか

作者の『お江戸けもの医 毛玉堂』は、ペットの病を治し、悩める飼い主たちの心を癒す動物病院《毛玉堂》を舞台にした連作短篇集だ。この設定だけで、やられたと思った。たしかに江戸は現在に負けず劣らずのペット大国であり、現代の動物病院に当たる仕事があってもおかしくない。素晴らしい発想だ。

もちろん、本書に採ったストーリーも快調だ。元名医で、今は動物医をしている凌雲と、その妻で助手の美津。娘の飼っているトラジという猫が、いきなり妻を襲うようになったという、船宿の主の依頼を受ける。自分が母親のことを嫌いといったから、トラジが襲うようになったのではないかと娘は嘆くが……。

自分の飼っているペットを擬人化する人がよくいる。気持ちは分かるが、動物は人間ではない。動物のプロである凌雲は、そのことがよく分かっている。だから、ささいな事実を積み重ね、トラジの襲撃の真実に行き着くのだ。そして、「動物は、人の言葉なんてわからない。ぜんぶ人の思い込みだ」というのである。動物医としての、凌雲の仕事ぶりが鮮やかだ。

なお、美津の友人のお仙や、《毛玉堂》で暮らす善次のことなど、本作だけではよく分からないことだろう。気になった人は是非とも、『お江戸けもの医 毛玉堂』を読んでほしい。そういうことだったのかと、納得できるはずだ。

「色男」中島 要

江戸時代の女性の職業で、もっとも有名なものは吉原の花魁だろう。庶民の人気は高く、よく流行の発信源になった。とはいえ色をひさぐのが仕事であり、煌びやかな表面の裏には、過酷な日常がある。吉原の「菱田屋」でお職を張る朝霧も、そんな花魁のひとりだ。作者はまず、花魁という仕事の表と裏を、朝霧の気持ちを掘り下げながら、的確に表現していく。

醤油問屋を営む豪商の田丸屋清右衛門に気に入られ、身請け話が持ち上がった朝霧。しかし彼女には、気になる男がいた。かつてお互いに惚れあった、老舗呉服問屋の跡取り息子の伸太郎だ。朝霧に入れ込んだ末に、実家から本勘当になって姿を消した伸太郎は、数年後に舞い戻り、吉原の幇間になった。しかし朝霧には文ひとつ寄こさないでいる。

花魁という仕事は朝霧にとって、人生と同義語である。だから、今の自分に誇りがある。しかし迷いもある。清右衛門に身請けされ平穏な未来を手に入れるのか、それとも伸太郎を待つのか。ちょっとした意外な事実を織り交ぜながら、朝霧の選択が示される。彼女は幸せになれるであろうか。そうであってほしいと、読み終えて、強く願った。

「ぼかしずり」梶よう子

作者には幾つかのシリーズ物がある。優れた腕前から「おまんまを喰いっぱぐれる心配がない」といわれ〝おまんまの安〟と呼ばれる摺師・安次郎を主人公にしたシリーズも、そのひとつだ。摺師の工房「摺長」で働く彼は、『艶姿江都娘八剣士』の錦絵の仕事に追われていた。版元の有英堂の仕掛けが当たってのことである。錦絵の像主（モデル）まで探される人気の中、安次郎は意外な人物から像主について尋ねられる。そこには切ない事情があった。

その事情が何かは、読んでのお楽しみ。以前のちょっとした違和感から、安次郎が像主を発見できたのは、やはり摺師としての鋭敏な能力があってのことだろう。また、安次郎の兄弟弟子・直助の扱いに、集団で働く職場の大変さが表れていた。興趣に富んだストーリーを通じて、江戸の職人の世界を、生き生きと描いた作品なのだ。

「鬼は外」宮部みゆき

ラストはいつものように、宮部みゆき作品である。作品は、本所一帯を預かる岡っ引き・回向院の茂七が活躍する捕物帖『〈完本〉初ものがたり』から採った。節分の日、茂七の家に、本所緑町の小間物屋「松井屋」の娘のお金と、その夫の徳次郎が訪ねてきた。松井屋は五年前に主が死ぬと、蠟燭屋の方をお金に、小間物屋の方を彼女の兄の喜八郎に分けて、それぞれ繁盛している。しかし喜八郎が病で急死し、彼の妻は実家に帰った。そこで小間物屋を、七歳で家から追い出された喜八郎の双子の弟の寿八郎に任せようとする。しかし寿八郎は船宿の主をしており、家に戻るつもりはない。しかもなぜかお金が、寿八郎を偽者と言い出したのであった。

茂七を主人公にした作品は、本アンソロジーで何度か取り上げているが、仕事という観点から見たことはなかった。お金の話を切っかけに、埋もれていた意外な事実を掘り起こす茂七は、まさにプロの岡っ引きである。罪は罪としながら、人々を見る優しい眼差しもいい。一方で、「松井屋」の騒動を巡り、商家を続けることの厳しさも活写されている。仕事とは何かと、つい考えたくなる話なのだ。

以上六篇、読みごたえのある作品を並べたつもりである。生きていくには仕事が必要。ならば、嫌々働くのではなく、仕事に遣り甲斐を感じた方がいい。作品をセレクトしていて、そんなことを考えた。読者諸氏に、同じような気持ちを抱いてもらえれば、こんなに嬉しいことはない。

（文芸評論家）

出典

「ひのえうまの女」（永井紗耶子　『大奥づとめ　よろずおつとめ申し候』所収　新潮文庫）

「道中記詐欺にご用心」（桑原水菜　『箱根たんでむ　駕籠かきゼンワビ疾駆帖』所収　集英社文庫）

「婿さま猫」（泉ゆたか　『お江戸けもの医　毛玉堂』所収　講談社文庫）

「色男」（中島 要　『連作時代小説集　ひやかし』所収　光文社文庫）

「ぼかしずり」（梶よう子　『いろあわせ　摺師安次郎人情暦』所収　時代小説文庫　角川春樹事務所）

「鬼は外」（宮部みゆき　『〈完本〉初ものがたり』所収　ＰＨＰ文芸文庫）

宮部みゆき（みやべ　みゆき）
1960年、東京都生まれ。87年、「我らが隣人の犯罪」でオール讀物推理小説新人賞を受賞してデビュー。92年、『本所深川ふしぎ草紙』で吉川英治文学新人賞、93年、『火車』で山本周五郎賞、97年、『蒲生邸事件』で日本SF大賞、99年、『理由』で直木賞、2002年、『模倣犯』で司馬遼太郎賞、07年、『名もなき毒』で吉川英治文学賞、22年、菊池寛賞を受賞。著書に『桜ほうさら』『〈完本〉初ものがたり』、「きたきた捕物帖」シリーズなどがある。

編者紹介
細谷正充（ほそや　まさみつ）
文芸評論家。1963年生まれ。時代小説、ミステリーなどのエンターテインメントを対象に、評論・執筆に携わる。主な著書・編著書に『歴史・時代小説の快楽 読まなきゃ死ねない全100作ガイド』「時代小説傑作選」シリーズなどがある。

著者紹介

永井紗耶子（ながい　さやこ）
1977年、神奈川県出身。慶應義塾大学文学部卒業。2010年、『絡繰り心中』で小学館文庫小説賞を受賞し、デビュー。『商う狼 江戸商人杉本茂十郎』で、20年、本屋が選ぶ時代小説大賞及び細谷正充賞、21年、新田次郎賞、23年、『木挽町のあだ討ち』で直木賞、山本周五郎賞を受賞。著書に『女人入眼』『とわの文様』などがある。

桑原水菜（くわばら　みずな）
千葉県生まれ。1989年、『風駆ける日』で下期コバルト・ノベル大賞読者大賞を受賞し、デビュー。著書に『荒野は群青に染まりて　暁闇編／相剋編』、「遺跡発掘師は笑わない」「炎の蜃気楼」「赤の神紋」「シュバルツ・ヘルツ」シリーズなどがある。

泉ゆたか（いずみ　ゆたか）
1982年、神奈川県生まれ。早稲田大学卒業、同大学院修士課程修了。2016年、『お師匠さま、整いました！』で小説現代長編新人賞を受賞してデビュー。19年、『髪結百花』で日本歴史時代作家協会賞新人賞、細谷正充賞を受賞。著書に『君をおくる』、「幽霊長屋、お貸しします」「お江戸けもの医 毛玉堂」「お江戸縁切り帖」「眠り医者ぐっすり庵」シリーズなどがある。

中島 要（なかじま　かなめ）
早稲田大学教育学部卒業、2008年、「素見（ひやかし）」で小説宝石新人賞を受賞。10年、『刀圭』で単行本デビュー。18年、「着物始末暦」で歴史時代作家クラブ賞シリーズ賞を受賞。著書に『誰に似たのか』『吉原と外』、「大江戸少女カゲキ団」シリーズなどがある。

梶よう子（かじ　ようこ）
東京都生まれ。2005年、「い草の花」で九州さが大衆文学賞、08年、「一朝の夢」で松本清張賞、16年、『ヨイ豊』で歴史時代作家クラブ賞作品賞、23年、『広重ぶるう』で新田次郎賞を受賞。著書に『我、鉄路を拓かん』『噂を売る男――藤岡屋由蔵』、「御薬園同心 水上草介」「摺師安次郎人情暦」シリーズなどがある。

本書は、ＰＨＰ文芸文庫のオリジナル編集です。

本文中、現在は不適切と思われる表現がありますが、差別的な意図を持って書かれたものではないこと、また作品が歴史的時代を舞台としていることなどを鑑み、原文のまま掲載したことをお断りいたします。

ＰＨＰ文芸文庫　おつとめ
〈仕事〉時代小説傑作選

2023年９月21日　第１版第１刷
2023年11月21日　第１版第２刷

著　者　永井紗耶子　桑原水菜
泉ゆたか　中島　要
梶よう子　宮部みゆき
編　者　細谷正充
発行者　永田貴之
発行所　株式会社ＰＨＰ研究所
東京本部　〒135-8137 江東区豊洲5-6-52
文化事業部　☎03-3520-9620(編集)
普及部　☎03-3520-9630(販売)
京都本部　〒601-8411 京都市南区西九条北ノ内町11
PHP INTERFACE　https://www.php.co.jp/
組　版　朝日メディアインターナショナル株式会社
印刷所　図書印刷株式会社
製本所　東京美術紙工協業組合

ISBN978-4-569-90347-7

PHP文芸文庫

時代小説傑作選シリーズ

宮部みゆき他 著／細谷正充 編

あやかし／なぞとき／なさけ
まんぷく／ねこだまり／もののけ
わらべうた／いやし／ふしぎ
はなごよみ／はらぺこ／ぬくもり